Aus Freude am Lesen

btb

Buch

Jahrelang saß der Bibliotheksangestellte Maertens wegen Mordes im Gefängnis. Inzwischen wieder in Freiheit lebt er völlig zurückgezogen. Doch plötzlich gerät sein Leben aus dem Gleichgewicht. Aus der Zeitung erfährt er, dass sein einstmals bester Freund Tomas Borgmann gestorben ist. Bald darauf besucht ihn Tomas' Witwe Marlene. Sie erklärt ihm, dass Tomas in seinem Testament verfügt hat, dass Maertens eine Woche bei Marlene im Haus verbringen soll. Mit freiem Zugang zur Bibliothek. Ob er will oder nicht, Maertens muss sich an seine gemeinsame Zeit mit Tomas erinnern, an die Zeit vor dem Mord. Und je länger er darüber nachdenkt, desto klarer wird ihm, dass sein einstmals bester Freund ihn vor Jahren schamlos hintergangen hat …

Autor

Håkan Nesser, geboren 1950, ist einer der erfolgreichsten Krimiautoren Schwedens. Für seine Kriminalromane um Kommissar Van Veeteren erhielt er zahlreiche Auszeichnungen. Sie wurden in mehrere Sprachen übersetzt und erfolgreich verfilmt.

Håkan Nesser

Die Fliege und die Ewigkeit

Roman

Aus dem Schwedischen
von Christel Hildebrandt

btb

Die schwedische Originalausgabe erschien 1999 unter dem Titel »Flugan och evigheten« bei Albert Bonniers Förlag, Stockholm.

Verlagsgruppe Random House FSC-DEU-100
Das für dieses Buch verwendete FSC-zertifizierte Papier *Munken Print* liefert Arctic Paper Munkedals AB, Schweden.

1. Auflage
Genehmigte Taschenbuchausgabe Mai 2008, btb Verlag
in der Verlagsgruppe Random House GmbH, München

Umschlaggestaltung: Design Team München
Umschlagmotiv: Corbis / Roland Gerth / zefa
Satz: IBV Satz- und Datentechnik, Berlin
Druck und Einband: CPI – Clausen & Bosse, Leck
NB · Herstellung: BB
Printed in Germany
ISBN 978-3-442-73751-2

www.btb-verlag.de

1. Inferno

1

Kein Monat kann sich wie der Januar bis in alle Ewigkeit erstrecken.

So beginnt es. Spätabends sitzt er vor dem alten Stück. Im Lichtkegel über dem Schreibtisch treten Gestalten hervor. Sie leben und sprechen. Lieben, leiden und sterben unter seiner Feder, und die Welt dort draußen in ihrer eigenen Winterdunkelheit ist weder deutlicher noch beständiger als die ihre, sondern ganz genau gleich. Genau gleich.

So ist es ja auch gedacht. Das ist die Idee des Spiels. Verzaubert und ganz vertieft beugt er sich über den Tisch – vertieft in Einsicht, den leichten Schmerz ignorierend, der ihm wie eine unklare alte Erinnerung die Lendenwirbel hinunterläuft.

Er taucht die Feder ins Tintenfass, spürt die Wärme der Lampe auf dem Handrücken. Die Spitze auf dem Papier, wie sie die Worte balanciert, auf der messerscharfen Schneide zwischen Wirklichkeit und Wirklichkeit.

Das ist nicht nur mein düstrer Mantel, Mutter.
Auch nicht der Brauch der Trauer, schwarze Tracht.

Es klingelt. In diesem Moment klingelt das Telefon, und alles wechselt auf ein anderes Gleis, er spürt es unmittelbar, versucht dennoch, sich an das Alte und Gewohnte zu halten. Für ein Weilchen. An das Alte, Sichere und Andersartige.

Er ignoriert das erste Signal. Hat es bereits verdrängt, als es noch in den Wänden hängt. Es verhallt. So, als hätte es nie Raum beansprucht. Ungerührt fährt er mit seiner Arbeit fort bis zum nächsten Signal. Versucht dann, auch dieses in die Flucht zu treiben, aber vergebens. Unerbittlich drängt es sich auf. Unerbittlich wie eine Vorahnung in der Nacht. Wie der Blick einer Mutter. Es klingelt. Er gibt auf. Hebt die Feder vom Papier und wartet.

Wartet. Zählt.

Drei. *Nicht das Seufzen und Stöhnen meines beklommenen Atems.*

Vier. Wenn es nach sechs Mal aufhört, dann ist es Birthe. *Nicht das Seufzen* ... Er hat keine Lust, mit Birthe zu sprechen. Nicht heute, nicht an so einem Tag.

Sieben. Dann kann es jemand anderer sein.

Er nimmt die Treppe in drei Sätzen. Spürt einen kurzen Schmerz in der Leiste. In der rechten Leiste, immer rechts. Der Flur liegt im Dunkel: Seit dem frühen Nachmittag hat er dagesessen und geschrieben, er hat nicht die Gelegenheit gehabt, Licht oberhalb der Erde zu machen, aber jetzt schnitzt das Telefon weiße Lichtspäne aus der Dunkelheit, und die Dringlichkeit steht ihm plötzlich klar vor Augen.

Wie ist das möglich? Wovon nährt sich diese Vorahnung?

Er weiß es nicht. Kann das mit diesem pochenden Herzen und diesem in die Jahre gekommenen Körper nicht verstehen. Außerdem hat er ein Glas getrunken. Er ergreift den Hörer und antwortet.

»Maertens.«

Das ist jetzt seit so vielen Jahren schon sein Name, dass er nicht mehr darüber nachdenkt, dass er früher einmal anders geheißen hat. Aber nun ist nur Schweigen zu hören, und er hat Zeit, sich an sein gesamtes Leben zu erinnern.

»Maertens«, wiederholt er und lauscht. Hört – oder spürt – den Puls seiner eigenen Schläfe am kühlen Bakelit. Hört – oder spürt – seine schwere Kurzatmigkeit. Sonst nichts.

Nichts.

Doch nichts.

*

Ungefähr so. Wenn das Geschehen einen Anfang haben soll, dann beginnt es hier. Genau in diesem unerwarteten Riss. Eines Abends Ende Januar steht er in seiner eigenen Dunkelheit in seinem eigenen Flur und hält den Telefonhörer ans Ohr gedrückt. Im Kellerraum trocknet bereits die Tinte. Die Gestalten verblassen und verstummen. Aus der Küche sickert ein Hauch von kaltem Zigarettenrauch, aber ansonsten machen sich die Welt und die nähere Umgebung nicht besonders bemerkbar. Was möglicherweise zu vernehmen sein sollte, ihre unklaren Signale und Rufe, befindet sich dort drinnen in der Verlängerung der Telefonmuschel. Dort drinnen, dort in der Ferne, an einem anderen Ende. Weit von ihm im Zimmer entfernt oder ganz nah bei ihm.

Das hält ihn fest. Der Riss wird größer, und das Schweigen im Hörer nagelt ihn wie eine unbezahlte Schuld fest, doch genau in diesem Moment erscheint das nicht besonders bemerkenswert. Ganz und gar nicht bemerkenswert. Erst später, als er endlich aufgelegt hat, da überfällt ihn die Verwunderung.

Die Verwunderung. Doch während er dasteht und lauscht, vergisst er alles Andere um sich herum. Sein Bewusstsein liegt in anderen Händen. Seine Gedanken und Wahrnehmungen werfen alle Taue von sich und lassen sich entführen. Widerstandslos und sekundenschnell wird Schicht für Schicht vom Schweigen und der Entfernung abgetragen, so dass zum Schluss nur noch der Kern selbst zurückbleibt.

Der Mensch. Mann oder Frau. Jung oder alt. Tief drinnen

in diesem Unbekannten befindet sich die unhörbare Stimme eines anderen Menschen. Freund oder Feind. Irgendjemand dort draußen, dort in der Ferne, richtet sich an diesem Abend mit einem stummen Gebet an ihn, eingehüllt in dieses Schweigen wie ein Wort in eine Wolke.

Ein Schweigen, das er unter tausend Schweigen wiedererkennen wird.

Ungefähr so. So fängt es an.

*

Du bist nicht ganz gescheit, Maertens, denkt er hinterher und schaltet das Licht ein. Wieder einmal. Eines dieser Tiefs, sie kommen näher und näher, die verspätete Vorhut des Alters und Verfalls. Sein Blick fällt auf den Kalender von Clauson & Clauson und findet das heutige Datum: Donnerstag, der 26. Zwei Kästchen weiter, über Samstag, den 28., hat er mit rotem Stift B: 48 geschrieben.

Birthe achtundvierzig. Da muss er wohl ein Geschenk kaufen. Wahrscheinlich in der Mittagspause am nächsten Tag. Wann sonst? Eine Flasche Parfüm oder einen guten Wein. Was sonst?

Keinen Wein. Unter keinen Umständen Wein, beschließt er. Beim letzten Mal wollte sie seinen Château Margaux für spätere Gelegenheiten aufbewahren, statt ihn in seiner Gesellschaft zu trinken. So eine Dummheit will er nicht noch einmal begehen. Mit Parfüm ist sie zweifellos besser bedient.

Hinaus in die Küche und eine Zigarette anzünden. Der einzige Ort im Haus, wo er es sich immer noch gestattet zu rauchen. Er setzt sich an den Tisch. Immer noch ein leichter Schmerz in der Leiste, der Rücken jetzt besser. Die Wachstischdecke ist hässlich, aber nicht hässlicher als gestern. Dann sitzt er da und versucht die Dinge in den Griff zu bekommen, die Dunkelheit des Januars und die Gedanken, die nur darauf warten, hervorbrechen zu dürfen.

Oder aber sie zurückzuhalten, das ist nicht so ganz klar. Etwas ist passiert, er weiß nicht was, aber es gibt eine Tatsache, die schneller als alles andere Treibgut an Land geschwemmt wird und sich begreiflich macht, nämlich dass es genau in diesem Augenblick einen Ort geben muss – weit entfernt oder ganz nah, vielleicht eine Küche, genau wie seine eigene –, einen Ort, an dem jemand anders auch im Halbdunkel sitzt und mit zitternder Hand eine Zigarette zum Mund führt. Jemand anders.

Wie er selbst, Maertens. Einer, der keine Stimme hat, um zu sprechen, Freund oder Feind, der sich ihm aber genähert haben muss. In Maertens' eigene Welt eingedrungen sein muss.

Jemand, dessen Gesicht nicht hervortreten will, dessen Person, Persönlichkeit und Bedingungen ihm vielleicht nur zu bekannt sind, dessen Bild deutlich werden könnte, wenn es Maertens nur gelänge, nicht krampfhaft zu versuchen, es herbeizurufen. Ja, er redet sich ein, dass es sein könnte, wenn es einem nur gelingt, nicht an dieses Schweigen zu denken, das man unter tausend Schweigen erkennen würde, und stattdessen ruhig und still dasäße, rauchte und aus dem Fenster schaute in den Januardunst, der die Straßen und Straßenlaternen und Bäume in einen weichen, fremden und gleichzeitig vertrauten Nebel einhüllt, dass es dann sein könnte, dass plötzlich, simsalabim, der Mensch leibhaftig vor dem inneren Auge erschiene.

Freund oder Feind.

So ist es. Alles zerrinnt. Die Zigarette brennt unerbittlich herunter, ohne irgendeinen Nutzen gehabt zu haben. Er drückt sie wütend aus, spült eventuelle Glutreste unter dem Wasserhahn ab, wäscht den Aschenbecher aus und stellt ihn kopfüber zum Abtropfen. Das sieht hässlich aus, aber nicht hässlicher als gestern. Du bist ein verdammter Teufel, Maertens.

Ende Januar.

Kalte Nebelschwaden.

Er kehrt wieder in den Kellerraum zurück. Läuft eine Weile unschlüssig und unruhig hin und her. Klappt das Schreibheft zu, löscht das Licht, geht hoch und legt sich schlafen.

Ahnt kaum etwas. So ist es meistens.

2

Der nächste Tag ist ganz normal.

Normal und aufdringlich wie die Steife in den Schultern und das Warten auf das, was nie kommt. Er wacht auf, ohne geschlafen, ohne geträumt zu haben. Im Aquarium treibt das Regenbogenmännchen mit dem Bauch nach oben im Wasser. Zumindest ist anzunehmen, dass es das Männchen ist. Die Kenntnisse, die er über seine Nächsten und Liebsten hat, sind ziemlich dürftig. Draußen auf der Straße hupt Bernard bereits. An Frühstück ist nicht zu denken, es ist halt einer dieser Morgen.

Auf dem Treppenabsatz schlägt ihm ein kalter Wind entgegen. Er schlägt den Mantelkragen hoch und bleibt eine Sekunde in simuliertem Zögern stehen. Wenn der Tod käme oder eine andere unbekannte Größe und böte ihm in so einem Moment die Hand, würde er dann nicht …?

Doch nichts geschieht. Nun gut, also geht er hinaus in die Welt. Aus dem Autoradio strömt eine diffuse Klaviersonate. Bernard sieht unrasiert und grau verfroren aus, dennoch hat er sein Morgengrinsen aufgesetzt, bevor Maertens es noch schafft, die Tür wieder zu schließen.

»Freitag!«, ruft er mit infamer Munterkeit aus. »Trost und Belohnung aller Schiffbrüchigen!«

Dann fängt er an zu husten. Seine Stimmbänder haben sich noch nicht an einen neuen, fremden Tag gewöhnt.

Maertens wird ihm wegen dieses Lächelns irgendwann noch einmal eins in die Fresse hauen. Dieses Morgengrinsen. Das ist ihm schon seit langem klar, verdammt klar. Eines Tages werden alle Gedanken zwangsläufig in Handlungen übergehen und eine höhere Stufe erklimmen. Irgendwann einmal, aber nicht an diesem Morgen.

Bernard redet sich warm.

»Du brauchst dir nur die ersten fünfzehn Minuten anzugucken, oder vielleicht die ersten siebzehn, wenn wir ganz genau sein wollen, mit Rügers beiden Toren und Mussets hohem Kopfball an die Latte, das lässt mich schlicht und einfach an ein Sonett denken. Ein Sonett!«

Maertens sagt nichts.

»Genauso wie Andersson gegen Portisch sechsundsiebzig mich an verlorene Eier erinnert hat. Es ist irgendwie dasselbe. Verstehst du? Verstehst du?«

»In Brest?«, fragt Maertens. Gähnt. Es knackt in den Gelenken.

»In Brest. Wo sonst?«

So geht es weiter. Maertens reagiert, hört aber nicht wirklich zu. Er registriert nichts, findet keinen Anlass dafür. Bernard redet im Kreis. In dem Bereich, in dem er etwas zu sagen hat, wiederholt sich alles immer wieder, Maertens hat das im Laufe der Jahre gelernt. Analogien verändern sich, werden ausgetauscht und ausgeschmückt – aber das Muster, das möglicherweise gewollte, ist immer zu greifen. Es kommt stets in seiner bleichen Dürftigkeit an die Oberfläche.

Zumindest stellt er es sich so vor, und wenn es denn anders sein sollte, könnte er doch nichts daran ändern. Bernard spinnt seinen Wortkokon weiter, beharrlich und unermüdlich, in gewisser Weise eisenhart, eine Schicht wird über die andere gelegt, tagein, tagaus. Über Essen und Fußball spricht er. Über Schach. Über alte Radchampions. Über Frauen.

»Weißt du, Maertens, mit den Frauen, das ist doch etwas Besonderes!«

Etwas Besonderes? Maertens zündet sich die erste Zigarette des Tages an und denkt an Straßenbahnen. Wie es wäre, stattdessen mit der Straßenbahn zur Arbeit zu fahren. Das ist ein geliebter, angenehmer Zwangsgedanke, der sich jeden Morgen auf den dreihundert Metern zwischen den Bahngleisen und dem Fluss in ihm festsetzt. Kein großer Gedanke, aber praktisch wie ein Topflappen oder eine Lebenslüge, und nach einer Weile lässt er ihn wieder fallen, und im gleichen Moment, im gleichen alten, üblichen Moment, ist der neue Tag über ihn hereingebrochen. Dieses unklare, traumhafte Gefühl, das diesen speziellen Tag aus der langen Reihe vergangener und zukünftiger Tage heraussiebt. Die Diktatur des Jetzt, das hat er irgendwo gelesen, ihre Anwesenheit ist stark und überraschend, er bietet ein paar Sekunden lang Widerstand, resigniert dann aber und holt tief Luft. Wirft einen Blick zu Bernard hinüber. Könnte es sein, dass dieses genau die Gebrauchsanweisung zurückhält, die Maertens braucht? Dieser Bernard. Ja, ist es denn nicht so? So ist es um die Welt bestellt! Auf diese Art und Weise verhält es sich mit Dingen und Sachen! Es ist etwas Besonderes mit den Frauen.

Und er braucht nicht einmal zuzuhören. Nie eine eigene Meinung auszudrücken, vielleicht ist das ein Privileg.

»Du solltest die Scheiben kratzen«, sagt er schließlich an diesem Morgen, weil er nicht hinaussehen kann.

»Quatsch«, erwidert Bernard. »Das wird klar, wenn die Heizung in Gang kommt. Außerdem findet sie den Weg von allein.«

Sie biegen ab auf den Alexanderviadukt. Im Laufe der vielen Jahre, die sie zusammen fahren, ist es noch nie vorgekommen, dass die Heizung in Gange gekommen wäre. Und das Pronomen *sie* bezieht sich auf das Fahrzeug selbst, die

Fortbewegungsmaschine, wenn man so will. Sie hat eine dunkle Geschichte, aber sicher verhält es sich so, wie Bernard sagt: Sicher ist sie früher einmal eine Schönheit gewesen mit durchgehend weiblichen Vorzeichen. Eine junge, himmelblaue Vidette. Inzwischen ist sie in die Jahre gekommen, immer noch auffallend und an einzelnen Punkten zwar schick, an anderen, und deren Zahl überwiegt, aber umso ramponierter. Sie bewegt sich ziemlich unbeholfen, macht außerdem ziemlich viel Lärm, und eines schönen Tages wird es wohl passieren, dass sie ein für alle Mal stehen bleibt. Wer weiß?

Er drückt seine Zigarette in dem überquellenden Aschenbecher aus. Schließt die Augen, um nicht abgelenkt zu werden. Lehnt den Kopf gegen die Nackenstütze, die es nicht gibt, und konzentriert sich. Zuerst aufs Schachspiel, dann auf das andere. Das Schweigen.

*

»Dann spielen wir also heute Abend bei Freddy's eine Partie?«

Maertens schaut auf. Bernard hat seine Brille abgenommen, er sitzt da und reibt sie mit seinem Schal sauber. Die Scheiben sind immer noch vereist. Der Morgenverkehr dort draußen dröhnt dicht und herausfordernd. Maertens nickt. Freitagabend ... Freddy's, natürlich. Was sonst? Welche anderen Wege würden überhaupt offen stehen? Welche?

Birthe natürlich, aber der Samstag ist ja schon ausgemacht.

Schreiben?

An der Ampel auf der Hohenzoller Allé kommt die Frage nach der Arbeit. Immer genau in der Sekunde, bevor sie auf Grün umspringt, es ist ein verdammtes Rätsel, wie er das wissen kann ... »Der Job, Maertens! Wie ist die Woche gewesen? Hamsterrad oder Mühlstein? Hat sie das Wohlbefinden und den Wohlstand befördert? Antworte mir, Maertens, was ist mit dir an diesem schönen Morgen nur los?«

Mühlstein? Nein, er hat nichts anzumerken. Sein Los ist nicht schlechter als das anderer. Insbesondere nicht mehr, seitdem die Aufmerksamkeit auf das staatliche Kulturhaus verlagert wurde, das in ihrer Stadt wie in so vielen anderen errichtet wurde. In Maertens' und Bernards Stadt. Er denkt eine Weile darüber nach. Fragt sich, warum. Kein Mensch scheint sagen zu können, wozu so ein Gebäude eigentlich gut sein soll. Aber vielleicht haben seine Väter und Erbauer einfach nur etwas zu Stande bringen wollen, vielleicht verhält es sich so. Eine Art Andenken, ein Monument für sich selbst und die Zeit, in der man lebt. Vielleicht.

»So ist es mit Denkmälern, so kommen sie zu Stande«, hat Bernard einmal festgestellt, an einem anderen Morgen, als Maertens sich in den für heute erledigten Überlegungen zu verlieren schien. »Wer bist du, dass du meinst, klagen zu dürfen«, will Bernard heute wissen. »Kipp nicht das Kind und noch so einiges mit dem Bade aus. Eine neue Bibliothek und rückenfreundliche Stühle, was willst du mehr?«

»Ich kann nicht klagen.«

»Das ist gut, mein Freund, ich will ja nichts Unmögliches von dir verlangen. Gut, schon gut.«

*

Die Tomasbrücke ist wieder verstopft. Wie üblich.

Maertens reibt mit dem Mantelärmel ein Guckloch auf der Scheibe frei. Er betrachtet den Fluss und die Schiffe, die für den Winter verankert am Kai liegen, ein einsamer Schlepper steuert durch den Nebel, die Sonne steht niedrig und wirft keinen einzigen Lichtstreifen übers Wasser. Dunkel und wie aus einem Guss sieht es aus. Die Enten und ein hübsches, kaum voneinander unterscheidbares Schwanenpaar liegen noch in verfrorenem Nachtschlaf auf Karlsöns

Strand. Bernard spricht jetzt von Majakowski, von der Hyperbel als Stil- und Wirkungsmittel, und von einer Frau, die er schon lange kennt. Frida. Frida Arschel. Seine Worte werden von einem Nachrichtensprecher und einer Straßenbahn, die vorbeischeppert, übertönt. Was wird aus all deinen Worten, Bernard? Wohin gehen sie?

Erneut widmet er einige Gedanken dem Telefongespräch, aber es ist schwer, sich in dieser Morgenkakophonie den Begriff Schweigen vorzustellen. Und ganz besonders so ein Schweigen.

*

Er wird am Zeitungskiosk am Markt herausgelassen. Als er vier Schritte gegangen ist, ruft Bernard durch das heruntergekurbelte Seitenfenster:

»Vergiss nicht, Fräulein Kemp von mir zu grüßen!«

Darauf pfeift er *La donna è mobile,* peitscht den Motor hoch und fährt weiter. Seit geraumer Zeit ist Bernard in Maertens Chefin, Marie-Louise Kemp, verliebt. Das ist eine Eigentümlichkeit, die sie bereits verschiedene Male diskutiert haben. Maertens hat auch schon beim Werben Beistand geleistet. Aber das Ergebnis ist bis heute ziemlich dürftig, kaum der Rede wert. Fräulein Kemp ist keine Frau, der man sich ohne weiteres nähert, ganz und gar nicht. Überhaupt ist das Ganze eine düstere Geschichte, und das Einzige, was Bernard als Begründung anführt, ist sein Alter.

»Wenn man die Fünfzig überschritten hat«, sagt er, »dann muss man sich ein neues Frauenideal suchen.«

Fräulein Kemp sollte also dem alten widersprechen ...?

Nein, Maertens hat keinen Blick dafür. Auch an diesem Morgen nicht. Aber schließlich ist das auch nicht sein Problem.

*

Die Sonne spiegelt sich im Denkmal.

Mitten im Zentrum steht es. Auf der nördlichen Seite des S-Marktes, eingerahmt von hanseatischen Prachtgiebeln, Jugendstilfassaden, wuchernden Linden – ein grober, phallusförmiger Riesenzylinder aus Glas, Stahl und farbigem Beton. Vielleicht wollte der Architekt auf eine andere Heimstatt in den höheren Sphären verweisen oder etwas in der Art. Unter den einfacheren Leuten der Stadt wurde er schlicht und einfach *Der Steife* genannt. Oder auch *Der Große Steife*. Maertens überlegt, kann sich aber nicht daran erinnern, jemals einen anderen Namen für das Gebäude gehört zu haben, aber irgendwie wird es sicher heißen. Einen schöneren Namen muss es ja wohl haben. Für die Staatsbibliothek sind jedenfalls die beiden untersten Stockwerke vorgesehen, so dass die Gefahr, jemand, der einfach nur Bücher ausleihen oder lesen möchte, könnte sich in die höheren Gefilden verirren, ausgeschlossen ist. Absolut ausgeschlossen.

Fräulein Kemp ist die Chefbibliothekarin. Er stößt mit ihr bereits in der Garderobe zusammen. »Guten Morgen«, sagt sie nur. »Kalt?«

Sie verbraucht so viel von dem Sauerstoff in dem kleinen Raum, dass ihm für einen Moment schwindlig wird. Aber nur für einen Moment. Auf seine eigenen Atemzüge braucht er sich wahrscheinlich nichts einzubilden, und er beschließt, die Grüße ihres weißen Ritters nicht zu übermitteln. Er will ihn nicht in ein schlechtes Licht setzen. Das schafft er mit Sicherheit selbst, Maertens kennt ihn so gut wie seine eigene Hosentasche.

Er hängt Mantel und Schal auf und schlüpft auf die Toilette. Spritzt sich kaltes Wasser ins Gesicht und spült den Mund aus, es gibt solche und solche Morgen.

Dann geht er in den Aufenthaltsraum. Begrüßt Roaldsen und Leon Markovic. Er gießt sich aus der Kaffeemaschine

Kaffee in einen Becher ein, auf dem »Coffee – the heartblood of tired men« steht. Chandler.

»Du siehst alt aus«, sagt Roaldsen.

Er nickt und verbrennt sich am Kaffee. Fräulein Kemp kommt herein. Sie zeigt eine feine Runzel über der Brille, und ihr erdfarbenes Tweedkostüm sieht aus wie frisch gebügelt. Sie schaut auf ihre Armbanduhr. Zweifellos ist es an der Zeit.

An der Zeit, die Arbeitsaufgaben des Tages anzupacken. Ein neues Frauenideal?

*

Als die Kunden hereingelassen werden, steht die Witwe Loewe als Erste in der Schlange.

Maertens hilft ihr behutsam über die Schwelle. Führt sie vorsichtig die acht Treppenstufen hinauf – seit den hektischen Tagen vor Weihnachten gibt es immer wieder Probleme mit dem Fahrstuhl – und hilft ihr, die Ausleihzeit für den zweiten Band von »Krieg und Frieden« zu verlängern. Anschließend unterhalten sie sich eine Weile, ob das Schicksal es wohl zulassen wird, dass sie noch das ganze Werk zu Ende liest, bevor ihre Tage ein Ende finden werden. Obwohl man das ja nie wissen kann.

Anschließend bringt er sie zur Haltestelle auf der anderen Seite des Markts und passt auf, dass sie in die richtige Straßenbahn steigt. Die Sechsundzwanzig, die Linien sind nach Neujahr verändert worden. Oder vielmehr die Ziffern, die Schienen liegen da, wo sie immer gelegen haben.

Ein Freitag im Januar, denkt er, als er wieder hinter dem Ausleihtresen sitzt. Ein Tag wie jeder andere im Leben.

Es ist kein neuer Gedanke.

3

Freddys Bar liegt in Pampas. So hieß die Gegend im Volksmund schon immer, dieses lang gestreckte, nur teilweise bebaute Gebiet zwischen dem träge dahinfließenden Fluss und dem Südlichen Stadtwald. In welchem Jahr Freddy seine Tore geöffnet hat, das weiß Maertens nicht, aber es muss irgendwann während seiner eigenen langen Abwesenheit gewesen sein. Als er schließlich zurückkam, stand sie da, als hätte sie sich schon immer dort befunden: die kleine Nachbarschaftskneipe an der Ecke, der Zufluchtsort und Schutz aller Einsamen in Pampas. All diese Verirrten und Verlassenen, die einigen der zahllosen Stunden all ihrer Wochen, Monate und Jahre zu entfliehen suchen. Die mit ihrem Tod, das ist ihre letzte Hoffnung, einzig und allein den Kreis ihres eigenen Lebens schließen und sonst nichts.

Die auch nur aus lauter Barmherzigkeit existieren, das ist ihre kleinlaute Entschuldigung.

Er kommt zu spät, Bernard hat bereits die Spielfiguren aufgestellt. Sie bestellen Dunkelbier und beginnen mit einer Partie. Istvan und der Chinese wechseln den Tisch, lassen sich bei ihnen nieder und schauen zu. Istvan hat eine neue Frau dabei, sie heißt Ingrid und sieht nordisch aus. Sehr nordisch mit langem Hals und hellem, fast weißem Haar. Bernard redet ununterbrochen, jetzt am Abend mit noch weniger Widerstand, über den neuen Akkord in der Fahrradfabrik, in der er arbeitet, über bevorstehende Spiele in den Fußballligen, mit dem Chinesen über Möglichkeiten, fürs Wochenende ein Haus am Meer zu mieten, mit Grete, Freddys besserer Hälfte, über das aktuelle Tagesmenü.

Denn sobald die Partie zu Ende ist – ein kühnes, russisches Ersatzremis –, ist es Zeit zu essen. Gretes solide Kochkünste bieten an diesem Freitag ein prachtvolles Kalbsragout mit Pilawreis und Pilzen. Sie teilen sich dazu eine Flasche richtigen Bourgogne zu viert. Istvan trinkt nie etwas anderes als Bier. Sein Magen kommt sonst durcheinander, wie er behauptet. Er verträgt kaum Wasser.

Nach dem Essen kommt Freddy selbst und setzt sich eine Weile zu ihnen. Er bringt die niederschmetternde Nachricht, dass er vermutlich »The Duchess of Malfi« erschießen muss.

The Duchess, das ist Freddys und Gretes Hofhund. Eine riesige Neufundländerhündin, die ihren Platz und ihr gesamtes anspruchsloses Revier zwischen der Heizung und der Garderobe hat und die ein äußerst würdevolles Tier ist. Sie hat nie viel Aufmerksamkeit verlangt, höchstens mal eine buschige Augenbraue gehoben, wenn nicht mehr ganz so standfeste Gäste Bier auf ihr Fell gekippt hatten oder ihr zu hart auf den Schwanz traten.

Und sie lebt bei Freddy, solange irgendjemand zurückdenken kann. Aber in letzter Zeit hat sie angefangen zu riechen, und jetzt war der Tierarzt da und hat das Urteil über sie gesprochen.

»Sie muss der älteste Hund der Welt sein«, sagt Istvan.

»Ach, sie hat so ein liebes Wesen«, lispelt der Chinese.

»Das Schlimmste«, erklärt Freddy, »ist, dass ich gezwungen bin, sie sozusagen vom Fleck weg zu erschießen. Wenn wir versuchen, sie woandershin zu bringen, dann würde sie sofort den Braten riechen.«

Es wird einhellig genickt. Es ist betrüblich. Es ist unverantwortlich. Einige flüchtige Augenblicke lang betrachtet man die zum Tode Verurteilte, und Maertens weiß, dass jeder Einzelne in diesen Sekunden denkt, dass sie alle im gleichen Boot wie die Hündin sitzen. Alle zusammen. Es ist ein großes, nicht in Worte zu fassendes Gefühl. Dann spricht der Chinese einen Toast aus, das macht er immer, sobald sich die Gelegenheit bietet, und Freddy widmet sich wieder seiner Arbeit.

*

Durch noch zwei weitere Partien arbeiten sie sich: noch ein Remis und eine sich lange hinziehende Spanische Partie, bei der Maertens zum Schluss einen Bauern nach mehr als fast achtzig Zügen in einen Sieg verwandelt. Bernard notiert das Ergebnis in seinem gelben Notizheft und teilt den Jahrespunktstand mit: 8,5 : 6,5 zu Maertens' Gunsten.

Genau in dem Moment, als Bernard das Heft wieder in seine Innentasche schiebt, wird Maertens an diesem Abend von dem Gefühl der Sinnlosigkeit überfallen. Ganz genau in dieser zähen Sekunde. Wie ein Schlag auf den Kopf trifft es ihn. Hart und schonungslos. Der anonyme und allmächtige Fürst ist das Ganze jetzt leid, diese windgetriebenen Marionetten da drinnen in Freddys Bar sind an diesem Freitagabend ihres Lebens überdrüssig. Entschlossen fällt sein Riesenhammer aufs Dach und geradewegs auf Maertens' Kopf, um allem endlich ein Ende zu bereiten.

Allem, was ihn schon seit längerem in keiner Weise mehr amüsiert.

Maertens beobachtet Bernards Hand, als diese die Innentasche verlässt. Sie taucht hinter dem Jackenrevers unter, ändert die Richtung, um die Krawatte zu richten, seine würstchenartigen Finger sehen zögernd und resigniert aus, immer langsamer bewegen sie sich, das Bild von ihnen flimmert und zuckt wie die letzten Kästchen eines Filmstreifens, der gerissen ist. Oder gerade reißt, die letzten Zehntelsekunden, bevor alles still wird. Dunkel und still.

Das ist nichts Neues. Natürlich hat er das schon früher erlebt, all das, es ist an diesem Abend nur außergewöhnlich deutlich. Er zögert vor diesem Gedanken, zwingt sich aber, ihn aufzunehmen. Stößt auf die gleiche Stimme wie immer. Die gleiche, beharrlich auffordernde Stimme, die ihre dunklen Fragen rezitiert: über die Vergangenheit, über das nie Geklärte. Wie es möglich ist, dass man hier bei Freddy's sitzt und wie man sich denn von hier fortbegeben will? Begreift man nicht, dass etwas anderes vor sich geht? Dass es eine andere Wirklichkeit und andere Aufgaben gibt, denen man sich widmen muss? Eine andere Strömung im Dasein, deren Sog so viel stärker ist, deren Wasser so viel klarer ist. Deren Ziel so viel wertvoller ist, versteht man das wirklich nicht?

Nein, Maertens versteht überhaupt nichts. Er beendet sein Grübeln und will nicht mehr zuhören. Ist der Meinung, dass die Stimme an diesem Abend wie ein scheinheiliger und umnebelter Seelenfischer klingt, und trinkt entschlossen ein Bier, um sie abzustellen. Es schmeckt nach Metall auf der Zunge. Eisen wahrscheinlich.

Er sehnt sich nach Hause. Heim zu seinem Schauspiel mit den alten Gestalten und ihrem unveränderlichen Leben.

*

Bevor sie sich für diese Nacht voneinander verabschieden, bittet er Bernard noch um einen Gefallen. Er bittet ihn anzurufen, sobald er zu Hause angekommen ist.

Nur anzurufen und ein paar Minuten in den Hörer zu schweigen. Oder bis er, Maertens, selbst auflegt. Bernard versteht zunächst nicht den Sinn dieser Bitte und argumentiert eine Weile. Sie stehen draußen vor dem Sportplatz unter einer Straßenlaterne. Bernard hält sich an ihr fest und gestikuliert eifrig mit dem anderen Arm. Es ist deutlich zu merken, dass er betrunkener als üblich ist, sein gedrungener Körper sieht unter dem unruhigen Licht grotesk aus. Ein boshafter Zwerg. Ein geiles Gorillamännchen.

»Was zum Teufel meinst du, Maertens?«, fragt er zum fünften Mal. »Erklär mir zum Teufel, was du meinst?«

Maertens schüttelt den Kopf. »Mach es, wie du es für richtig hältst, Bernard«, erklärt er. »Entweder du rufst an, oder du lässt es bleiben. Ich erkläre es dir ein andermal.«

Er verlässt Bernard, geht das letzte Stück allein. Es hat angefangen zu schneien. Mit seinen Händen versucht er die leichten Flocken aufzufangen, aber sie sind so durchscheinend, dass sie schon die Nähe seiner Haut nicht zu ertragen scheinen.

Und nicht den geringsten Augenblick einer Berührung.

*

Das Telefon klingelt jedenfalls. Natürlich, sie kennen sich ja schon lange.

Wieder einmal steht er auf dem Flur und horcht auf das Schweigen. Es ist bei weitem nicht das gleiche. Deutlich, ganz deutlich kann er Bernards schwere Gestalt am anderen Ende des Drahtes vernehmen. Er legt nach weniger als einer Minute auf, spürt, dass er vom Kalbsragout Sodbrennen bekommen hat, und trinkt ein Glas Selters, bevor er ins Bett geht.

Nichts ist passiert, denkt er. Nichts, was diesen Tag von allen anderen Tagen im Leben unterscheidet. Ob es sich nun um seine eigenen oder die aller anderen handelt. Absolut nichts.

4

Im Gefängnis stellte er sich diese Frage:

Ist ein Mensch, der vierzehn Jahre seines Lebens verloren hat, älter oder jünger als sein eigentliches Alter?

Erst als er wieder freigekommen war, begriff er, dass keine der beiden Alternativen richtig war. Es war einfach nur eine dieser immer wieder auftauchenden Fragen, auf die es keine Antwort gibt. Fragen in fremden Federn. Der siebenunddreißigjährige Mann, der die Haftanstalt mit schlechter Haltung und durchsichtiger, bleicher Gefangenengesichtsfarbe hinter sich ließ, war etwas anderes. Etwas radikal anderes. Die Frage nach dem Alter war beliebig und inhaltslos, plötzlich gab es nur Raum, *gibt* es nur Raum, Jahr für Jahr hat er gezählt und in alle erdenklichen Zeitabschnitte eingeteilt: Monate, Wochen, Tage – und die kleineren Einheiten: Sekunden, bis das Duschwasser abgestellt wird, Minuten, die der Abendfreigang noch währt, Stunden, in denen das Licht des Morgengrauens in sein Zellenfenster fällt und ein Muster wie das eines unregelmäßigen Sterns an die Wand wirft ... aber als er schließlich herauskommt, als er schließlich frei ist, bleibt all das mit der Zeit hinter den Mauern zurück.

Vieles andere auch. Das Bild von seinem Leben beispielsweise.

Das wird ihm erst viel später bewusst. Das mit dem Bild.

Nachdem Jahr um Jahr vergangen ist, nachdem er Bernard wiedergetroffen und ihm erzählt hat, wer er eigentlich ist.

Gewesen ist. Bernard und Birthe. Die, die davon wissen.

Bei einem Glas Bier in Darms vernebeltem Café kratzt Bernard seine Pfeife aus und fragt: »Was für ein Bild hast du von deinem Leben?«

Er antwortet ausweichend, dass er keines habe. Bernard stopft den Tabak umständlich nach und lässt nicht locker. Versucht zu erklären, worum es bei der Frage geht, was es bedeutet, ein Bild von seinem eigenen Leben zu haben. Etwas, das alle in sich tragen sollten: etwas, das unumgänglich ist, ein Spiegel, ein Muttermal. In schlechten wie in guten Zeiten.

Das Bild.

Aber Maertens hat keins. Er hatte wohl eins bis zum Alter von dreiundzwanzig Jahren, aber jetzt gibt es keines mehr.

Kein Bild von seinem Leben. Nur das Leben selbst. Bernard zündet sich die Pfeife an und zieht einen Rauchvorhang vor.

*

Denn als er herauskam, da gab es nur einen Anfang. Vielleicht die Andeutung einer Richtung, aber mehr nicht, die ersten Schritte den Anstieg eines riesigen Berges hinauf. Mit dem Rücken zur Steilwand. Kein Punkt, an dem irgendetwas anfängt. Keine Basis, um etwas aufzubauen, und keine Verbindungsglieder. Er hat später nicht mehr begriffen, was es denn hätte sein sollen, was er erwartet hatte. Stand nur mit den Händen in den Taschen da und einer bleichen Sonne im Gesicht, plötzlich etwas so verdammt Übermächtigem gegenüber, einer neuen Felswand, einem Wald aus dichter, nicht festgezurrter Zeit, die so dicht um ihn herum wuchs, dass ihre Zweige seine Haut zerkratzten und tief in seinen Blutkreislauf hineinragten. Mitten ins Leben geworfen, ein Fötus mittleren Alters ohne Heute und Morgen. Ein Soldat im fremden Land. Weder noch.

Ungefähr so.

Als er sich an diesen Zustand gewöhnt hatte, wurde er ihm schließlich vertraut wie die eigenen Hände. Von dieser Plattform aus begann er. Ohne Vorstellung von Ziel oder Sinn, nie mehr als einen Tag im Fokus. Oft nur ein paar Stunden.

Und er verwarf seinen Namen. Vielleicht hatte er ja geglaubt, dass er im Laufe der Jahre in Vergessenheit geraten würde, aber dem war nicht so. Er lernte das herostratische Gesetz und konnte darüber lachen: dass die meisten aus dem Gedächtnis der Allgemeinheit verschwinden – Staatsmänner, Helden, gefeierte Künstler und Ähnliches –, dass man jedoch niemals einen Missetäter vergisst. Einen Mörder vergisst man nicht.

So wurde er Maertens. Wenn es nur um ihn gegangen wäre, er nur sich selbst vor Augen und im Spiegel sähe, dann hätte er gut mit dem Namen der Schande leben können. Es störte ihn nicht in seinem neuen Leben. Aber es gab da einen Faktor. Einen einzigen, der ihn mit der Haftzeit verband ... nicht mit dem Gefängnis, sondern mit der Zeit, ein dünner Faden, ein Nabelstrang, eine Unzeitgemäßheit, mit der er nie abschließen konnte.

Es gab eine Frau.

Birthe.

*

Sie erschien wie ein Engel in diesem schwarzen zehnten Jahr, und sie wurde die Seine. Verlassen von einem Seekadetten – der sich, statt ihr das Leben in Glanz und Überfluss zu geben, das er ihr vorgegaukelt hatte, eines düsteren Dezemberabends aufhängte –, war sie zum einen von einer unsagbaren Trauer und Verzweiflung überfallen worden, zum anderen von dem Bedürfnis, etwas Gutes in diesem Leben auszurichten. Was erschien da natürlicher, als sich eines der Unglückskinder der Gesellschaft anzunehmen, das sein jämmerliches Leben hinter Schloss und Riegel darben musste? Ganz und gar nichts. Gesagt, getan. Sie trat in den Verein »Rette deinen eigenen Häftling« ein und kam eines kalten Februarnachmittags mit frisch gebackenen Scones und Brombeermarmelade zu Maertens.

Sie heirateten in der Gefängniskapelle, sie planten eine gemeinsame Zukunft, und sie versuchten, ein Kind zu bekommen.

Ihre besten Jahre fielen in die Zeit, als er noch im Gefängnis saß. Als sie sich nur ein- oder zweimal in der Woche trafen und einander von den kleinen, anspruchslosen Ereignissen aus ihren so getrennten Welten, in denen sie lebten, berichten konnten. Ja, wie leicht und problemlos verhielt sich da alles zwischen ihnen. Wie unbeschwert.

Als er dann später entlassen wurde, als sie plötzlich in der gleichen Welt verkehren sollten, sogar unter dem gleichen Dach, stellte sich heraus, dass sie einander nicht mehr so viel zu sagen hatten. Eigentlich so gut wie gar nichts. Sie trennten sich nach zwei tapferen Jahren. Maertens zog in das kleine Haus in Pampas, das er von seinem mütterlichen Erbe kaufte. Birthe blieb in der Wohnung, und beide schöpften erleichtert tief Luft.

Nun befanden sie sich wieder auf sicherem Abstand. Die Beziehung konnte, wenn auch nicht aufblühen, so doch zumindest in aller Mäßigung wieder aufkeimen. Wie eine Pflanze, die zwar niemals Früchte tragen würde, aber doch soviel Nahrung bekam, dass sie sich am Leben hielt.

So verhielt es sich. Ungefähr so.

*

Verhält es sich heute noch.

Sie gehen nie zusammen aus, Birthe und Maertens. Nicht ins Theater. Nicht ins Kino und nicht in Konzerte, nicht einmal einen gemeinsamen Restaurantbesuch gönnen sie sich. Der gemeinsame Nenner für ihre Beziehung ist von anderer Art.

Die Fleischeslust. Das Bedürfnis zu bumsen. Manchmal spürt man die Neigung, die Dinge beim rechten Namen zu nennen, zumindest was Maertens betrifft. Aus diesem Grunde treffen sie sich ab und zu, mal daheim bei ihm, mal daheim bei Birthe. Sie essen eine Kleinigkeit, schauen eine Weile Fernsehen, und dann gehen sie ins Bett. Das ist in Ordnung so, und auch hiervon hat er kein bewusstes Bild.

In dieser Art geht es nun seit zehn Jahren, und eine andere Frau hat Maertens sich nicht angeschafft. Der Gedanke taucht manchmal in seinem Kopf auf, wie Gedanken es halt so tun, aber er erscheint nie besonders wichtig. Nicht dringend. Wie es bei Birthe mit anderen Männern aussieht, das weiß er nicht. Er nimmt an, dass es einfach keine Bedeutung für ihn hat, zumindest redet man sich so etwas gern ein. Sie existieren füreinander nur während der Zeit, in der sie zusammen sind, vielleicht sollte man die Sache so betrachten, wenn man sie überhaupt betrachtet.

Und nichts ändert sich. Alles geht seinen Gang ... obwohl möglicherweise ...

...möglicherweise hat er eine kleine Besonderheit bemerkt – ein gewisses zunehmendes Interesse für religiöse Fragen von Birthes Seite aus in der letzten Zeit. Das wäre das Einzige, und ein gewisses Maß an Spiritualität hat sie ja eigentlich immer schon gepflegt, oder? Eine Art Beseeltheit, die nie Nahrung in ihrer Beziehung gesucht hat, jedenfalls nicht, soweit er sich erinnern kann. Auf jeden Fall hat er seit Mitte November ab und zu kleine Heftchen in ihrer Wohnung bemerkt. Pamphlete verschiedener Sekten – besonders von einer Versammlung, die sich die Kirche des Reinen Lebens nennt, was immer das auch sein mag.

Er hat die Sache so nebenbei angesprochen, doch, das hat er gemacht, aber keine richtige Antwort bekommen. Überhaupt reden sie selten über etwas Wesentliches, es ist, wie es ist. Eine wichtige Voraussetzung für ihr gemeinsames Sexualleben scheint zu sein, dass sie alles andere außen vor lassen. Alles. Besonders Maertens respektiert das eigentlich immer als eine Art Grundbedingung, und wenn Birthe es damit nicht ganz so genau nimmt, dann kann es ihm eigentlich egal sein. Sie ist auch, wie sie ist, mit einem Parfüm ist sie sicher gut bedient, man kann nicht erwarten, dass ein Mensch allen Anforderungen gerecht wird, nur weil jemand auf die Idee kommt, sie an ihn zu stellen.

Aber das Reine Leben?

*

Es geht auch an diesem Abend gut.

Sie essen Lammkoteletts, dann waschen sie gemeinsam ab. Hinterher sitzen sie auf Birthes Sofa und schauen Fernsehen. Er weiß, dass sie sich wie gewöhnlich den Slip ausgezogen hat. Sie macht einige unmotivierte Bewegungen mit den Beinen, so dass ihr Kleid langsam, wie zufällig, ein gutes Stück über die Knie hoch rutscht. Die Bilder auf dem Fernsehschirm nehmen sie immer mehr gefangen, und als er ihr die Hand auf die Schenkelinnenseite legt, schiebt sie den Unterleib vor, so dass seine Finger sogleich mit ihrem feuchten Schritt in Berührung kommen. Sie starrt vollkommen konzentriert auf eine Ansagerin, als hätten ihre obere und untere Körperhälfte keine Verbindung mehr miteinander. Eine Art Kurzschluss, ein Kollaps der Synapsen, die Seele löst sich vom Fleisch, erhaben, befreit und auf das Fernsehen gerichtet. Das ist verrückt, und eine Sekunde lang ist es ihm peinlich, dass es ihm gefällt.

Sie schlafen miteinander – lieben sich, wenn man so will – dort auf dem Sofa, während der Fernseher läuft. Hinterher gehen sie ins Bett und machen es noch einmal.

Dann schlafen sie bis zum nächsten Morgen. Er wacht davon auf, dass sie im Bett sitzt und ihn ansieht.

»Was ist das?« Sie tupft vorsichtig auf den schmerzhaften Fleck unterhalb seiner linken Brustwarze. Es ärgert ihn ein wenig, dass es ihm nicht gelungen ist, ihn zu verbergen.

»Ein Muttermal. Das weißt du doch.«

»Ein Muttermal? Nennst du das hier ein Muttermal? Das ist doch ganz weich und merkwürdig.«

Er zieht die Decke hoch.

»Maertens!«

Er dreht sich weg und wünscht sich nichts sehnlicher, als woanders zu liegen. In seinem eigenen Bett oder wo auch immer. In einem Graben, in einem Wald, ganz gleich, wo. Die Fleischeslust kann diesen Preis einfach nicht wert sein, denkt er.

»Wieso habe ich das vorher nie gesehen? Natürlich weiß ich, dass du da ein Muttermal hast, aber das hier ist ja ganz angeschwollen ... Lass mich noch mal sehen!« Sie zieht die Bettdecke herunter und drückt vorsichtig auf den Fleck. Die Berührung ist ganz leicht, dennoch spürt er einen stechenden Schmerz. Als säße sie da und bohrte den Finger in eine offene Wunde.

»Wie lange ist das schon so?«

»Ein paar Wochen ... drei.«

»Warst du beim Arzt?«

»Nein ...«

»Du bist nicht ganz gescheit. Du musst sofort zum Arzt gehen, Maertens, hörst du. Das kann Krebs sein, weißt du.«

Ihre Direktheit ist bewundernswert. Er weiß, dass sie möglicherweise Recht hat. Sehr wahrscheinlich sogar. Er hat sich in der Bibliothek entsprechende Lexika angesehen und ist auf drei mögliche Diagnosen gekommen: *Verruca seborrhoica, Basaliom, Malignes Melanom.* Die beiden Ersteren sind relativ harmlos, das Dritte umso ernster, vermutlich auch viel wahrscheinlicher.

Er hat beschlossen, nicht weiter zu forschen. Nicht herausfinden zu wollen, welche Alternative zutrifft. Das wird sich sowieso zeigen, insgesamt sind inzwischen sieben Wochen vergangen, seit er den wachsenden Fleck bemerkt hat. Bis jetzt war es ihm gelungen, ihn vor Birthe zu verstecken, aber jetzt ist er also entdeckt worden.

»Und?«

»Und was?«

»Wann willst du zum Arzt gehen?«

»Ich habe nächste Woche einen Termin«, lügt er.

»Bei was für einem Arzt?«

»Bei einem Onkologen«, sagt er. »Wo denn sonst?«

Damit gibt sie sich zufrieden. Maertens atmet auf. Sie deckt ihn wieder zu und steht auf. Er bleibt liegen und lauscht ihren Geräuschen aus dem Badezimmer. Überlegt einen Augenblick, sofort nach Hause zu gehen. Der Morgen danach mit Birthes Faible für heiße Schokolade gehört zu den anstrengendsten Aspekten ihrer Beziehung, den er am liebsten schwänzen würde, indem er davonliefe.

Aber er bleibt. Hört sie in der Küche rumoren. Tastet selbst mit den Fingern die Stelle ab. Er weiß, wie die Entwicklung laut Alternative drei aussehen wird. Sie wird schnell vonstatten gehen. Ganz plötzlich. Mehr als zwei Jahre werden nicht nötig sein, nicht, wenn man die Behandlung so lange wie möglich hinausschiebt.

Ich habe Krebs, denkt er.

Ich werde in zwei Jahren sterben.

So sieht mein Leben aus.

Es ist kein Krebs, denkt er dann. Nur eine gutartige *Seborrhoica.* Ich werde noch leben, wenn ich hundert bin.

Diese beiden Identitäten sind möglich. Eine dritte gibt es nicht, und diese Feststellung macht ihn fast vergnügt. Nicht wissen zu können, welche zutrifft. Die Möglichkeit, mit diesen beiden Alternativen gleichzeitig zu leben – die eine schließt die andere aus, und dennoch stehen sie Seite an Seite –, ist in höchstem Maße verlockend. Er weiß, warum:

Haben und nicht haben. Alles oder nichts.

Nein, alles *und* nichts.

Ein Bild seines Lebens?

Er steht auf und kann riechen, dass Birthe die Milch in der Küche hat überkochen lassen. Ein unterdrückter Fluch entfährt ihr. Er beginnt sich anzuziehen. Stellt fest, dass das Reine Leben sie noch nicht ganz in seiner Gewalt hat.

5

Ein paar Wochen später ist er wieder einmal auf dem Heimweg.

Es ist ein ruhiger, grauer Sonntag. Plötzlich ist Wärme in der Luft zu spüren. Als er den Fluss entlang geht, kann er fühlen, dass feuchter Wind vom Meer hereinweht und sich nass auf seinem Gesicht niederlässt. Es gibt keine Schneeflecken mehr im Schatten, der Winter scheint für dieses Mal vorüber zu sein. Wenn man in dieser Küstenlandschaft überhaupt von Winter reden kann.

Er geht in gemütlichem Tempo und ist guten Mutes. Er hat es nicht eilig, ins Haus zu kommen, bewegt sich fast bewusst langsam, um genau das hinauszuzögern. Will andererseits auch keine Umwege machen, einen Spaziergang konstruieren, er will nur die Zeit ausdehnen, so weit es möglich ist. Er weiß, dass dieses Gefühl einer postkoitalen Widerstandslosigkeit sich verlieren wird, sobald er zu Hause ist. Es wird von ihm abfallen wie ein verirrtes Lachen, dieser einzigartige Zustand, der einzige, in dem ein Mensch ausruhen kann. Bei Nielemann's bleibt er stehen und kauft sich eine Zeitung. Einen Monat weiter im Jahr könnte er sich auf eine Bank setzen und sich in die Zeitung vertiefen. Jetzt ist es dafür noch zu früh. Er muss sich damit begnügen, sie einzurollen und unter den Arm zu klemmen.

Dann bleibt er noch eine Weile stehen. Betrachtet den

Fluss und denkt: *der Fluss*. Betrachtet einige Möwen, die über dem Wasser kreischen, und denkt: *Möwen, die kreischen.*

Dann geht er wieder los und erinnert sich an einen Sonntag vor langer Zeit, der womöglich ein ganz anderer Wochentag gewesen ist, der ihn aber an diesen heutigen erinnert. An das hier.

Er denkt: *meine Hand in Vaters großer Hand.* Neue Schuhe, oder nicht? Im Mund eine Art schwarzer Karamel, der Bel Ami hieß und einem ein Loch in den Gaumen ätzen konnte, wenn man zu viele auf einmal aß.

Vaters Hand. Die Karamellen. Der Krieg. Der Vervielfältigungsapparat im Keller in der Zuijderslaan hinter der Wäschemangel. Vaters Name unter all den anderen auf dem großen Stein auf dem Markt und das Blasorchester, das im Regen spielte. Betsy, die *fast* seine Cousine war auf irgendeine eigentümliche Art und Weise, die er nie so recht verstand, und die *fast* Brüste bekam in einem Sommer (dem folgenden?) bei Familie Hooting draußen auf dem Lande, und die ihm manchmal *fast* erlaubte, seine Hand auf eine davon zu legen.

Und der Geruch nach gekochtem Kohl und Frau Hooting, die ihn mit der Bibel unter dem Arm und in ihrem besten blaugeblümten Kleid ohne Ärmel, aber mit dicken Schulterpolstern, fragte, ob er nicht für immer bei ihnen bleiben wolle, jetzt, wo seine Mutter nach allem, was passiert war, so kränkelte.

Und der Geschmack nach salzigem Fett, als er ihr in den Arm biss.

All diese Abbilder der Gedanken sind so leicht, dass sie kaum einen Abdruck im Gedächtnis hinterlassen. Oder besser gesagt, all diese Erinnerungen sind so leicht, dass sie gar keinen Abdruck im Gedächtnis hinterlassen. Fußspuren im Wasser, Schrift im Wind.

Jetzt sind die Möwen das Schreien leid geworden, sie landen vor seinen Füßen, aber ein paar Jugendliche fahren auf dem Rad vorbei, wodurch er sich daran gehindert fühlt, ein paar Gedanken mit den Vögeln auszutauschen. Sonst gefällt ihm immer das stumme Verständnis in den Augen der Tiere, und häufig pflegt er etwas Freundliches zu sagen, wenn sich die Gelegenheit bietet: *Guten Abend, Herr Kater, worauf warten Sie denn hier? Die Augen sind die Spiegel der Seele, haben Sie das schon einmal gehört, Frau Kuh?*

Aber nie, wenn Leute in der Nähe sind. Nur unter vier Augen.

Bei der Waldeskirche gerät er geradewegs in ein Durcheinander von Gottesdienstbesuchern, die aus der Messe kommen. Mit geläuterter Seele und begleitet vom mächtigen Glockenklang, der ungewollt Erinnerungen an Urgestein, Erz und Schwefel über die Stadt und ihre Einwohner wirft. Er wechselt die Straßenseite, um nicht in irgendetwas hineingezogen zu werden. Schaut auf die Uhr, es ist ein paar Minuten nach eins.

Der größte Teil des Sonntags liegt noch unbenutzt vor ihm.

*

Das alte Schauspiel hat den Höhepunkt überschritten, nach dem alles unwiderruflich wird. Die auf dem Schloss gastierende Theatertruppe hat den Brudermörder entlarvt, und der Brudermörder hat sich selbst entlarvt. Der junge Prinz weiß, und der Usurpatorkönig weiß, dass er weiß. Was die Königin, diese schwer zu deutende Frau, weiß, das bleibt im Dunkel. Maertens spürt, dass er sie nicht im Griff hat. Er begreift, dass es ihm nicht gänzlich gelungen ist, sie begreiflich zu machen. So ist es leider nun einmal. Dennoch geht es weiter.

Sorgsam wägt er jedes Wort ab. Lauscht dem Rhythmus

und der Kadenz in jeder neuen Strophe, bevor er sie in sein großes Buch einträgt.

O Herz, vergiss nicht die Natur! Nie dränge
Sich Neros Seel' in diesen festen Busen!
Grausam, nicht unnatürlich lass mich sein;
Nur reden will ich Dolche, keine brauchen.

Er taucht den Stift ein und registriert, dass die Tinte zur Neige geht. Seine Gedanken wandern zu Langobrini, seinem Lehrmeister – der seine eigene Tinktur in der Zelle herzustellen pflegte.

Aus Schuhcreme, Soda, Kreosot und Kaffee …

*

Eines Tages im Herbst, es muss im siebten Jahr gewesen sein, kam Langobrini in die Abteilung. Ein schmächtiger, älterer Herr, der sich auf eine leise Art und Weise sofort von den übrigen Häftlingen unterschied. Maertens bemerkte ihn zum ersten Mal während des Mittagessens. Der Neuankömmling hatte sich an einem abgelegenen Tisch niedergelassen – er saß da, aß Suppe und kaute sein Brot und schien vollkommen damit zufrieden zu sein, diese einfachen Tätigkeiten ausüben zu können. Zufrieden und in sich ruhend. Als hätte er selbst entschieden, hier im Gefängnisspeisesaal zu sitzen, als hätte er entschieden und geplant, sich genau an diesem Platz zu genau diesem Zeitpunkt seines Lebens zu befinden. Viele Menschen legen sich so eine Haltung möglicherweise bewusst zu, innerhalb wie außerhalb von Mauern, aber Maertens konnte beim besten Willen keine Spur von einer derartigen Berechnung bei dem Fremden feststellen. Ganz im Gegenteil gab es da einen Zug von Unerschütterlichkeit in ihm, eine ihm inne wohnende Harmonie, die nicht zu übersehen und schon von weitem zu erkennen war. Als wäre sein Dasein ganz einfach im Gleichgewicht, um nichts anderes schien es sich zu handeln.

Ein Gentleman von Kopf bis Fuß.

In den folgenden Wochen widmete Maertens einen Teil seiner Zeit dem Studium von Langobrini, und sein erster Eindruck verstärkte sich noch. Der kleine Italiener blieb meistens für sich, aber er war in keiner Weise den anderen Häftlingen gegenüber abweisend. Kontakte fanden auf diese mehr oder weniger unspektakuläre Weise statt, wie man sich immer einem neuen Mitglied im Kreise nähert.

Aber bald wurde er in Ruhe gelassen. Bereits nach ein paar Tagen schien die von ihm selbst gewählte Einsamkeit allgemein respektiert zu werden, es gelang ihm tatsächlich, sich mit einer Art Würde zu umgeben, die, ohne abstoßend zu wirken, zumindest dazu führte, dass man nicht gern Kontakt zu ihm aufnahm, es sei denn, man hatte wirklich einen Grund, etwas wirklich Wichtiges zu sagen. An den Zeiten am Tag, an denen die Häftlinge das Recht hatten, sich gegenseitig zu besuchen, konnte Maertens oft beobachten, wie Langobrini diskret, leicht nach vorn gebeugt und konzentriert, langsam mit einem Buch in der Hand hin und her wanderte, die andere Hand hielt er geradezu schwebend vor sich in die Luft gestreckt. Meistens las er nur ein kurzes Stück auf einmal, danach pflegte er den Blick auf etwas Fernes zu richten, als dächte er über das, was er gerade gelesen hatte, nach oder versuchte sich an etwas zu erinnern. An gewissen Tagen wurde das Buch von einem Schreibheft ersetzt, das er mal gewissenhaft studierte und in das er ein andermal einige Zeilen hineinschrieb.

Maertens hatte vor allem während der täglichen einstündigen Ruhezeit nach dem Mittagessen die Möglichkeit, diese Beobachtungen zu machen, und bei so einer Gelegenheit nahm er auch zum ersten Mal Kontakt mit Herrn Langobrini auf.

»Entschuldigung, haben Sie vielleicht ein Streichholz?«

Mit der leichten Andeutung eines Lächelns überreichte Langobrini ihm ein Streichholzheftchen. Maertens zündete sich seine Papyrossi an.

»Danke. Erlauben Sie mir, dass ich frage, was für ein Buch Sie da lesen?«

Wortlos hielt er es hoch. Ein schönes, in Leder gebundenes, aber ziemlich abgegriffenes Buch, aufgeschlagen an der Stelle, an der er nach allem zu urteilen unterbrochen worden war. Maertens las:

Per me si va nella città dolente,
per me si va nell'etterno dolore,
per me si va tra la perduta gente.

«Dante?«

»Si si, bravissimo, signore! Aber schließlich ist das ja auch die bekannteste Stelle.«

Und erneut ein leichtes Lächeln. Ein Zeichen dafür, dass die Audienz vorüber war.

Einen erneuten Versuch, sich Herrn Langobrini zu nähern, machte Maertens erst ein paar Wochen später an einem Sonntag, als sie zufällig nebeneinander zu sitzen kamen, zusammengezwängt auf der Kirchenbank während der obligatorischen Andachtsstunde. Während der gesamten Messe lauschte Langobrini nicht einen Moment lang dem, was von dem phlegmatischen, mönchsrunden Gefängniskaplan gesagt wurde. Stattdessen war er damit beschäftigt, in sein Notizbuch zu schreiben. Das wäre natürlich nicht erlaubt gewesen, wenn es einer der Wachleute bemerkt hätte, ganz und gar nicht, aber Langobrini ging seiner Arbeit mit solch einer Raffinesse nach, dass Maertens klar war, dass dahinter jahrelanges Training stecken musste. Kurz vor dem Schlusspsalm wagte er zu fragen, was

Langobrini da notierte. Der Italiener schaute auf, blätterte ein paar Seiten in dem schwarzen Buch zurück und reichte es seinem Bankkameraden. Zu dessen großer Verwunderung konnte er dort lesen:

Giustizia mosse il mio alto Fattor:
fecemi la divina Potestat,
la somma Sapienza e 'l primo Amore.

Und so weiter. Er blätterte um und stellte fest, dass der italienische Text sich fortsetzte. Der dritte Gesang aus dem »Inferno«, Wort für Wort, soweit er das beurteilen konnte. Seite rauf und runter in schön geformten, ein wenig verschnörkelten Buchstaben ... Er schloss das Buch wieder und schaute seinen Mithäftling fragend an.

Langobrini lächelte kurz, beugte sich dicht zu Maertens und flüsterte: »Ja, stimmt genau. Ich bin dabei, ›La Divina Commedia‹ zu schreiben!«

Maertens nickte stumm.

»Treffen wir uns doch morgen nach dem Mittagessen, dann werde ich alles erklären.«

Und am folgenden Tag hatte der alte Falschmünzer und Betrüger ihm erzählt, wie er seine Gefängniszeit durchstand, indem er Dante Alighieris »Göttliche Komödie« schrieb. Über den Sinn des Ganzen hatte er jedoch nicht viel zu sagen.

»Entweder Sie begreifen es, oder Sie begreifen es nicht. Das ist alles. Nun?«

Maertens dachte eine Weile nach.

»Doch, ich bilde mir tatsächlich ein ...«

»Gut. Ja, den Eindruck hatte ich auch, als ich Sie gesehen habe. Natürlich können wir hier nicht vom gleichen vollkommenen Erlebnis sprechen, wie es der Meister bei der ursprünglichen Konzeption erfahren haben mag ... aber ich komme ihm zumindest nahe, ja, ziemlich nahe.«

Er lächelte erneut, jetzt ein wenig entschuldigend, und erklärte, dass er gut die Hälfte seiner sechzig Lebensjahre in verschiedenen Gefängnissen verbracht habe und dass er während dieser Zeit sowohl Boccaccios »Decamerone« als auch Ariostos »Orlando furioso« wie Petrarcas sämtliche Sonette geschrieben habe. Wie auch den »Don Quichotte« und »Die Kartause von Parma« und alles mögliche andere. Vorzugsweise habe er sich an die romanischen Dichter gehalten, da er ihre Sprache beherrsche, doch auch bei Fielding und Goethe habe er hineingeschnuppert.

Und nachdem sie beide ihre Papyrossi angezündet hatten, begann Langobrini das Wichtigste zu berichten. Des Pudels Kern. Die sublime, bedeutungsträchtige Vorgehensweise – zunächst ein äußerst genaues, sorgfältiges Auswendiglernen eines angemessen langen Stückes aus dem aktuellen Buch, anschließend ein Prozess, den Langobrini mit einem Terminus des deutschen Philosophen Klimke als *Unterbewusstseinsarbeit* bezeichnete, was bedeutete, dass er den soeben erlernten Text in eine Art Halbvergessen oder Pseudovergessen sinken ließ – um ihn dann in handlichen Portionen beim Niederschreiben selbst wieder neu zu gebären.

Und natürlich war genau diese Unterbewusstseinsarbeit der Schlüssel zu allem, der springende Punkt. Langobrini gab ohne zu zögern zu, dass es ihm nicht immer gelang, genau auf dieses Niveau des Vergessens zu gelangen, das er anstrebte: Das war von Mal zu Mal unterschiedlich, von Buch zu Buch und von Dichter zu Dichter. Im besten Falle vergaß er einfach jedes einzelne Wort. Manchmal stiegen stattdessen mehrere Seiten Text unmittelbar an die klare Oberfläche des Bewusstseins, und die Arbeit unterschied sich dann im Wesentlichen nicht sehr von der traditionellen Tätigkeit der Mönche in der vorgutenbergischen Zeit. Aber meistens lief es besser – deutlich besser, und die Illusion, dass er selbst, Luigi Langobrini, es war, der dieses Kunstwerk schuf, der dieses große, unsterbliche Werk gebar, war meistens sehr, sehr stark. Stark und gleichzeitig vibrierend. In den glücklichsten Stunden konnte er sogar die Grenze überschreiten, wie er behauptete, sie weit überschreiten. Aufhören, ein Genuaesischer Gefängnisinsasse im zwanzigsten Jahrhundert zu sein und stattdessen Giovanni Boccaccio im Florenz der Renaissance werden oder der aufgeklärte Grandseigneur Charles-Louis Montesquieu im Frankreich des siebzehnten Jahrhunderts. Oder wer gerade im Augenblick aktuell war.

Ja, so war das Ganze. Das Große. Nun erwartete Langobrini nicht, dass Maertens auch zu Werke schreiten würde oder überhaupt zu schätzen wüsste, was er da gelernt hatte, aber darum ging es auch gar nicht. Er, Luigi Langobrini, hatte nicht das Bedürfnis, Überläufer zu werben oder überhaupt Anerkennung für sein Treiben zu erheischen. Ganz und gar nicht! Im Gegenteil, die Arbeit an sich war Belohnung genug, die großen Dichterwerke schreiben zu dürfen, die unentbehrliche Literatur mit eigenen Gedanken und dem eigenen Stift schaffen zu dürfen und ihr zu begegnen, ja, das war eine so großartige Beschäftigung mit so sublimer Befriedigung, dass alles andere ihn einfach überhaupt nicht interessierte. Maertens konnte, wie gesagt, selbst wählen, ob er das begreifen wollte oder nicht. Ihm, Langobrini, war es gleich.

Maertens schluckte mehrere Male und wiederholte, dass er in aller Bescheidenheit sich schon vorstellen könne, welche Kraft in so einer Arbeit stecke, aber er merkte schnell, dass Langobrini, nachdem er alles offen gelegt hatte, nun fast ein wenig reumütig und wütend aussah. Als hätte er kostbare Zeit vergeudet und Perlen vor die Säue geworfen.

Maertens musste außerdem einsehen, dass Langobrini in dieser Hinsicht nicht gänzlich irrte. Denn erst viele Jahre später, als er selbst ernsthaft damit begann, sich mit dem

Unterbewussten zu beschäftigen, konnte er voll und ganz verstehen, worum es ging. Zur Gänze abwägen, was sich im Herzen der Dunkelheit verbarg.

Jedenfalls fuhr Langobrini mit seinem Schreiben fort. Jahr um Jahr konnte Maertens ihn mit einem Buch in der Hand und den Blick in die Ferne gerichtet sehen. Oder am Tisch sitzen und in die zahllosen Wachstuchhefte schreiben. Er war nicht einmal zu stoppen, als die Tintenration zu Ende ging. Unter seiner Pritsche in der Zelle verwahrte Langobrini eine alte Metalldose, in der er seine eigene Tinktur anrührte, Schuhcreme bildete die Basis, die übrigen Zutaten wurden danach ausgewählt, was zu bekommen war …

*

Luigi Langobrini starb eines Nachts in seiner Zelle in seinem neunundsechzigsten Lebensjahr. Es war gleichzeitig Maertens' letztes Jahr im Gefängnis. Der kleine Italiener hatte ihm erst vor Kurzem anvertraut, dass er mit einem weiteren Meisterwerk fertig geworden war – »Rot und Schwarz« – und es gab keinen Grund, zu befürchten, er würde seine Tage nicht friedlich beschließen.

Da keine Angehörigen zu finden waren, wurde Langobrini auf dem Gefängnisfriedhof begraben. Zuvor waren seine sterblichen Überreste zusammen mit seinen hinterlassenen Schriften eingeäschert worden, gemäß seinem letzten Willen, der sich in einer Schublade im Schreibtisch des Gefängniskaplans befunden hatte.

*

Während also Langobrini seine Haftzeit dazu benutzt hatte, Klassiker zu schreiben, kam Maertens aus anderen Gründen dazu. Er nahm diese Beschäftigung erst auf, nachdem er bereits mehrere Jahre in Freiheit war, und vielleicht birgt das eine besondere Bedeutung in sich, etwas, das mit den äußeren und den inneren Mauern zu tun haben mag, tiefgreifender hat Maertens jedoch nie darüber spekuliert. Er hat einfach nicht die Gelegenheit dazu gehabt.

Während einer freien Weihnachtswoche, da fing er an. Ein unbarmherziger Schneesturm wütete und ließ jegliches Leben in der Stadt zum Stillstand kommen, Birthe lag mit Sodbrennen im Bett, er hatte den »Steppenwolf« aus der Bibliothek mit nach Hause genommen, und als der Sturm und die Woche vorüber waren, da hatte er ihn niedergeschrieben. Er folgte Langobrinis Prinzipien nicht bis auf den Punkt – außerdem war er gezwungen, mit einer Übersetzung als Vorlage zu arbeiten (etwas, was auch später der Fall sein wird, da seine Sprachkenntnisse gering sind und es seiner eigenen zurückhaltenden Muttersprache nicht gelungen ist, besonders viele Werke klassischer Dignität hervorzubringen, zumindest nicht, wenn man sie mit dem üblichen Maß misst), und erlebte vielleicht auch nicht die gleiche sublime Ekstase wie sein Lehrmeister.

Trotzdem begriff er schnell, was sich hinter diesem Schreiben verbarg. Und dass es ihn nicht so schnell wieder loslassen würde.

Denn es ging darum, die Reisetasche des Ichs zu lüften. Das Martyrium des Individuums hinter sich zu lassen und die Grenze hin zur Welt zu überschreiten, hin zu etwas anderem, etwas Privatem, aber privat nur als Werkzeug, als Träger von etwas … Höherem? Ja, als er plötzlich begriff, dass er eine neue Instanz des alten existenziellen Problems gefunden hatte, das eine so schicksalsschwere Bedeutung in seinem Leben ausmachte … da konnte er ein Lachen nicht länger zurückhalten.

Er lachte aus vollem Halse da unten in seinem Keller, und er spürte eine so große Befriedigung darüber, dass er diese Methode gefunden hatte, sein Leben im Griff zu behalten, dass er sich am gleichen Abend, als sein erstes Werk fertig auf dem Tisch lag, mit Bier und einer Flasche Genever, die er seit Jahren im Schrank stehen gehabt hatte, einen ordentlichen Rausch antrank.

Den Winter und Frühling über schrieb er außerdem »Candide« und »Seymores Tochter«, bevor er die Geschwindigkeit ein wenig drosselte. Er lernte in etwas ruhigerem Tempo zu arbeiten und sich zwischen den Meisterwerken auszuruhen. Außerdem sorgte er für eine rituellere Schreibsituation, kaufte sich Federn, Tinte und Hefte en gros und neutralisierte die Einrichtung seines Arbeitszimmers, so dass es problemlos mit welchem historischen Milieu auch immer in Übereinstimmung gebracht werden konnte.

Außerdem begann er diesen neuen Schwerpunkt seines Lebens zu schätzen, ihn zu schützen und seine Bedeutung auf verschiedene Art und Weise anzuerkennen.

Und er redete nicht darüber. Von der ersten Stunde an war ihm klar, dass dieses Schreiben seine eigene Sache war und dass niemand in dieses Heiligtum hineingelassen werden durfte. Nicht eine Seele. Schon der Gedanke, diese Sache mit jemandem wie Bernard zu zerreden, konnte ihn auf die Idee bringen, lieber die Freundschaft für immer zu beenden.

Dennoch ist so etwas geschehen. Einmal. Dass er ertappt wurde.

*

Es war nicht Bernard, sondern Birthe.

Eines Morgens nach einer Nacht vor gut einem Jahr war sie früh aufgewacht und aus irgendeinem Grund ins Arbeitszimmer hinuntergegangen. Als Maertens sie fand, saß sie am Schreibtisch und hatte dreißig Seiten von »Madame Bovary« gelesen.

Ihm war ganz kalt geworden. Er hatte den Impuls unterdrückt, hinzulaufen und sie vom Stuhl zu zerren. Und auch den, sie umzubringen, indem er ihr die Tintenfeder ins Auge stach. Er blieb einfach nur stehen, ohne ein Glied zu rühren. Sie hatte ihn nicht bemerkt, aber als er schließlich vorsichtig einen Schritt ins Zimmer tat, schaute sie auf.

Ihr Gesicht erhellte sich.

»Maertens, warum hast du mir nichts davon erzählt? Das ist ja fantastisch!«

Er schluckte.

»Ich habe ja gar nicht gewusst, dass du so schreiben kannst!«

Er spürte, wie er rot wurde, aber gleichzeitig auch, wie ihn plötzlich ein heißes und angenehmes Gefühl überspülte – es war zwar schnell überstanden, aber dennoch trat er zu ihr und legte ihr die Hand auf die Schulter.

»Das musst du herausgeben, wenn es fertig ist! Du hast mehr geschrieben, nicht wahr?«

Vorsichtig nahm er ihr das Buch aus der Hand und lotste sie aus dem Zimmer. Erklärte ihr, dass das überhaupt nichts Besonderes war, nur ein Zeitvertreib, dem er sich ab und zu in seiner Freizeit widmete. Natürlich, vielleicht sollte er einmal überlegen, Kontakt mit einem Verleger aufzunehmen ... wenn er das Ganze jemals irgendwann fertig bekäme.

»Aber ich finde, du solltest ihren Namen ändern. Bovary klingt nicht schön. Ist das nicht eine Seifenfabrik?«

Später war Birthe hin und wieder mit Fragen gekommen, aber jedes Mal war er ihr mit Gleichgültigkeit begegnet. Er hoffte, dass die ganze Sache bei ihr bald in Vergessenheit geraten würde. Wobei man sich bei Birthe nie sicher sein konnte. Keine Ahnung, wie viel sie in diesen Morgenstunden in Erfahrung gebracht hatte. Aber eine Sache war offensichtlich – in den Augen seiner vorübergehenden Ehefrau hieß der Schöpfer von »Madame Bovary« J. M. Maertens und nicht anders.

*

Das Tintenfass ist gefüllt. Er weist den Kammerherrn, diese Plaudertasche, hinaus. Der König ist allein auf der Bühne, und endlich, endlich haben Reue und Gewissensbisse ihre Klauen in ihn geschlagen:

O meine Tat ist faul, sie stinkt zum Himmel,
sie trägt den ersten, ältesten der Flüche,
Mord eines Bruders. – Beten kann ich nicht.

In diesem Augenblick klingelt das Telefon.

In den ersten Bruchteilen einer Sekunde will er es ignorieren, aber dann weiß er es plötzlich.

Die Einsicht, was dieses Gespräch beinhalten wird, überfällt ihn mit unerlaubter Klarheit. Er nimmt die Treppe in drei Sprüngen. Spürt erneut den kurzen Schmerz in der Leiste. In der rechten, immer in der rechten.

Jetzt ändert sich alles, denkt er.

6

Bernard hat von Ursache und Wirkung gesprochen. Vom Flügelschlag eines Schmetterlings in Nepal, der zu einem Orkan über dem amerikanischen Kontinent anwächst, und ähnlichen Phänomenen, von denen er durch das Fernsehen oder irgendeine populärwissenschaftliche Zeitschrift erfahren hat. Maertens hat nichts zu seinen Ausführungen gesagt, denkt aber im Nachhinein darüber nach. Wenn das, was einmal geschehen ist, niemals geschehen wäre, denkt er, würde er sich dann in ganz anderen Verhältnissen befinden? Oder würde er dennoch hier sitzen? Gibt es mehrere Wege zu einem vorherbestimmten Ziel? Oder zu einem ziemlich ähnlichen Ziel zumindest? Oder eine unendliche Anzahl von Wegen?

Die Antwort darauf findet er nie. Es ist nicht das erste Mal, dass er in dieser Metaphysik herumirrt. Schließlich ahnt er, dass die Fragen hochmütig sind. Das Leben ist banal, im Grunde genommen nichts anderes als banal, beschließt er für sich.

*

Zwischen dem ersten und dem zweiten Telefonanruf sind dreiundzwanzig Tage vergangen. Das stellt er fest, nachdem er den Hörer aufgelegt hat. Er zählt die Kästchen auf dem Kalender rückwärts. Es ist eine angenehm konkrete Beschäftigung, die Kästchen zu zählen. Er macht es noch einmal. Es stimmt. Dreiundzwanzig Tage.

Der dritte und letzte kommt wie der erste an einem Donnerstag. Es ist der siebte März, und seit dem letzten Mal sind achtzehn Tage vergangen. Maertens zählt auch diese Kästchen, und er malt drei rote Punkte in Clauson & Clausons Wandkalender. Er betrachtet sie eine Weile. Denkt, dass er noch einen Punkt wird malen können, bevor es Zeit ist, das Blatt für ein neues Quartal umzublättern, wenn der Bewusste sich ungefähr an das gleiche Zeitintervall hält.

Obwohl er nicht glaubt, dass es weitere Anrufe geben wird. Im letzten Schweigen lag etwas Neues, etwas, das in den beiden ersten gefehlt hatte. Anfangs war er sich nicht sicher, was genau, aber schließlich begreift er: Es ist die Endgültigkeit. Das Definitive. Etwas ist entschieden worden, ein Beschluss wurde gefasst und … tja, dann ist nichts mehr zu machen. Er weiß nicht, wie er darauf gekommen ist, aber plötzlich sind diese Gedanken da. Glasklar und gleichzeitig äußerst zerbrechlich – wie ein Schneekristall oder der Ton einer Querflöte. Angst, die sich schließlich legt, denkt er. Als bekäme man eine Haut übergestreift und erstarrte in Resignation. Derjenige, der einmal resigniert hat, hält auch in Zukunft still. Das gilt wohl noch immer.

Noch etwas anderes stellt er bei diesem dritten Mal fest. Den Rhythmus eines Atems, wie ihm scheint. Langsame, regelmäßige Bewegungen, wie Wogen oder Wellen dort in dem großen Schweigen. Nicht hörbar, gewiss nicht, nur vernehmbar. Während eines kurzen Augenblicks meint er außerdem zu spüren, dass etwas gesagt werden soll, dass dieser andere zu reden gedenkt, aber es kommt kein Wort, und die Gelegenheit verrinnt.

Doch in einem ist er sich sicher. Es wird weitergehen. Auch wenn dies der letzte Anruf war, so ist es auf gewisse Weise nicht abgeschlossen, das, was hier vor sich geht.

Was immer es ist und was immer es bedeuten mag. Das, was geschieht, das geschieht, denkt er. Was einen Anfang hat, das muss auch ein Ende haben, nichts ist gewisser. Eine Fortsetzung und einen Schluss.

Er geht in die Küche und zündet sich eine Zigarette an. Schiebt zwei Finger unters Hemd und tastet über den empfindlichen Fleck auf der Brust. In den letzten Tagen ist er beunruhigend angewachsen, es kommt aber immer noch keine Flüssigkeit heraus. Birthe hat ein paar Mal nach dem Ergebnis der Untersuchung gefragt, aber er hat sich herausgeredet. Hat gesagt, dass man die Tests wiederholen müsse. Dass irgendwas schief gelaufen ist mit der Technik.

Er schaut aus dem Fenster. Wieder einmal ist ein Frühling im Anmarsch. Das Licht hält sich abends länger, noch sind die Äste der Bäume zwar kahl und schwarz, aber man kann schon deutlich die Veränderung erahnen, die in ihnen vor sich geht. Und deutlich kann man die Veränderung erahnen, die in einem selbst vor sich geht.

*

In erster Linie im Schreiben.

Es bietet keine Ruhe mehr. Der junge Prinz ist nach England geschickt worden, aber Maertens hat keine Lust, ihn wieder nach Hause zu holen. Er glaubt nicht an diese Geschichte, glaubt nicht, dass sie wirklich trägt. Kann es so sein, dass der Meister selbst vor vierhundert Jahren die gleiche Müdigkeit verspürt hat? Er bildet sich ein, dass es so gewesen sein kann. Beim Schreiben kommt es irgendwann zu einem Tief, an dem die Versuchung, die Feder hinzulegen, überwunden werden muss, das hat er im Laufe der Jahre gelernt. Das trifft jeden. Und jetzt stockt das alte Theaterstück. Es lockt nicht mehr. Überhaupt ist es so, als vermöchte er sein Leben nicht mehr so zu führen, wie er es seit langer Zeit geführt hat. Seit so vielen Jahren.

Übergangszeit. Zeit der Häutung.

Er befühlt seine Krebsgeschwulst und erinnert sich an den Titel eines Aufsatzes, den er einmal schrieb, in der Zeit, als sein Leben noch ein Bild besaß: *Was konstituiert die Wirklichkeit des Menschen?*

Das kann man sich denken. Er knöpft das Hemd zu und überlegt, welche Standpunkte er wohl heutzutage verteidigen würde, wenn er sich des gleichen Themas annähme. Wer weiß. Er spült den Aschenbecher aus. Öffnet das Fenster, um den Rauch hinauszulassen. Zieht sich die Jacke an und macht sich auf einen langen Spaziergang.

Als er zwei Stunden später zurückkehrt, findet er einen Zettel unter der Tür. Ein zweimal zusammengefaltetes Papier, aus einem Spiralblock ausgerissen:

Lieber Maertens. Ruf mich an. Birthe

Das tut er umgehend, und sie antwortet, als hätte sie dagesessen und gewartet, mit dem Telefon auf dem Schoß. Was sie zu sagen hat, ist einfach.

»Verzeih mir, Maertens, aber wir können uns nicht mehr treffen.«

Er antwortet nicht.

»Wir können das nicht weitermachen … uns so zu lieben. Das ist sündhaft.«

»Sündhaft?«

»Ja.«

»Hast du jemand anderes kennen gelernt?«

»Nein … ja.«

»Ich verstehe.«

»Nein, Maertens, du verstehst nicht … das ist nichts, was du verstehen könntest. Es ist nur so, dass es nicht richtig ist, dass wir so miteinander verkehren.«

»Wie heißt er?«

»Wer?«

»Der Mann. Du hast gesagt, du hättest einen Mann kennen gelernt.«

»Nein. Doch, aber wir haben keine Beziehung. Nicht in dieser Form ... er heißt Wilmer. Er ist Pfarrer der Gemeinde.«

»Der Gemeinde? Was für einer Gemeinde? Es ist doch wohl nicht ...« Er sucht nach dem Namen und findet ihn. »Die Kirche des Reinen Lebens?«

»Doch. Woher weißt du das?«

»Das spielt keine Rolle. Ja, ich verstehe, dann hören wir also mit dem Bumsen auf.«

»Maertens!«

»Entschuldige.«

»Können wir nicht weiterhin Freunde bleiben?«

»Selbstverständlich.«

»Danke, Maertens. Wenn du wüsstest, wie es mir davor gegraut hat. Dir das zu sagen, meine ich.«

»Keine Ursache.«

»Sicher, dass wir Freunde bleiben?«

»Natürlich ... Birthe, ich habe einiges zu tun. Viel Glück und pass auf dich auf!«

»Maertens ...«

»Ja?«

»Ich mag dich, Maertens.«

*

Ein paar Sekunden bleibt er stehen, den Hörer in der Hand. Dann legt er auf, nimmt die Jacke und geht wieder hinaus. Es ist dunkel geworden, dennoch läuft er ein ganzes Stück am Fluss entlang, zum Hafen hin. Hinten im Fischereihafen schlüpft er in eine Bar, die er noch nie zuvor besucht hat, überhaupt nie bemerkt hat. Es ist ein menschenleerer, düsterer Ort, zumindest um diese Tageszeit. Er lässt sich an einem Tisch nieder, an dem bereits ein magerer Mann mit glänzenden Augen sitzt, zwei Schnapsgläser vor sich. Der Tisch ist schmutzig und der Geruch nach altem Fett penetrant.

»Was weißt du über das Schweigen?«, fragt Maertens nach einer Weile.

»Nichts«, antwortet der Mann. »Ich habe eine Alte und fünf Kinder, deshalb sitze ich hier. Jetzt muss ich los.«

Er kippt den letzten Schnaps hinunter und lässt Maertens allein zurück. Dieser bleibt bis zur Sperrstunde sitzen, und als er später nach Hause geht, sucht er nach irgendwas, was noch offen hat, findet aber nichts.

Warum ist alles immer so eilig?, denkt er immer wieder während dieser Stunden. Liegt es daran, weil ich nur noch so wenig Zeit habe? Was ist es, das eine Wirklichkeit konstituiert?

*

In derselben Nacht beginnt er Tagebuch zu schreiben. Er setzt sich mit einem der dicken Schreibhefte, die eigentlich für »Die Buddenbrooks« gedacht waren, an den Küchentisch, stellt ein kleines Glas Genever vor sich, und dann fängt er an:

7. März

Ich heiße Maertens, und ich beginne dieses Tagebuch um drei Uhr morgens. Ich bin vierundfünfzig Jahre alt. In letzter Zeit hat sich mein Leben in einem Maße verändert, dass ich keine Kontrolle mehr darüber habe.

Die Veränderungen haben sich bisher folgendermaßen manifestiert:

1) Ich erhalte Telefonanrufe von einem Unbekannten. Bis jetzt drei Stück. Ich weiß nicht, wer da anruft oder was der Mensch will, denn er schweigt, aber ich erahne einen Keim aus lang vergangener Zeit.

2) Die Frau, mit der ich eine langjährige Beziehung hatte, hat mich wegen Pastor Wilmer verlassen.
3) Ich habe seit geraumer Zeit eine merkwürdige Hautveränderung auf der Brust. Vielleicht ist es Krebs, und in dem Fall habe ich kaum mehr als zwei Jahre zu leben.
4) Die Schreibarbeit, die für viele Jahre den Kern meines Lebens bildete, interessiert mich nicht mehr.
5) Ich schlafe nachts schlecht und spüre eine zunehmende Unruhe.
6) Gegen meinen guten Freund Bernard habe ich inzwischen fünf Schachpartien nacheinander verloren (obwohl zwei davon nach meiner Lieblingsvariante von Grünefelt liefen), etwas, was noch nie vorgekommen ist.

Ich räume ein, dass alle diese Symptome vielleicht nicht in die gleiche Richtung zeigen, aber ich weiß, dass demnächst etwas Entscheidendes eintreffen wird, obwohl ich eigentlich keinerlei Veränderungen wünsche. Möglicherweise bin ich dabei, verrückt zu werden. Ich habe angefangen dieses Tagebuch zu schreiben, um dem zu entgehen.

*

Er liest, was er geschrieben hat. Im Großen und Ganzen erscheint es ihm akzeptabel. Der Stil ist glaubwürdig und der Ton stringent, wie er findet. Vielleicht erscheint es ein wenig eigenartig, dass er seinen Namen und sein Alter angibt. Das sollte er vielleicht noch in Ordnung bringen.

Eine große Sache, denkt er. Stellt das Heft zwischen »Fräulein Julie« und »Aufzeichnungen aus dem Kellerloch« und fühlt sich endlich rechtschaffen müde.

7

Borgmann ist tot.«

»Wer?«

»Borgmann. Der Moralphilosoph. Kennst du nicht Professor Borgmann? Er ist doch sogar hier in der Stadt geboren.«

Leon Markovic wirft ihm die Zeitung zu. Es ist ein Frühlingstag, so warm, dass das Freiluftcafé oben auf dem Steifen geöffnet hat, obwohl es erst Mitte März ist. Die Leseratten zögern nicht, diese Essensmöglichkeit auszunutzen. Mit dem Fahrstuhl geht's geradewegs hinauf zu Bier, Sandwich und Sonnenbrand. Leon lehnt sich auf seinem Stuhl zurück und dreht das Gesicht der Sonne zu.

»Müsste ungefähr dein Alter haben. Möchte wissen, woran er gestorben ist.«

Maertens schlägt die Zeitung auf und liest die Todesanzeige. Er spürt, wie ihm ein kalter Schweißtropfen die Schläfe hinunterläuft.

Ganz plötzlich ist er heute von uns gegangen …

Er starrt das Datum an.

Donnerstag. Es stimmt.

»Gibt es eigentlich keinen Nachruf? Weiter hinten in der Zeitung, das machen sie doch immer … schließlich war er ein Mann von Welt, verdammt noch mal. Ist nur in den letzten Jahren verstummt. Warum sagst du nichts? Hast du schon einen Sonnenstich?«

»Ja … nein, ich suche …«

»Ach, apropos … Weißt du, warum die Kemp immer in dieser Woche Urlaub nimmt?«

»Nein …«

»Weil am Freitag Idus Martii ist … der Tag des Tyrannentodes, weißt du! Sie hat Angst, dass wir sie umbringen könnten!«

Er brüllt vor Lachen.

»Übrigens hat Mauritz das gesagt … na ja, jetzt werde ich erst mal ein kleines Nickerchen machen. Weck mich, wenn die Arbeit ruft, und raschle nicht so verdammt laut mit der Zeitung, sei so gut!«

Maertens trinkt von seinem Bier und widmet sich dem Nekrolog über Tomas Borgmann. Er spürt, wie sein Puls schlägt. Die Gedanken flimmern und huschen ihm durch den Kopf. Es ist, als wäre er mit etwas Verbotenem beschäftigt, fast, als säße er mit einer Art obszöner Literatur im Schoße da, einer pornografischen Zeitschrift, die er in einem Gemeindeblatt eingeschmuggelt hat, oder etwas in der Art. Er begreift selbst nicht, warum. Oder vielleicht tut er es doch. Begreift es nur zu gut. Als Frau Schwimmel, die rothaarige Kellnerin, vorbeikommt, bestellt er sicherheitshalber noch ein Bier, um sich abzukühlen.

Es gelingt ihm, den Nachruf über seinen Studienkollegen dreimal zu lesen, bevor die Mittagspause vorüber ist.

Tomas Borgmann zur Erinnerung

Die Nachricht von Professor Borgmanns Tod erreicht uns heute, und wir fühlen uns überrumpelt, ein Gefühl, das rasch in Trauer und Verlustempfinden übergeht. Das zwanzigste Jahrhundert hat einen seiner hervorragendsten Philosophen verloren: einen kongenialen Wissenschaftler. Einer der größten Humanisten unserer Zeit weilt nicht mehr unter uns.

Mehr als zwei Jahrzehnte gehörte Tomas Borgmann der allerobersten Elite der akademischen Welt an und nahm zudem einige der vornehmsten Professorenstühle ein – in Heidelberg, Padua, Oxford, Berkeley. Sein Name war in weiten Kreisen geachtet und respektiert, nicht nur in seinem eigenen Wirkungsbereich.

Unter seinen zahllosen Schriften müssen auf jeden Fall »A Treatise on Moral Obligation«, »Ontologische Ethik« und »Moralische Archetypologien« erwähnt werden, die alle große Beachtung unter Studenten und Forschern fanden.

Am berühmtesten wurde Professor Borgmann wohl für seine so genannte Teilhaftigkeitstheorie, in der er so unterschiedliche Standpunkte wie die der Philosophen Platon, Hume und Kohlhausen zu vereinen suchte. Diese Arbeit wird heute sicher mit einer gewissen Skepsis gelesen, genau wie seine frühere *Individuelles Handeln – und andere Mythen,* aber es war ja gerade eines der Adelszeichen der Borgmannschen Forschung, dass er seine Thesen revidieren konnte. Dass er sich nicht mit hergebrachten, abgesteckten Claims zufrieden gab, sondern ständig auf der Suche nach neuen Brückenköpfen war, die es zu erobern galt, stets bemüht, weiter vor zu rücken.

Tomas Borgmann ist in K. geboren worden, wohin er sich für seine letzten Jahre auch wieder zurückzog. Es war gegen Ende der 90er Jahre, als er plötzlich den Entschluss fasste, seine akademische Laufbahn zu beenden. Von diesem Zeitpunkt an lebte er bis zu seinem Tode in größter Abgeschiedenheit zusammen mit seiner Ehefrau Marlene draußen in B-e am Meer.

Neben seiner Gattin wird Tomas Borgmann auch von seinen Töchtern Hilde und Ruth betrauert sowie von Freunden aus der Zeit, als er noch innerhalb der Grenzen unseres Landes tätig war.

Trotz seiner relativ jungen Jahre konnte Tomas Borgmann bereits auf ein akademisches Werk zurückblicken. Es ist schwer zu fassen, dass das jetzt auch von seinem Leben zu sagen ist.

ANDREAS BERGER
Dozent der Philosophie an
der Universität in G.

Maertens faltet die Zeitung zusammen und süffelt die letzten Tropfen Bier.

Draußen in B-e am Meer?, denkt er.
Sie haben hier drei Jahre lang gewohnt.

*

»The Duchess of Malfi« ist immer noch nicht ins Land der Dämmerung gereist. Sie liegt am Kamin und sieht nicht besonders verändert aus.

»Wir geben ihr so eine Art von Tabletten«, erklärt Gerte. »Das sollen wir zehn Tage lang machen, und wenn es dann nicht besser wird, dann ist es vorbei.«

Maertens bückt sich und streichelt The Duchess über den Rücken und stellt fest, dass tatsächlich ein ziemlich scharfer Geruch von ihr ausgeht. Schwefelartig und leicht Übelkeit erregend.

»Wir haben zwei Tische verrückt. Hier will kein Gast sitzen … nun ja, es gibt zwar keine Hoffnung, aber man will es ja trotzdem nicht glauben …«

Maertens nickt und versucht mitleidig auszusehen. Lässt sich mit seinen Zeitungen nieder. In zweien steht der gleiche Nachruf, den er bereits gelesen hat; in der dritten hat ein C. P. Thompson über Borgmann geschrieben. Offensichtlich ist das jemand, der ihm während seiner Oxfordzeit nahe gestanden hat. Er legt großen Wert auf den angelsächsischen Einfluss, redet lang und breit über Moore, Russell und MacGaffin. Ansonsten gibt dieser Nekrolog nicht mehr Informationen als der von Andreas Berger. Die vierte und letzte Zeitung ist ein billiges Revolverblatt, sie enthält nur eine kurze Notiz darüber, dass Professor Borgman, geboren und aufgewachsen in K., bekannt aus Funk und Fernsehen, überraschend verstorben ist.

Nicht einmal der Name ist richtig buchstabiert.

Nirgends steht etwas über eine längere oder kürzere Zeit der Krankheit.

*

Auch die siebte Partie in Folge verliert er. Dieses Mal ist es sizilianisch, aber auch das nützt nichts. Bernard ist zufrieden, er schreibt in sein Buch und erklärt, dass er seit dem letzten Mal einige Theorien gelesen hat und dass sich das jetzt offensichtlich bezahlt macht. Maertens mag ihm nicht widersprechen.

Gerade als er aufstehen will, um nach Hause zu gehen, kommt Istvan mit Karten für das Spiel am Samstag. Maertens lehnt dankend ab. Bernard bleibt sitzen, den Kopf in die Hand gestützt, und sieht plötzlich ernsthaft besorgt aus. »Was ist eigentlich los mit dir?«, fragt er. »Dass du so deine Probleme beim Schach hast, das ist eine Sache, aber dass du das Klassenfinale versäumen willst, das geht über meinen Verstand.«

»Ich muss zu einer Beerdigung«, erklärt Maertens. Er merkt, dass es klingt, als ginge es um seine eigene.

»Ach so«, sagt Bernard nur.

Istvan sieht nicht so aus, als fände er den Grund besonders plausibel. Ganz gleich, um wessen Dahinscheiden es sich nun handelt.

*

Sein schwarzer Anzug hat dreißig Jahre auf dem Buckel, aber er kann sich nicht daran erinnern, ihn häufiger als drei oder vier Mal getragen zu haben. Als er ihn anprobiert, zeigt sich, dass die Hose zu eng geworden ist. Sie strammt im Schritt, und er bekommt den Knopf nicht zu.

Vorsichtig legt er sie zusammen und schiebt sie in eine Plastiktüte. Hängt sie sicherheitshalber an die Türklinke, damit er sie auch wirklich am nächsten Tag mit zur Änderungsschneiderei nimmt. Hoffentlich ist noch genug Stoff vorhanden, um einen Daumen oder zwei zuzugeben. Die Jacke lässt er durchgehen, wie sie ist. Die muss ich ja nicht zumachen, denkt er.

Dann bügelt er ein weißes Hemd und sucht nach einem dunklen Schlips. Nachdem er diese praktischen Details geregelt hat, setzt er sich an den Küchentisch und raucht eine Zigarette. Das ist zu einer Angewohnheit geworden. Eine immer häufigere Gewohnheit .... außerdem spürt er, dass er etwas betrunken ist, und versucht auszurechnen, wie viele Biere er im Laufe des Tages konsumiert hat. Aber er muss passen. Beschließt jedenfalls, es in Zukunft etwas vorsichtiger anzugehen.

Drei Jahre, denkt er. Die haben seit drei Jahren hier gewohnt.

Ob sie mich wiedererkennt?

8

Er erwacht mit einem alten Schrecken im Unterbewusstsein.

Wie eine Fliege sitzt er im Spinnennetz des Schlafs, groß, fett und wohlbekannt. Es ist eine Episode aus seiner Kindheit, und er hat sie schon häufiger geträumt. Ziemlich häufig.

Es ist draußen auf dem Land. In der Polderlandschaft auf dem großen Hof der Verwandten. Er ist nur ein kleiner Knirps von fünf oder sechs Jahren.

Hier gibt es viele Tiere. Tiere ohne Ende, wie seine Mutter immer sagt, wenn sie gut gelaunt ist und etwas übertreiben will. Ihn selbst interessieren weder die Pferde noch die Kühe, nicht die Schweine und Gänse, er hat nur Augen für Ludo.

Ludo ist ein schwarzbrauner Airedaleterrier, und Leon liebt ihn. Zu dieser Zeit heißt er Leon. Er verfolgt den Hund Tag für Tag, manchmal hat er ihn auch noch des Nachts bei sich im Bett, auch wenn das nicht erlaubt ist und Ludo eigentlich nicht will. Er ist ein Junge mit einem Hund, denkt er, wenn er an sich selbst denken möchte. Dass Ludo nicht wirklich ihm gehört und dass er nur für ein paar Tage zu Besuch ist, ja, das ist irgendwie nicht so wichtig. Nicht, wenn man erst fünf oder sechs ist.

An diesem besonderen Tag war er mit den Onkeln im Ort Besorgungen machen. Es ist ein windiger Vormittag. Er nimmt an, dass es auf den Herbst zu geht. Als sie mit dem alten Generatorenford auf den Hofplatz einbiegen, ist auch Ludo da, er steht an der Küchentreppe und frisst aus seinem Futternapf. So schnell Leon kann, fast noch bevor sie überhaupt anhalten, springt er aus dem Auto und rennt zu seinem Freund, um ihn zu streicheln und ihm von der Fahrt zu erzählen.

Da beißt Ludo zu.

Nein, er beißt nicht, er schnappt nur. Aber ziemlich entschlossen. Er möchte beim Fressen nicht gestört werden. Leon bekommt einen kleinen Riss in der Hand. Ein Tropfen Blut. Und er bekommt Angst. Es tut nicht besonders weh, eigentlich tut es überhaupt nicht weh, aber er bekommt Angst.

Und schreit in den höchsten Tönen. Seine Mutter kommt herbeigestürzt, und alle anderen auch. Man bringt ihn in die Küche. Beruhigt ihn und macht ihm einen Verband. Bald hat er sich erholt.

Als er wieder hinauskommt, kann er Ludo nicht finden. Er sucht überall nach ihm. Durchforscht alle Gebäude: den Schuppen, das Wirtschaftsgebäude, das Wohnhaus, wie sie alle heißen, den Keller, den Dachboden ... Er kennt alle Stellen, an denen Ludo sich gern versteckt, er sucht draußen auf den Feldern bis hin zu den Kanälen, er muss ihn doch finden und ihn fragen, warum er das gemacht hat, warum er ihn auf diese Art und Weise erschreckt hat.

Den ganzen Nachmittag sucht er, aber erst als es Abend wird, bekommt er die Erklärung, wohin der Hund verschwunden ist. Da erzählt Onkel Bart, dass er Ludo erschossen hat.

Man kann keinen Hund halten, der Menschen beißt, sagt er.

*

Er weiß nicht einmal, ob es sich wirklich so zugetragen hat. Später hat seine Mutter immer eine andere Version erzählt, nach der Ludo nicht so ein jähes Ende fand.

Aber welche Mutter hätte das nicht gemacht? Im Traum verläuft es jedenfalls so, und er fand immer, dass diese Episode gut als Beweis für die der Welt innewohnende Bosheit dienen kann.

Ob man nun ein kleiner Knirps oder ein erwachsener Mann ist.

Oder ein Hund.

*

Vielleicht sollte er es als schlechtes Omen auffassen, dass er in der Nacht vor der Beerdigung von Ludo geträumt hat. Er weiß es nicht. An diesem Morgen ist er schlecht gelaunt, sein Körper ist voller Unruhe und Unwillen ... als stünde er vor einem entscheidenden Unglück. Einem schlecht vorbereiteten Examen oder irgendeiner anderen Prüfung, von der er mit Sicherheit sagen kann, dass er sie nicht bestehen wird. Oder als bleicher, pickliger Teenager mit schlechtem Mundgeruch, der noch eine halbe Stunde hat bis zum Schultanz in Kopp's Turnsaal, es ist nicht schwer, sich daran zu erinnern. Nein, er will an diesem Tag niemanden sehen, sich keiner Begegnung stellen, keinen Kontakt aufnehmen. Möchte nur in Ruhe gelassen werden, ist das denn zuviel verlangt?

Natürlich ist es das. Mehr kann man gar nicht fordern. Zum ersten Mal seit langer Zeit spürt er das Bedürfnis, hinunterzugehen und sich ins Schreibzimmer zu setzen.

Ein blöder, schwachgemuter Schurke, schleiche
Wie Hans der Träumer meiner Sache fremd

Es nützt nichts. Natürlich nützt es nichts. Er muss diesen Tag hinter sich bringen, Tomas Borgmanns Beerdigung beiwohnen, wie viele Anstrengungen es ihn auch kosten mag.

Und wenn nicht? Dann muss er das nicht Getane ertragen. Und solche Bürden sind schwer, das weiß er nur zu gut. Schwerer als das meiste.

Er nimmt ein Frühstück zu sich, wenn auch ein mageres, aber immerhin etwas. Macht sich fertig, raucht und schaut aus dem Fenster. Der Regen prasselt herab, auch das Wetter spricht eine deutliche Sprache ... Wie soll er sich verhalten? Wie?

Er beschließt den Tag aufzuteilen. Ihn in handliche Portionen aufzuteilen und diese in Etappen abzuarbeiten, das hat schon früher funktioniert. Zwei Bier, bevor er sich auf den Weg macht. Für die Nerven und um ein wenig Ordnung hineinzubekommen.

*

Der Anzug sitzt nicht, aber zumindest bekommt er die Hose zu. Er rasiert sich, duscht und steht nun angezogen bereit. Vier Dosen hat er getrunken, ist aber nicht zufrieden. Die Unruhe in seinem Körper schwillt an und will hinaus, so scheint es ihm, er sieht ein, dass er den Nachmittag nicht ohne Hilfe meistern wird. Er sucht seinen Flachmann heraus, den er während der Dezember- und Januarspiele benutzt, füllt ihn mit Cognac, Gott sei Dank hat er noch eine Flasche stehen, und schiebt sie sich in die Innentasche des Mantels.

Dann macht er sich auf den Weg. Mit diesem sicheren Gewicht auf der Brust tritt Maertens hinaus in den Regen. Spannt den Regenschirm auf und geht zur Haltestelle.

*

Um zu St. Katarina zu kommen, muss er die Zwölf nehmen.

Die Straßenbahnlinie zwölf. Erst jetzt, erst als er sich hineindrängt, wird ihm klar, dass es die gleiche Linie ist, die auch zum Stadion fährt. Und dass es ein Samstag ist.

Wie groß doch der Unterschied zwischen Fußball und Beerdigung ist. Überall rotweiß, wie immer. Flaggen und Halstücher und Aufkleber. Und der gute Geruch von frisch getrunkenem Bier, Tabaksrauch und rotwangiger Erwartung. Er krümmt sich zusammen und lauscht den kaputten Achillessehnen, dem nicht funktionierenden Bindegewebe, dem Idioten von einem Schiedsrichter, der Aufstellung drei-fünf-zwei, dem Bosmanschiedsspruch, dem Traineridioten und all dem anderen. Hofft innerlich, Bernard und Istvan zu entgehen. Man stärkt sich aus kleinen Flachmännern, genau wie Maertens. So klein ist der Unterschied zwischen Fußball und Begräbnis. Kurz vor dem Stadion kommt er ins Schwanken. Wie einfach wäre es doch, einfach auszusteigen. Wie üblich. Mitzulaufen und sich das Spiel anzusehen, ausnahmsweise im Anzug. So zu tun, als wäre es ein ganz normaler Samstag.

Und das Ungeschehene weiter in sich zu tragen? Weg damit! Er hält sich am Haltegriff fest und lässt nicht los. Außerdem hat er gar keine Eintrittskarte, und an so einem Tag ist es bestimmt ausverkauft.

*

Nach der Stadionhaltestelle bleibt er fast allein im Wagen zurück. Nur eine heruntergekommene Frau sitzt noch ein Stück entfernt auf der anderen Seite des Ganges. Sie riecht schon von weitem nach Armut, er sieht, dass Zeitungspapier aus ihren Stiefeletten ragt, und sie hat eine Schicht Kleidung über die andere gezogen, sorgfältig übereinander geschichtet. Nur der rostbraune Hut sieht wohlerhalten aus, aber den hat sie in Plastik eingewickelt, damit er vor dem Regen geschützt ist.

Ich will dich nackt sehen, denkt er plötzlich. Es genügen zwei Sekunden, aber dann sollst du splitterfasernackt sein. Und immer noch vorhanden sein – nicht nur hier sitzen und mit der Straßenbahn fahren, das ist ja wohl keine Kunst! Ja, das würde mich etwas übers Leben lehren.

Er wundert sich. Warum entstehen derartige Gedanken in seinem Gehirn? Das ist nicht er selbst, der das macht; ein lachender, unglaublich gelangweilter Dämon hockt in seinem Kopf und heckt diese ekligen Gedankenföten aus. Warum gibt es keine Sicherheitssperre gegen so etwas? Was soll er machen, wenn sich das eines Tages einfach geradewegs bis in die Wirklichkeit fortsetzt? Und er dann tatsächlich so eine Frau anspricht und sie bis tief in die Wurzeln ihres Ichs verletzt. Was wird dann geschehen?

Er schaut in den Regen hinaus und spürt plötzlich eine größere Verzweiflung als je zuvor. Die Fensterscheibe ist genau zur Hälfte durchscheinend, die andere Hälfte spiegelt sein Gesicht. Er sieht sein Bild an, das immer wieder vom Wasser ausgewischt wird, aber sich dennoch die ganze Zeit dort befindet. Holt die Flasche heraus und trinkt einen Schluck. Die alte Frau betrachtet ihn bekümmert. Der Dämon gluckst in seinem Kopf. Er hofft, dass es bald an der Zeit ist auszusteigen; vielleicht ist es das ja wirklich, das kann er nicht genau sagen. Dieser Teil der Stadt ist nicht sein Bereich, er weiß nicht, wo sich die Haltestellen befinden, aber vielleicht ist das auch nur gut so, vielleicht ist das ... er sucht nach einem Signalknopf.

»Sankt Katarina!«, ruft der Fahrer im gleichen Moment. Sicher hat er aus Maertens' Kleidung erraten, wohin dieser auf dem Weg ist.

Er steigt aus und spannt den Regenschirm auf. Der Regen prasselt herab. Die Straßenbahn und die Frau rattern weiter. Einen kurzen Moment bleibt er im Unterstand zögernd stehen. Die Kirche liegt gleich auf der anderen Straßenseite; ein paar schwarzgekleidete Menschen suchen unter dem Torbogen Schutz. Wie Krähen. Er schaut auf die Uhr und stellt fest, dass er zu früh ist. Dass er mindestens zehn Minuten überbrücken muss, wenn er erst mit den Allerletzten kommen will. Er möchte der Unauffälligste von allen Unauffälligen sein.

Er kehrt um und geht ein Stück fort, weg von der Kirche und dem Friedhof. Im Schutz einer kahlen Ulme trinkt er ein paar Schluck Cognac. Jetzt ist sein Körper warm, aber die Hände zittern ein wenig. Dann dreht er weiter seine Runde. Als er erneut zum Kircheneingang kommt, sieht er, dass sich ziemlich viele Schwarzgekleidete im Portal drängen. Er holt tief Luft, überquert die Straße und schließt sich ihnen an.

Gerade als er ins Turmgewölbe tritt, steht sie da. Er tritt einen kleinen Schritt zur Seite und begegnet ihrem Blick. Er sieht, dass sie ihn wiedererkennt.

Er, der meinen Vater getötet hat, denkt sie sicher. Was hat der wohl auf der Beerdigung meines Mannes zu suchen?

Aber sie verzieht keine Miene.

Verrät nichts.

9

Bei der Grablegung geschieht es, und er ist in keiner Weise darauf vorbereitet.

Vermutlich ist er auch ein wenig abgestumpft, die Zeremonie in der Kirche hat über eine Stunde gedauert, und er hat es nicht gewagt, die Flasche herauszuholen. Während der letzten Rede und des Schlusspsalms hat er mit einer schweren Trägheit kämpfen müssen, hatte schon Angst, einzuschlafen.

Draußen am Grab ist es jedenfalls einfacher, sich zu konzentrieren. Der Regen hat aufgehört, ein frischer Wind vom Meer ist stattdessen aufgekommen.

Dennoch fühlt er sich fast vollständig überrumpelt, ein paar Sekunden lang beinahe wie gelähmt. Und wem wäre es nicht so gegangen?

Der Sarg mit Tomas Borgmanns sterblichen Überresten ist soeben ins Grab gesenkt worden. In einem ziemlich großen Kreis stehen alle Trauergäste rundherum. Der Pfarrer sagt noch ein paar Worte, und dann nimmt man Abschied von dem Toten. Einer nach dem anderen in stiller Reihe. Man tritt ein paar Schritte vor und stellt sich für einen Moment direkt an den Rand des Grabs. Dort ist es etwas lehmig, man muss aufpassen, nicht hineinzurutschen … bleibt dort eine Weile mit gesenktem Kopf stehen, lässt vielleicht eine Blume auf den Sarg fallen. Dann tritt man zurück in den Kreis der Lebenden.

Alle, die am Grab stehen, führen dieses kleine Ritual aus. Immer einer nach dem anderen, ohne Hast. Ein Stück weiter gibt es noch andere Menschen. Während Maertens wartet, überlegt er, warum die nicht näher kommen. Vielleicht kannten sie den Dahingeschiedenen nicht so gut, denkt er. Vielleicht sind sie nur hergekommen, um beim Dahinscheiden eines berühmten Menschen dabei zu sein.

Dann ist er an der Reihe.

Er tritt drei Schritte vor. Senkt den Kopf und verschränkt die Hände, wie er es bei den anderen gesehen hat.

Da kommt es.

Wie Schüttelfrost. Wie eine Sturzwelle. Unten aus dem Grab wogt es herauf, über ihn hinweg. Stark, unerschütterlich und dröhnend, dieses Schweigen, das er unter tausend Schweigen erkennen würde.

Er kommt ins Wanken. Einen Moment lang wird sein Blick von der fremden, vibrierenden Stummheit verdunkelt. Er spürt, wie ihn von hinten Hände packen. Hände, die ihn aufrecht halten. Ihn daran hindern, ins Grab zu fallen.

Dann kämpft er, wird weggeschleift, nach hinten, und das Licht kehrt wieder in seine Augen zurück. Da sieht er sie.

Er sieht sie.

Unter den Menschen, die ein wenig abseits auf dem Friedhof stehen, sieht Maertens eine Frau, die wie ein Engel strahlt. Ihr brennender Blick fängt ihn in einem Lichtkegel ein, der ausschließlich zwischen ihm und ihr existiert, und das Ganze währt nur eine verschwindend kurze Sekunde.

Zuerst dieses Schweigen aus dem Grab.

Dann der Strahlenglanz dieser Frau.

Was geht hier vor?

*

Eilig dreht sie sich um und hastet davon. Sie verlässt den Friedhof, und Maertens steht immer noch wie paralysiert da. Steht noch am Grab, und man hält ihn immer noch. Vielleicht versucht auch jemand mit ihm zu reden, ihn zu fragen, wie es ihm geht, aber nichts davon dringt zu ihm durch. Er hört nicht einmal ihre Stimmen. Hört nur das Nachklingen des Schweigens. Wie ein Wind, der in den Ästen eines hohen Baumes festsitzt. Dann macht er sich schließlich frei, verlässt sie, läuft der Frau hinterher.

Quer über Wege und Grabsteine läuft er, denn er hat sie aus dem Blick verloren. Mit keuchendem Atem klettert er über die breite, bemooste Mauer, die den Friedhof umgibt. Landet auf allen vieren auf dem Bürgersteig dahinter. Zerkratzt sich die Hände, kann aber gerade noch sehen, wie sie ein Stück weiter auf der Straße in einen Bus steigt. Verzweifelt schaut er sich um. Entdeckt in der Dämmerung weiter hinten eine Reihe Taxis, läuft dorthin, spürt, wie sein Herz in der Brust schreit. Wirft sich in den ersten Wagen und ruft:

»Folgen Sie dem Bus!«

Für den Bruchteil einer Sekunde sieht er vor seinem inneren Auge einen bärtigen, finsteren Regisseur, dem Dämon aus der Straßenbahn nicht unähnlich, nur älter und noch müder, dazwischenspringen und rufen *Schnitt! Schnitt, verdammt noch mal!* Aber der Taxifahrer gehorcht umgehend. Er hat vermutlich gelernt, wie er in derartigen Situationen zu reagieren hat, denkt Maertens. Gehorchen. Lieber den Übeltätern oder Verrückten zu Diensten sein, als zu versuchen, den Helden zu spielen. Maertens findet, das ist eine ausgezeichnete Regel. Er lehnt sich zurück und sieht entschlossen aus. Trinkt einen Schluck Cognac. Trinkt zwei.

Der Bus ist schnell eingeholt. Sie heften sich an seine Fersen. Der Fahrer wirft Maertens einen fragenden Blick im Rückspiegel zu. Er ist jung und sieht etwas nervös aus, wie Maertens jetzt bemerkt.

»In Ordnung«, sagt er. »Folgen Sie ihm einfach!«

Als der Bus an einer Haltestelle anhält, tun sie es auch.

Maertens kurbelt das Seitenfenster herunter, steckt den Kopf hinaus und überprüft, ob die Frau möglicherweise ausgestiegen ist. Dann fahren sie weiter.

Diese Prozedur wiederholt sich dreimal. Danach nimmt der Fahrer all seinen Mut zusammen und fragt, ob es nicht besser wäre, den Bus zu überholen, dann könnte Maertens an der nächsten Haltestelle einsteigen.

Maertens überlegt. »Dann los«, nickt er.

Sofort tritt der Fahrer aufs Gas. Sie biegen auf die Fahrbahn und beschleunigen so schnell, dass Maertens eine leichte Übelkeit verspürt. Schließlich kann er sehen, wie der Bus hinter ihnen kleiner wird und ganz verschwindet. Dann wieder ein jähes Bremsen, er schmeckt einen Dunst von Blut und Cognac, der in seinem Schlund hochschwappt, und verlässt eilig das Auto. Er bezahlt, und der junge Mann schenkt ihm ein leises, konspiratives Lächeln, bevor er davonbraust. Immerhin etwas, denkt Maertens.

Er versucht sich zu orientieren. Kreuger Allé, wenn er sich nicht täuscht. Irgendwo in der Nähe von Bernards Fahrradfabrik wahrscheinlich. Dann taucht der Bus auf. Er winkt dem Fahrer zu, der an den Straßenrand fährt und hält. Maertens steigt ganz vorn ein, wie man es in dieser Stadt so tut, und späht über die Fahrgäste hinweg. Im gleichen Moment steigt die Frau durch die Hintertür aus.

Er entdeckt es gerade noch rechtzeitig, und in letzter Sekunde gelingt es ihm abzuspringen. Da die Frau in Fahrtrichtung des Busses geht, stößt er mit ihr zusammen, er wirft sie einfach zu Boden. Ihm selbst gelingt es auch nicht, auf den Beinen zu bleiben. Beide bleiben auf dem Bürgersteig liegen.

Der Bus fährt laut Fahrplan weiter. Das alte Paar, das ebenfalls ausgestiegen ist, begibt sich hastig in die andere Richtung. Zurück bleiben Maertens und die Frau, auf der Erde liegend.

»Was hast du für eine Verbindung mit dieser Geschichte?«,

fragt Maertens. Aus irgendeinem Grund fängt er an zu reden, noch bevor einer von ihnen versucht hat aufzustehen.

»Gar keine«, antwortet die Frau. »Ich habe mit nichts eine Verbindung.«

Auch sie macht keinerlei Anstalten aufzustehen. Stützt nur den Kopf in die Hand, während sie noch auf der Seite liegt. Sie trägt einen dunkelblauen Regenmantel, doch darunter ist sie hell, einen Moment lang hat er die Vision, sie wäre Istvans neue Frau. Die nordische.

Aber natürlich ist sie das nicht.

»Eine Sekunde lang hatte ich das Gefühl, als würdest du wie ein Engel strahlen«, fährt Maertens fort. Ihm ist klar, dass es sich hier um ein äußerst ungewöhnliches Gespräch handeln muss. Sie liegen auf einem feuchten Fußweg und unterhalten sich, er und diese ihm vollkommen unbekannte Frau.

»Eine Sekunde lang hatte ich das Gefühl, etwas zu sehen, was ich noch nie zuvor gesehen habe«, sagt sie.

»Mhm«, murmelt Maertens.

Dann fällt ihm nichts mehr ein, was er sagen könnte. Stattdessen stehen sie auf. Bürsten sich den Schmutz ab. Maertens entschuldigt sich für sein Auftreten, fragt, ob sie sich verletzt hat. Er spürt, wie sie schnell wieder an den Rand der Besinnung kommen. Bald, sehr bald, werden sie in der stummen Wirklichkeit ankommen, plötzlich wird er von einer großen Wut gepackt, dass ihm all das hier aus den Händen rinnen soll. Dass es einfach aufhören wird wie ein zufälliger Augenblick in einer anonymen Volksmenge.

»Wir können da hinten ins Café gehen, wenn du weiter reden willst«, sagt sie, kurz bevor es zu spät ist. »Aber nur kurz. Ich heiße Nadja.«

»Maertens.«

*

Das Café scheint in erster Linie aus Dampf zu bestehen.

Er kann nicht so recht ausmachen, woher er kommt. Ob er von den Menschen ausgesondert wird, die über die milchweißen Tische gekauert hocken, oder ob man hinter dem Tresen große Kessel mit Teewasser kocht. Das Fenster zur Straße hin ist beschlagen, jemand hat neben ihrem Tisch *Wendemeer ist scheiße* auf die Fensterscheibe geschrieben. Das Porzellan ist feucht und heiß, als hätte man es gerade aus der Geschirrspülmaschine geholt. Er bietet ihr eine Zigarette an, sie nimmt sie entgegen, legt sie dann aber auf den Tisch. Er sieht, dass sie Flecken von der Feuchtigkeit bekommt, zündet sich selbst eine an und beginnt zu fragen:

»Hast du Tomas Borgmann gekannt?«

»Nein, überhaupt nicht.«

»Nicht?«

»Nein.«

»Und warum warst du dann auf seiner Beerdigung?«

»Ich gehe oft auf Beerdigungen.«

»Warum das?«

»Was meinst du?«

»Warum gehst du auf Beerdigungen?«

»Weil sie mir gefallen. Jedenfalls meistens. Sie beruhigen mich, ich spüre, dass ich dazu gehöre.«

»Dazu gehöre?«

»Ja.«

»Ich fürchte, ich verstehe nicht.«

Sie sieht ihn nicht an, während sie miteinander sprechen, hält stattdessen ihren Blick fest auf die Teetasse gerichtet und rührt langsam darin mit dem Löffel herum.

»Ja, dazu gehöre«, wiederholt sie. »Dass ich nicht einsam außen vor stehe … während einer Beerdigung stehen ja alle in der gleichen Reihe, alle sind den gleichen Bedingungen unterworfen. Außer dem Toten. Die Toten sind tot, die Lebenden leben. Das ist alles. Deshalb ist es gerade dort so einfach, lebendig zu sein. Es gibt eine starke Gemeinschaft.«

Sie zögert kurz. Er möchte, dass sie weiter spricht, sitzt ganz still und wartet. Fragt sich, ob das, was hier geschieht, wirklich geschieht, oder ob sich alles nur in dem allgemeinen Dunst auflösen wird. Zumindest erscheint es ihm äußerst zerbrechlich. Er kann etwas leicht sausen hören, einen Luftstrom, der sich herauspresst, aber er weiß nicht, ob es von einem der Teekessel kommt oder ob es sich nur in seinem Kopf befindet.

»Vielleicht kannst du das nicht verstehen«, sagt sie nach einer Weile. »Ich betrachte nur, deshalb habe ich keine Beziehung zu irgendetwas. Nicht alle können das begreifen, das kann man auch nicht erwarten, und es spielt auch keine Rolle …«

Er versucht ihren Blick einzufangen. Ihn von der Teetasse zu heben, aber es gelingt ihm nicht. Er will ihr nur mit einem Blick zeigen, dass er versteht, wovon sie spricht, er kann es nur nicht rundheraus sagen. Das wäre zu neunmalklug.

»Ich nehme an der Welt nicht teil«, fährt sie fort. »Ich betrachte sie. Ich habe mich entschieden, so zu leben, das hat seine Gründe, das ist nichts Merkwürdiges … absolut nichts Merkwürdiges.«

»Das kann man doch nicht machen«, unterbricht er sie.

»Nein?«

»Du nimmst doch trotzdem teil«, erklärt er. »Die Menschen wollen betrachtet werden, viele wollen nichts lieber als das. Es ist Einbildung, dass man sich außen vor stellen kann.«

»Ja.« Sie legt den Plastiklöffel auf die Untertasse. Versucht aus dem Fenster zu sehen. »Alle wollen betrachtet werden, nur ich nicht … nicht mehr. Ich schaffe das.«

»Nicht richtig.«

»Nein, vielleicht nicht immer und absolut.« Sie lächelt vorsichtig.

»Aber Beerdigungen helfen dabei?«

»Andere Ereignisse auch ... Demonstrationen, Gerichtsverhandlungen, Einweihungen ... aber Beerdigungen sind am besten.«

Wieder zögert sie, streicht sich eine Haarsträhne aus dem Gesicht. Maertens greift in die Innentasche.

»Möchtest du ein wenig Cognac in den Tee? Das braucht man bei diesem Wetter.«

»Ja, bitte.«

Er gießt die letzten Tropfen in die Tassen, und beide trinken vorsichtig.

»Ich verstehe immer noch nicht, wie du wie ein Engel leuchten konntest«, sagt Maertens.

Sie sieht ihn zweifelnd an. Wie der Wind, der den ganzen Nachmittag in der Baumkrone fest saß und es jetzt nicht mehr schafft, sich dort oben zu halten, denkt er.

Es ist ein eigentümliches Bild, und es verschwindet, als sie ihn direkt ansieht.

»Es muss ein Zufall gewesen sein ... nein, ich meine nicht ein Zufall .... aber es gab eine Sekunde, einen Augenblick dort hinten auf dem Friedhof, ich glaube, in dem geschah etwas. Aber ich habe nicht geleuchtet wie ein Engel, das hast du dir nur eingebildet. Du bist ein wenig angetrunken, oder?«

Er seufzt. Eine Weile sitzen sie schweigend da.

»Wie war noch dein Name?«

»Maertens.«

»Maertens, ich muss jetzt gehen. Danke für den Tee und den Cognac. Du kannst meine Telefonnummer haben, wenn du mich einmal anrufen willst.«

Sie schreibt sie auf eine Serviette.

»Aber ich bin kein Engel, glaub das ja nicht.«

»Nur ein Betrachter?«

»Ja.«

Ein kurzes Stück haben sie den gleichen Weg. Am Kreugerpark bleibt sie stehen, legt ihm für einen Moment die Hand auf den Arm. Dann verschwindet sie zwischen den Bäumen.

*

Er geht den ganzen Weg zu Fuß nach Hause. Der Schwips zeigt sich mittlerweile von seiner schlechtesten Seite, aber er kennt sich so wenig mit den Buslinien aus. Er fährt sowieso nie mit dem Bus, nur mit der Straßenbahn. Mit der Zwölf zum Stadion.

Da kann er lieber gleich gehen. Der Regen ist zurückgekehrt. Er kommt in launigen Böen angebraust und peitscht ihm ins Gesicht. Er überlegt, wo er den Regenschirm vergessen hat. In der Kirche? Draußen am Grab? Im Taxi oder im Bus oder im Café ...

Er schiebt die Fäuste in die Manteltaschen. Beißt die Zähne zusammen, spürt, wie der leere Flachmann im Rhythmus mit seinen Schritten gegen den Krebsfleck schlägt. Mein Gott, denkt er. Der du über alles herrschst. Lösche die letzte halbe Stunde aus meinem Leben! Lass mich sofort zu Hause sein, du kannst diese dreißig Minuten in eine große Zeitfalte legen.

Aber das ist nur vergebliches Feilschen, wie immer. Weder Gott noch der Teufel wollen jemals eine einzige Minute aus einem Menschenleben haben. Man kann sich natürlich fragen, warum nicht.

Er versucht sich zu konzentrieren und an Nadja zu denken. Sie in Worte zu fassen. Das macht er übrigens den ganzen Nachmittag lang, aber es scheint, als entzöge sie sich allen seinen Anstrengungen. Verberge sich, plötzlich ist er zu schwach. Die ganze Woche hat er sich auf die Begegnung mit Marlene konzentriert, und jetzt läuft er hier herum und umklammert die Telefonnummer einer anderen Frau auf einer Serviette in der Manteltasche. Läuft er Gefahr, aus dem Konzept zu geraten? Vielleicht gibt es aber gar keinen Grund, sich zu wundern. Vielleicht hat das meiste sowieso nur mit dem Cognac zu tun, von dem er zweifellos eine ganze Menge zu sich genommen hat. Vielleicht wird er ja alles am nächsten Tag besser begreifen, wenn er ausgeschlafen ist und einen klaren Kopf hat.

»– 's ist ein Ziel, aufs Innigste zu wünschen«, murmelt er … ja, er merkt, dass sich seine Lippen bewegen, und plötzlich kommt der ganze Gedankenschwall ins Rutschen, das Unterbewusstsein lässt ihn frei …

– schlafen – schlafen! Vielleicht auch zu träumen!
– Ja, da liegt's!

Er spürt, dass die Kopfschmerzen wie eine Wolke anwachsen. Er muss zur Toilette … das ist alles einfach nur armselig. Aber jetzt kann er zumindest zwischen den Häusern schon den Fluss erkennen.

*

Er ist erst seit kurzem zu Hause, als er ohne Vorwarnung in Tränen ausbricht. Er sitzt in seinem alten Ohrensessel und schaut in die Dunkelheit, und er weiß nicht, warum ihm die Tränen über die Wangen laufen.

Ob er um Tomas Borgmann weint.

Oder um seiner selbst willen.

Oder wegen Marlene oder Nadja oder wegen der alten Frau in der Straßenbahn.

Oder um Ludo.

Aber da alle Trauer doch ein und dasselbe ist, spielt das vielleicht gar keine so große Rolle.

10

Im Laufe des Sonntags wird vieles klarer.

Nur nicht das Wetter. Die Regenschauer kommen und gehen, ein blaugrauer Himmel drückt das Licht unter die Erde. Es ist ein Tag, um im Bett zu bleiben und sich zu besinnen. Um im Haus zu bleiben, die Seele zu reinigen, Altes zu verdauen und zu Einsichten zu kommen.

Und genau das tut Maertens. Er sitzt im Pyjama und dem vierzig Jahre alten Morgenmantel da, trinkt Zimtkaffee und hört einem Hörspiel von Borelli zu. Säubert das Aquarium und liest einzelne Seiten einer Gedichtsammlung, die Bernard ihm aufgedrängt hat. Nichts bleibt an ihm haften, alle Tätigkeiten sind vage und austauschbar wie die Regentropfen draußen. Die meiste Zeit sitzt er einfach ruhig im Sessel und lässt die Gedanken sich ordnen. Das geschieht langsam und zäh an so einem Tag, alle Ideen werden durch die müde Zurückhaltung eines leichten Katers gedämpft. Das Deutliche und das, was wichtig sein könnte, wird ohne Zaudern freigelegt, muss sich nicht mit puren Dummheiten abgeben.

Ab und zu nickt er ein. Das macht nichts. In dem Stadium der sich dahinschleppenden Untätigkeit treten dennoch die Reliefs des vergangenen Tags hervor. Des ganzen Spätwinters. Es ist nicht besonders kompliziert, er weiß ja, worum es geht.

Um Tomas Borgmann.

Um das Alte.

Die amputierte Erinnerung. Immer wieder durchgekaut, verdrängt und seit so vielen Jahren über Bord geworfen. Ohne Sinn und Relevanz für sein Leben. An so einem Trübewettertag kann er ganz ruhig dasitzen und sich darüber wundern, wie so eine alte Geschichte ihren Kopf wieder hervorschieben kann.

Es bekümmert ihn nicht. Wird ihn nie wieder bekümmern, denkt er. Und jetzt kann er die Unruhe gar nicht mehr verstehen, die er vor der Begegnung mit Marlene verspürte. Endlich erkennt er, wie wenig die Ereignisse der letzten Zeit eigentlich bedeuten. Im Spiegel der Müdigkeit zeigt sich plötzlich, dass keinerlei Veränderung auf der Tagesordnung steht. Er braucht keine Angst zu haben. Im Gähnen und aus der Perspektive des schläfrigen Körpers auf die Ewigkeit hin ist sowieso alles egal. Was immer auch in den ihm noch verbleibenden zwei oder zehn oder dreißig Jahren auch passieren wird, so wird er auf jeden Fall einen großen Teil seiner Zeit genau in diesem Sessel verbringen. Oder in einem ähnlichen. Eine mit jedem Jahr ansteigende Zahl von Stunden, und er hat gegen diese Tatsache nichts einzuwenden, absolut nichts. Die zyklische Zeitauffassung und die ruhige Ordnung der Dinge ist in seinem Haus willkommen, es gibt nichts, weshalb er sich beunruhigen muss, und von dieser Position aus lässt sich alles in Ruhe betrachten. Ruhig und gewissenhaft.

Wie Tomas Borgmann.

Nach dreißig Jahren Schweigen ist es ein neues Schweigen. Warum? Dreimal am Telefon und einmal von der anderen Seite des Grabs.

Was will er? Was ist die Ursache dafür, dass er nicht reden kann? Die Stimme aus dem Grab zu erheben, kann sicher schwierig und dumm sein, das ist Maertens schon klar. Tot, beweint und das eine wie das andere, aber vorher? Was für ein Sinn ist in diesen sinnlosen Anrufen zu suchen? Was ist es, das sich im Schweigen verbirgt?

Was willst du, Tomas?

Es ist nicht schwer, zu diesem Fragezeichen zu kommen, er tut es an diesem dunkler werdenden Nachmittag immer und immer wieder. Aber eine Antwort taucht nicht auf. Dennoch gibt es sie in seinem müden Kopf, während dieser durchscheinenden Augenblicke zwischen Traum und Wachsein ... ein Fragment.

Ein Splitter ... der für den Bruchteil von Sekunden an die Oberfläche tritt und blendend klar ist. So blendend, dass er die Augen bedecken muss. Er wirbelt fort, aber es hat ihn gegeben, und das ist deutlich genug. Das alles existiert nicht nur in seinem Gehirn. Es gibt auch dort draußen Erklärungen, Sachen und Dinge versickern nicht nur einfach im Sand, dieses Mal nicht. Im Guten wie im Bösen. Er muss Geduld haben.

Damit gibt er sich zufrieden. Alles wird sich zu seiner Zeit zeigen. Auch den Friedhof und die leuchtende Frau lässt er hinter sich. Nadja. Es drängt sich nicht auf, verlangt nicht, begreiflich zu sein. Die Umstände waren ja nicht gerade die besten: Bier und Cognac, die Monotonie in der Kirche, der frische Wind vom Meer her. Wer weiß schon, was in so einem Moment geschehen kann?

So vergeht dieser Sonntag. Ein paar Gedanken widmet er auch Birthe und diesem Pastor Wilmer. Außerdem steht er eine ganze Weile vor dem Spiegel im Badezimmer und betrachtet seinen blaubraunen Fleck auf der Brust. Er sieht unverändert aus, unverändert und vertraut. Er schmerzt wie üblich, wenn man ihn drückt, aber ansonsten unterscheidet er sich nicht besonders von anderen Teilen seines Körpers.

Gehört genauso dazu, denkt er. Hat die gleiche Berechtigung.

Er sitzt auch einige Minuten, das dicke Schreibheft vor

sich aufgeschlagen, aber er schreibt nichts. Liest nur die Seiten, die er in der letzten Woche aufgezeichnet hat.

Der Abend setzt früh ein, und der Hunger auch. Er hat seit dem Morgen nichts gegessen. Der Kühlschrank zeigt eine gähnende Leere. Sich anzuziehen und hinauszugehen, widerstrebt ihm sehr, schließlich bringt er ein Käseomelett zu Wege. Das ist alles, was er zu Stande bringt, mit Brot, Zwiebeln, einer Tomate und einer Flasche Bier muss es für so einen Tag reichen. Er isst im blauen Lichtkegel des Fernsehers. Das Telefon klingelt einige Male, aber er macht sich nicht die Mühe, ranzugehen.

Noch später raucht er die einzige Zigarette des Tages. Die ersten Rauchkringel erinnern ihn an den Geruch der verlausten Uniformen, die beim Kriegsende, in seiner Kindheit, verbrannt wurden. Diese nicht herbeigerufene Erinnerung gefällt ihm nicht, trotzdem raucht er die Zigarette auf. Gegen Ende schmeckt sie mehr oder weniger wie immer.

*

Nur ein Betrachter, denkt er, als er den Aschenbecher ausspült. So jemand sieht die Wahrheit mit Sicherheit viel früher als andere.

Er weiß, dass dieser Gedanke tatsächlich genau in dem Moment in ihm auftaucht, als er am Spülbecken steht, denn als er später in der Nacht von ihr träumt, steht sie in der Türöffnung hinter seinem Rücken, und er kann sie nicht richtig erkennen.

11

Die Zeit vergeht.

Ein kleiner Abschnitt. Mehrere Nächte nacheinander wird Maertens von bizarren Träumen heimgesucht, über die er lange nachdenkt. Sie ähneln ganz und gar nicht den Träumen, die er gewohnt ist. Sie erscheinen stets in den frühen Morgenstunden. Er wacht von ihnen auf, genau wenn das erste graue Licht sich in das Dunkel seines Schlafzimmers drängt.

Er träumt, er wäre eine trächtige Wolke, die ihren Regen nicht gebären kann, da es so etwas wie Regen in der Welt nicht gibt. Niemand hat je von dieser Erscheinung gehört. Ihm ist klar, das dieser Traum als das Bedürfnis zu deuten ist, auf die Toilette zu gehen, aber als er aufwacht, kann er feststellen, dass dem nicht so ist.

Er träumt, dass er ein Buchstabe in einem fremden Alphabet ist, aber ein Buchstabe, den niemand im Lande mehr benutzt, da er einen Laut repräsentiert, der so grässlich klingt, dass ihn niemand aussprechen möchte.

Er träumt, dass er und Tomas Borgmann ein Schiff bauen, um zu einem noch unentdeckten Kontinent zu fahren, aber als sie zum Aufbruch bereit sind, merken sie, dass ihr Fahrzeug so klein ist, dass nur eine Person hineinpasst. Er bringt Tomas Borgmann um, vergräbt ihn am Strand und setzt sich in den Sand, um auf günstige Winde zu warten. Doch die ganze Zeit weht es nur aus der falschen Richtung.

Er träumt, dass er Gott ist und all seine Kraft dafür verwendet, den Menschen begreiflich zu machen, dass er die Welt nicht geschaffen hat, dass er keinerlei Befugnisse hat und dass sie ihm vollkommen gleichgültig sind.

Mit derartigen Träumen steht Maertens zu ganz normalen Tagen auf. Der Frühling macht kleine Fortschritte. Die trockenen Ranken des wilden Weins an der Südwand bekommen einen Hauch von Violett, die Sonne scheint des Abends weiter in die Küche. Endlich gelingt ihm ein Remis in einer schnellen Englischen Partie, The Duchess liegt immer noch stinkend am Kamin, und am dänischen Hof gehen die Intrigen pflichtschuldigst einige Zeilen weiter. Pflichtschuldigst.

Und kommt er nicht zurück?
Und kommt er nicht mehr zurück?
Er ist tot! o weh!
In dein Todesbett geh,
Er kommt ja nimmer zurück.

Dennoch hat er das Gefühl, dass diese kleinen Ereignisse im Lichte nur eintreffen, um die Gedanken der grauen Sonntage zu Schanden zu machen. Es scheint ihm, als geschähe alles Richtige in der Nacht, nicht am Tage. Aber all das ist natürlich auch nur sehr vage. Alle Gedanken sind so kurzlebig … das Einzige, was er sicher weiß: Er wartet.

Wartet auf den nächsten Zug. Wartet in erster Linie darauf, dass sein Widersacher zurück zum Spielbrett kommt.

Und er träumt, dass er der weiße Königsbauer und hoffnungslos in die schwarze Dame verliebt ist. Die einzige Handlung, mit der er seine Liebe zeigen kann, ist, sein

Leben zu opfern, und also erleidet er wirklich einen blutigen und vollkommen sinnlosen Tod für einen Springer auf e6.

Am Tag nach diesem Opfer wird er endlich von seinem Warten erlöst.

*

Zunächst ist es Bernard. Nach einer außergewöhnlich schweigsamen Morgenfahrt offenbart er sich, gerade in dem Moment, als es an der Zeit ist, Maertens am Markt herauszulassen:

»Ich habe gestern Marie-Louise getroffen.«

Maertens nickt. Er kennt keine Marie-Louise.

»Fräulein Kemp.«

»Ach so …«

»Wir haben Tee getrunken und uns über Poesie unterhalten.«

»Herzlichen Glückwunsch.«

»Eine ungemein sensible Frau.«

»Das finde ich nicht.«

Bernard zieht ein kleines, flaches Päckchen hervor.

»Könntest du ihr das hier geben? Das sind ein paar Gedichte, die ich gestern nicht finden konnte … ungedruckte von Malling und Wan Winderleijk.«

Maertens hat noch nie von ihnen gehört. Einen Moment lang hat er den Verdacht, es könnte sich um Pseudonyme für Bernard selbst handeln, dann verwirft er die Idee aber. Es geht ihn ja auch nichts an. Als er später während der morgendlichen Kaffeepause das Päckchen überreicht, sieht er zu seiner Verwunderung, wie Fräulein Kemp errötet. Rote Knospen brechen am Hals über ihrem Kragen und auf den Wangen aus.

Bis zu diesem Augenblick hätte er das für ein Ding der Unmöglichkeit gehalten.

Bernard, denkt er. Könnte es doch so sein, wie du behauptest? Mit der Welt und allem?

*

Er entdeckt sie sofort, als sie durch den Eingang unterhalb der Treppe tritt. Augenblicklich versucht er sich einzureden, dass sie aus ganz üblichen Gründen in die Bibliothek kommt.

Dass nicht er derjenige ist, den sie sucht. Trotz dieser Tage des Wartens ist sein erster Impuls, sich zurückzuziehen. Er selbst findet das empörend, aber es ist nicht zu leugnen. Warum? Sollte es noch immer einen Grund für seine Beunruhigung geben? Hat er nicht gebüßt? So lange gebüßt, wie es nur möglich ist. Wovor hat er Angst?

Hat sie während der Beerdigung Zeichen von Feindseligkeit gezeigt? Natürlich nicht.

War wirklich sie es, auf die er gewartet hat? Natürlich.

Er begegnet ihrem Blick. Vielleicht zu früh, aber es reicht. Sie lächelt kurz, als Zeichen, dass ihre Absichten friedlich sind. Dann bleibt sie eine Weile an der Stirnseite des Tresens stehen, während Maertens zwei Kunden bedient. Währenddessen sehen sie einander an – nicht gleichzeitig, immer abwechselnd –, um sich einer gemeinsamen Balance von Distanz und gegenseitigem Einverständnis zu vergewissern. Es ist wichtig, dass es so ist, sonst wird alles zusammenbrechen.

Wir errichten eine Plattform, denkt er. Oder ein Floß. Nicht besonders groß und nicht besonders stabil, aber zumindest ein Platz, um nach dreißig wortlosen Jahren miteinander reden zu können. Sicher, es ist eine Präzisionsarbeit, bei der ein paar Blicke oder ein flüchtiges Lächeln oder aber ein ausbleibendes Lächeln wie Mauersteine zu betrachten sind. Das ist alles, und es ist eigentlich nichts Besonderes.

Dann ist sie an der Reihe.

»Entschuldige, Leon ...«

»Maertens.«

»Ja, natürlich, das habe ich vergessen ... du nennst dich nur so?«

»Ja.«

»Ich würde gern mit dir sprechen. Es gibt da einiges im Zusammenhang mit Tomas' Tod ... wo du mit ins Bild kommst.«

»Wieso das?«

»Das zu erklären, braucht es ein bisschen Zeit. Ich bin mir selbst nicht einmal ganz sicher. Wenn du mit mir zu Mittag essen könntest, dann würde ich dir das alles in Ruhe erzählen, ja? Es gibt nämlich auch ein Testament.«

»Ein Testament?«

»Ja. Tomas hat ein Testament geschrieben. Du bist einer der Begünstigten, wie man das nennt ... auch wenn das etwas merkwürdig ist.«

Ein Herr im gelbbraunen Ulster macht auf sich aufmerksam, er will seine Bücher gestempelt haben. Maertens kümmert sich um ihn.

»Entschuldige mich einen Moment, Marlene ...«

Sie tritt einen Schritt zurück. Er spürt, wie eine leichte Verwunderung in ihm brennt. Scheint es nicht, als würde sie ihn um Hilfe anflehen? Er versucht sie insgeheim anzusehen. Und wirklich, sie erscheint viel zerbrechlicher, als er sie sich vorgestellt hat. Und angespannt, sehr, sehr angespannt. Als er fertig ist, tritt sie wieder an den Tresen.

»Wann hast du Mittagspause?«

»Um eins.«

»Können wir uns dann bei Sieger's treffen?«

Er nickt und kann es nicht lassen, legt ihr für einen Moment die Hand auf den Arm, genau wie Nadja, die Betrachterin, ihre Hand vor kurzem auf seinen Arm gelegt hat. Er bereut es sofort, aber da ist es schon zu spät, er sieht einen

Hauch von Erleichterung über ihr Gesicht huschen. Damit verlässt sie ihn.

Als sie verschwunden ist, bleibt er hinter dem Tresen stehen und spürt eine unerwartete Befriedigung. Etwas in ihm wächst schnell heran, eine Bereitschaft, eine neue Form des Entgegenkommens … die Fähigkeit zu sein oder worum auch immer es sich handeln mag. Es ist ganz deutlich zu spüren, und es ist ein äußerst angenehmes Gefühl.

Auf dem Friedhof hat sie kein Wort gesagt, denkt er.

Ob Tomas wohl …? Nein, das ist ausgeschlossen.

*

Einmal damals im Frühling saßen sie auch in einem Restaurant, Marlene und er. Ein einziges Mal. Er war bis über beide Ohren verliebt, und trotzdem kamen sie nie weiter als genau bis hierher. Bis zu einem lächerlichen Restaurantbesuch zu zweit. Dann brachte er ihren Vater um.

Und jetzt ist Tomas auch unter der Erde, das ist schon merkwürdig. Sie essen Pasta, und die Worte kommen nur zögerlich.

»Ich glaube … ich meine … ich habe großes Vertrauen in dich, Leon.«

Er macht sich nicht die Mühe, sie zu korrigieren.

»Dreißig Jahre … ich sollte wohl fragen, wie es dir geht?«

»Gut. Ich kann nicht klagen.«

Mehr sagt er nicht. Sie stellt ihr Glas ab, wischt sich die Lippen mit der Serviette ab und beginnt: »Es fällt mir schwer, darüber zu reden, das musst du verstehen, Leon. Die letzten Jahre waren … nein …«

»War er krank?«

»Krank? Nein, ganz und gar nicht … das heißt, sein Körper war nicht krank. Aber seine Seele, Leon, seine Seele …«

»Maertens.«

»Entschuldige, es fällt mir so schwer, mich daran zu gewöhnen. Ja, du weißt ja nichts von unserem Leben, und natürlich kann ich nichts von dir verlangen. Ich weiß nur, dass es Dinge gibt … etwas Verborgenes. Es gibt etwas, das ich nicht verstehe, du musst entschuldigen, dass ich das einfach so geradeheraus sage.«

»Woran ist er gestorben?«

Sie antwortet nicht sofort. Betrachtet ihn zunächst eine Weile, scheint mit sich selbst zu Rate zu gehen. Er begegnet ihrem Blick und fühlt sich sonderbar ruhig.

»Ich weiß es nicht«, sagt sie dann.

»Du weißt es nicht?«, wiederholt Maertens. »Aber das musst du doch wissen.«

»Nein, ich weiß es wirklich nicht. Der Arzt hat auf den Totenschein nur *Herzstillstand als Folge verminderter Funktion mehrerer innerer Organe* geschrieben, so hat er das ausgedrückt … aber das erklärt ja wohl kaum etwas.«

»Hat er sich das Leben genommen?«

»Nein. Zumindest nicht nach der gängigen Meinung. Aber am Abend, bevor er starb, hat er etwas gesagt, was vielleicht von Bedeutung ist … *Ich sterbe aus Scham*, hat er gesagt.«

»Scham?«

»Ja, Scham. Und in der gleichen Nacht ist er gestorben.«

»An einem Donnerstag?«

»Ja, in der Nacht von Donnerstag auf Freitag. Er hat dich noch kurz vorher angerufen, nicht wahr?«

Maertens nickt. Plötzlich bemerkt er, wie sie zittert. Sieht auch, dass sie jeden Moment in Tränen ausbrechen kann … plötzlich weiß er nicht mehr, wie er sich verhalten soll. Was wird jetzt passieren?, fragt er sich. Alles sieht doch eigentlich so stabil aus. Glücklicherweise kommt der Kellner und räumt die Teller ab. Marlene schluckt ein paar Mal und beißt sich auf die Unterlippe.

»Bitte, Leon, worum geht es eigentlich? Weißt du, worum es hier eigentlich geht?«

Es fehlt nicht viel, und alles wäre aus ihm herausgebrochen.

*

Etwas später, bei Kaffee und einer Zigarette, hat sie sich wieder unter Kontrolle.

»Ich weiß, dass er versucht hat, dich in den letzten Monaten zu erreichen. Hat er etwas gesagt?«

»Nein.«

»Das habe ich mir fast gedacht. Er hat zum Schluss kaum noch gesprochen.«

»Was hast du mit dem Testament gemeint?«

Sie räuspert sich und richtet sich auf. »Tomas hat ein Testament hinterlassen, doch soweit ich den Anwalt verstanden habe, ist es im juristischen Sinne eigentlich kein richtiges Testament. Aber es drückt seinen letzten Willen aus, und es gibt nichts, was uns daran hindert, ihm zu folgen. Wenn du dich nicht sträubst natürlich?«

»Warum sollte ich mich sträuben? Worum geht es denn?«

Sie lehnt sich zurück und lächelt entschuldigend. »Es ist ganz einfach. Er möchte, dass du eine Woche in unserem Haus verbringst.«

»In B-e?«

»Ja. Wir wohnen dort seit einiger Zeit. Du sollst seine Bibliothek durchschauen. Alle Bücher, die du haben möchtest, kannst du behalten.«

»Aha … und warum?«

»Sieh nicht so bestürzt drein. Es ist keine schlechte Sammlung, du wirst sicher eine Woche brauchen. Ich denke, es handelt sich um sechs- bis siebentausend Bände.«

»Ich weiß nicht …«

»Da gibt es noch einiges andere, aber das wirst du sehen, wenn du kommst … falls du kommst, meine ich. Ja, und es ist gedacht, dass ich auch die ganze Woche dort sein soll.«

Maertens schluckt und schaut auf die Uhr. Von der Mittagspause sind noch fünf Minuten übrig. Wird erwartet, dass er sich hier und jetzt entscheidet? fragt er sich selbst. Er schaut sie an. Doch, ja, es scheint so.

»Darf ich dich daran erinnern, dass ich es war, der deinen Vater ermordet hat?«

Das Wort an sich ist so stark, dass sie tatsächlich einen Moment zu zögern scheint, bevor sie ihn überredet.

»Ich bin diejenige, die möchte, dass du kommst, Leon. Wie ich gesagt habe, ist das Testament nicht bindend, ich könnte es einfach ignorieren. Aber ich möchte Klarheit. Und es gibt etwas, was ich nicht weiß. Wenn etwas ein Licht auf unser Leben werfen kann, auf das von Tomas und mir, dann möchte ich, dass es geschieht. Ich habe lange genug im Dunkeln herumgetappt. Kannst du das verstehen?«

Er nickt. Gestattet sich ein nicht allzu verpflichtendes Lächeln. Aber weiter will er nicht gehen, zumindest jetzt noch nicht.

»Ich weiß, dass du allein lebst, aber wenn du trotzdem eine Frau hast, so ist auch sie herzlich willkommen … oder gibt es etwas anderes, was dich hindern könnte?«

»Nein, nein … nein, ich werde kommen, Marlene. Natürlich komme ich … allein. Wann hast du dir gedacht?«

Wieder huscht ein Hauch von Erleichterung über ihr Gesicht.

»Wann du willst, Leon.«

»Maertens.«

»Maertens. Wann du willst.«

»Ich kann es nächste Woche versuchen.«

Sie holt tief Luft. »Danke, Maertens.«

12

TAGEBUCH

24. März

Hatte sie wirklich schon früher so dünne Lippen? Ich kann mich nicht mehr erinnern. Ich meine, werden Lippen mit den Jahren dünner, oder ist das nur meine Erinnerung, die mich im Stich lässt?

Natürlich ist es trivial, gerade jetzt über so etwas nachzudenken, aber nachdem es mir nun einmal in den Kopf gekommen ist, kann ich es ebenso gut auch zugeben. Ich fürchte, sonst werde ich die Frage für lange Zeit nicht mehr los. Das ist wahrscheinlich auch so ein Symptom, diese Lippenfrage, ich weiß nur nicht, wofür.

Viel mehr kann ich momentan nicht sagen. Ich fühle mich sonderbar ruhig, obwohl mich widerstreitende Gefühle quälen sollten. Oder ist es so, dass ich das alles bereits überwunden habe? Ist es mir während all dieser Jahre, die vergangen sind – als ich sie vergraben und versiegelt hatte –, gelungen, sie los zu werden? Mit ihnen abzuschließen, so dass ich bereit bin, ihnen jetzt wieder in die Augen zu sehen?

Wer weiß? Es ist ja das erste Mal, dass ich auf die Probe gestellt werde. Vielleicht ist es nur die Frage einer dünnen – und fürs Auge sichtbaren – Hülle, die jeden Moment zerreißen kann. Eine trügerische Stille. Das wird sich herausstellen.

Ich werde also morgen fahren. Eine Woche bleiben, von Sonntag bis Sonntag. Sieben Tage mit Marlene in einem Haus am Meer, früher hätte ich meine Seele für so ein Angebot verkauft. Jetzt fahre ich fast ohne Erwartungen. Übrigens auch ohne Befürchtungen. Es sind wohl nicht nur die Lippen, die im Laufe der Jahre dünner werden, wie ich vermute.

Aber auf eine Sache muss ich natürlich eine Antwort haben.

Hat er jemals etwas erzählt?

Es scheint nicht so. Nein, ich bin ziemlich überzeugt davon, dass er nie ein Wort gesagt hat. Vielleicht ist das gerade der Kern des Ganzen. Das Herz der Finsternis. Ich habe ja immer vorausgesetzt, dass Marlene unwissend ist, weiß nicht einmal, ob etwas anderes überhaupt denkbar wäre. Genau das war ja der Sinn des Ganzen. Wenn er auch nur eine Andeutung gemacht hätte, wäre mir das natürlich zu Ohren gekommen. Sie wusste ja offensichtlich, dass ich zu finden war.

Ist das alles, was in dem Schweigen zu finden ist? Die alte Zeit, die die neue einholt? Die Mittel, die sich neben das Ziel stellen. Ich weiß es nicht. Wie sollte ich auch?

Und wie soll ich jetzt fortfahren? Erfordert es die Lage, dass ich ihr tatsächlich alles erzähle? War es das, was er wollte? Hat sie nicht, trotz allem, ein gewisses Recht auf Klarheit?

Ich weiß, dass ich mich selbst mit diesen falschen, rhetorischen Fragen hereinlegen will. Die Wirklichkeit ist nicht so, war nicht so, dass sie berechtigt wären, aber ich bin mir nicht mehr sicher, ob das für mich weiterhin ein Hindernis darstellt ... ganz einfach. Ich könnte beispielsweise behaupten, dass die ganze Frage moralisch betrachtet verjährt ist, zumindest was mich betrifft. Dreißig Jahre sind ein ziemlich ansehnliches Stück Leben, auch für jemanden, der nicht besonders interessiert an der Zeit ist.

Aber auch das ist natürlich ein falsches Spiel. Ich kann die Frage nicht klären, das ist alles. Vielleicht wäre es am besten, sie umzuformulieren: *You can't derive an ought from an is!*

Werde ich es später erzählen?

Ich weiß es nicht.

Und ich weiß nicht, ob ich jemals begreifen werde, was da auf der Beerdigung passiert ist, vielleicht nie verstehen, was er von mir wollte. Alles erscheint so ohne jede Grundlage, als sollte es einzig und allein Anlass für meine Beunruhigung sein. Als gäbe es keine Grenzen mehr für das, was noch eintreffen kann.

Nicht, weil das bedeutungslos wäre, ganz im Gegenteil. Weil es von höchster Bedeutung ist.

Dennoch verspüre ich, wie gesagt, zumindest eine gewisse Neugier. Ich weiß ja auch, dass ich am nächsten Sonntag wieder hier am Schreibtisch sitzen werde, ganz gleich, was auch passiert. Zweifellos freue ich mich auf diesen Zeitpunkt. Ich muss endlich mit dem Drama zum Ende kommen, habe es auf eine fast unverantwortliche Art und Weise vernachlässigt, kann es aber natürlich dennoch nicht unbeendet zurücklassen, unabgeschlossen. Danach will ich mich endlich etwas Neuem widmen.

Ja, mit einer gewissen Hoffnung gehen die Geschehnisse in diesem Frühling ihrer Auflösung entgegen, und mit dem Wunsch, dass alles wieder normal werden wird, werde ich morgen abfahren.

Ich vermisse Birthe.

Kommt sie wirklich nicht zurück? Während ich diesen Satz schreibe, schießt mir ein Gedanke durch den Kopf: Bring diesen Pfarrer Wilmer um! Ich werde es sicher nie tun, aber wenn ich es doch täte, dürfte ich nicht vergessen, dieses Heft zu verbrennen. Oder zumindest die Seite rauszureißen, offensichtlich brauche ich immer noch eine Frau.

Irgendwo am Rande meines Bewusstseins hängt auch noch Nadja an einem losen Faden. Die Betrachterin.

Aber jetzt fühle ich mich in erster Linie müde. Ich bin den ganzen Tag draußen herumgelaufen. Vielleicht nimmt jetzt einfach die Müdigkeit meines Körpers all meine Aufmerksamkeit in Anspruch. Und sie allein ist die Ursache für meine Ruhelosigkeit. Kann ich nicht mehr klar denken, nur weil mir die Füße wehtun? Sieht so das Alter aus? Zumindest bin ich nicht draußen herumgelaufen, um nicht denken zu müssen. Das war keine bewusste Handlung.

Es gibt sicher vieles, über das ich das Gleiche sagen könnte.

Aber es ist schön, müde zu sein. Der Schlaf – *the Chief Nourisher,* wie der Meister ihn nennt. Aber er sieht ihn dennoch nur als ein Mittel, um Stärke und Wachheit wiederzuerlangen. Vielleicht ist das auch die Frage von mehr als dem, viel mehr.

Auf jeden Fall werde ich jetzt ins Bett gehen. Dieses Heft soll mir auf meiner Reise Gesellschaft leisten. Nicht, weil ich denke, ich werde dort Gelegenheit finden, darin zu schreiben, aber man kann ja nie wissen.

Wache vier Stunden später auf und fühle eine große Furcht.

Weiß nicht, wovor ... Dunkelheit, Nacht oder einfach nur ein böser Traum? Kann nicht wieder einschlafen. Rauche eine Zigarette, trinke ein Bier, notiere diese Zeilen. Die Morgendämmerung lässt auf sich warten, um mich herum ist es erschreckend still.

Ich bin mir dessen sicher: Würde ich in dieser Minute einen Schrei ausstoßen, dann würde er durch die Dunkelheit bis an jeden Platz auf der ganzen Erdkugel dringen.

13

Zwei, es gibt zwei Alternativen.

Die erste ist die Eisenbahnstrecke, die über die Heide ein Stück weiter im Landesinneren verläuft. Vom Hejmstraat H gehen die Züge in regelmäßigen Abständen, mindestens jede Stunde. Zweifellos der normale Reiseweg.

Die andere Möglichkeit ist die Küstenbahn, was bedeutet, dass man sich bis zum äußersten Hafengelände begeben muss, um in den Zug zu steigen, der direkt an der Küste entlang Richtung Süden fährt. An einigen Abschnitten sogar direkt auf dem Strand. Die Bahn verkehrt vor allem im Sommer während der Touristensaison, aber es gibt das ganze Jahr über den einen oder anderen Zug. Um auch die zu befördern, die draußen an der Küste wohnen.

Letztere Alternative ist deutlich umständlicher als erstere, sie nimmt mehr Zeit in Anspruch, eineinhalb Stunden im Vergleich zu vierzig Minuten. Dennoch entscheidet Maertens sich für diese Reiseart, ohne weiter darüber nachzudenken.

Vielleicht hat es etwas mit dem Meer und dem Näherkommen zu tun. Plötzlich gleichzeitig Marlene und dem Meer gegenüberzustehen, das wäre doch zu viel, das ist ihm klar. Das würde heißen, das Schicksal zu sehr herauszufordern.

Bereits vor acht Uhr ist er auf dem Weg. Sitzt ganz allein im Abteil, nicht einmal einen Schaffner hat man zu dieser unchristlichen Zeit wecken können. Das Meer rollt grau und krankhaft blass vor dem zerkratzten und von Salz zerfressenen Fenster hin und her, Himmel und Strand sehen dumpfig aus, und alles zusammen scheint sich nach der Dunkelheit zu sehnen. Automatisch wird an verlassenen kleinen Haltestellen angehalten. Kein Mensch ist zu sehen, nirgends. Maertens ist sich nicht einmal sicher, ob es überhaupt einen Lokomotivführer gibt. Zumindest hat er keinen gesehen, aber schließlich sitzt er auch in dem hinteren der beiden Waggons.

Als führe man in eine große Leere, denkt er. Ein ganz angenehmer Gedanke eigentlich, nicht im Geringsten erschreckend. Er gähnt. Schaut seine Reisetasche und die Aktentasche an, die auf dem gegenüberliegenden Sitz schaukeln. Die Aktentasche ist so gut wie leer. Er hat sie erst im letzten Moment mitgenommen, als er sich daran erinnerte, dass er etwas braucht, um die Bücher nach Hause zu transportieren. Er hat beschlossen, vierzehn Stück auszuwählen, nicht mehr und nicht weniger.

Vierzehn Bücher. Eines für jedes Jahr im Gefängnis.

Ein ziemlich geringer Preis.

Um nicht einzuschlafen, nimmt er das Tagebuch heraus und liest. Das hat keinen Stil, denkt er. Überhaupt keinen Stil. Einen Moment lang erwägt er, es aus dem Fenster zu werfen, lässt es aber dann doch sein. Es wäre doch zu ärgerlich, wenn es jemand finden würde ... Er stopft es in die Tasche und isst stattdessen eine Banane. Sie ist bereits ziemlich weich, irgendwie passen Bananen und Reisen einfach nicht zusammen, der Gedanke ist ihm schon früher gekommen. Der Zug legt sich in eine lang gestreckte Kurve und nimmt dann das normale Rütteln wieder auf ... wie eine Ente auf Rädern, denkt er und erlaubt sich ein schiefes Grinsen. Eine lange Reihe Eisengänse auf Rädern ... watsch, watsch. Es sind wahrhaft spektakuläre Bilder, die sein Gehirn an diesem müden Sonntagmorgen gebiert. Watsch, watsch …

*

Er wacht davon auf, dass Marlene ans Fenster klopft und ihm mit Gesten zu verstehen gibt, dass er aussteigen soll. Sie trägt rote Handschuhe, wie er bemerkt, die das Klopfgeräusch ein wenig dämpfen. Verwundert schaut er auf die Uhr. Es ist zehn Minuten nach neun … Während er am Schlafen war, ist ein gebeugter kleiner Kerl an Bord gekommen. Er sitzt etwas entfernt und starrt ihn mit gelben Augen an.

»Wollen Sie hier raus? Dann sollten Sie sich aber beeilen!«

Maertens gehorcht umgehend.

Der Wagenkorso rattert weiter. Er stellt seine beiden Taschen ab, um Marlenes leichte Umarmung erwidern zu können. Dann stehen sie auf dem schmalen Bahnsteig … und da es nichts Trübsinnigeres geben kann als einen kleinen Bahnhof, den der Zug gerade verlassen hat, hat er den Eindruck, als wären sie die einzigen Menschen auf der ganzen Welt.

Es ist ein Gefühl, dass ihn nicht loslässt, und er ahnt bereits, das es ihn die ganze kommende Woche verfolgen wird.

Eigentlich ist es nichts Neues. Jeder Mensch ist in gewisser Weise der einzige Mensch. Das haben wir bereits mit der Muttermilch eingesogen, denkt er.

*

Das Haus liegt ein ganzes Stück außerhalb des eigentlichen Ortes. Es handelt sich um eine große alte Holzvilla mit Glasveranda zum Meer hin, schrägem Ziegeldach, Balkonen nach Süden und Norden. Gebaut fast bis an die Sanddünen, wie es scheint, in provozierender Nähe zu den Wellen, aber doch mit einer gewissen, ganz selbstverständlichen … Berechtigung. Eine Art abblätternde Landmarke, mit den Jahren über jeden Zweifel erhaben. Sogleich hat Maertens das Gefühl, schon früher einmal hier gewesen zu sein. Seine Gedanken flattern herum und verwirren sich für einen Moment, aber dann wird ihm klar, dass es sich nicht um eine bestimmte Erinnerung handelt, sondern um ein Allgemeingut … Tschechow, denkt er. Tage, die sich dahinziehen. Leben, das bereits gelebt wurde. Er hat »Der Kirschgarten« vor nicht einmal einem Jahr geschrieben, kein Wunder, dass er alles wiedererkennt.

Niedriger, verkrüppelter Nadelwald wächst schützend auf drei Seiten. Nur zum Meer hin ist die Sicht frei. Er kann kein einziges Haus in der Nähe entdecken … Wenn es Abgeschiedenheit ist, die Tomas und Marlene in den letzten Jahren gesucht haben, denkt er, dann haben sie diese zweifellos hier draußen gefunden.

Sie bezahlt den Fahrer, und das schwarze Taxi fährt davon, weich über den Strand holpernd.

»Ja, so sieht es also hier aus. Willkommen.«

»Danke.«

»Ich habe eines der Gästezimmer für dich zurecht gemacht … im ersten Stock, aber wenn du lieber in der Bibliothek schlafen willst, dann ist das auch in Ordnung. Da ist es vielleicht etwas wärmer, und ein Bett steht schon drinnen. Tomas hat zum Schluss dort geschlafen.«

»Das Gästezimmer ist sicher ausgezeichnet.«

»Maertens …«

Es ist zu spüren, dass sie sich Mühe gibt, seinen neuen Namen zu benutzen.

»Ja?«

»Ich bin dir dankbar, dass du gekommen bist, sehr dankbar. Ich werde es vielleicht nicht so recht zeigen können. Aber es ist so. Ich möchte, dass du das weißt.«

Sie wartet seine Antwort nicht ab, und er sagt nichts.

Folgt ihr stattdessen. Auf die Veranda, die Treppe hinauf ins Obergeschoss, sie hält ihm die Tür zu seinem Zimmer auf.

Hält die Tür auf … steht da in der Öffnung im Gegenlicht und macht sich dünn. Dennoch ist es unausweichlich, dass ihre Körper sich berühren, als er eintritt. Er bekommt augenblicklich eine Erektion, und das Blut steigt ihm in den Kopf. Wie um alles in der Welt soll das hier enden?, fragt er sich und fühlt sich plötzlich wie ein Dieb in der Nacht.

Er schluckt und tritt auf den Balkon hinaus. Der Wind erfasst ihn, und er gewinnt die Fassung wieder. Marlene geht ihm nach, sie bleiben dort stehen, beugen sich über das brusthohe Geländer. Schauen aufs Meer und den schmalen Strandstreifen. Es sind kaum dreißig Meter bis zum Wasser. Maertens kann den Salzgeschmack in der Luft schmecken.

»Ich muss dich für ein paar Stunden allein lassen«, sagt sie nach einer kleinen Weile. »Ich gehe in die Kirche … oder willst du mit?«

»In die Kirche? Nein, lieber nicht … gehst du immer?«

»Nein, nein!« Sie lacht. »Ich gehe sonst nie in die Kirche, aber jetzt habe ich versprochen, es dreimal zu tun … weil Tomas es so möchte. Ich weiß nicht, ob du dich da auskennst, aber es scheint üblich zu sein, dass man den Gottesdienst an den folgenden drei Sonntagen nach … ja, nach der Beerdigung eines nahen Verwandten besucht. Auch wenn man eher säkularisiert ist. Ich bin mir nicht sicher, was es damit eigentlich auf sich hat, aber Tomas war es sehr wichtig, und ich will mein Versprechen nicht brechen.«

»Natürlich nicht. Ich verstehe.«

»Heute ist der dritte Sonntag. Die Kirche liegt auf der anderen Seite der Stadt, ich bin mit dem Rad in zehn Minuten dort … für dich habe ich ein kleines Frühstück vorbereitet. Unten in der Küche, du kannst essen und dich dann ein wenig umsehen, solange ich weg bin.«

Er nickt dankbar. Merkt, dass es genau das ist, was er braucht – ein Stück Brot und ein paar Stunden Einsamkeit.

*

Gerade als sie sich auf den Weg machen will, fällt ihr noch etwas ein.

»Ach ja, natürlich, ich kann es dir ja ebenso gut gleich geben ...«

Sie lehnt das Rad gegen den Zaun, gegen einen Pfosten. Läuft zurück ins Haus und kommt mit einem kleinen braunen Umschlag zurück.

»Das ist für dich. ›Gib das Leon!‹, hat er gesagt. ›Versprich mir, dass du das Leon gibst, wenn ich nicht mehr bin!‹ Das war nur zwei Tage davor.«

»Was ist das?«

»Ich weiß es nicht.«

Sie blinzelt ein paar Mal, und ihr Mund wird dünn wie ein Strich.

»Wie ich schon gesagt habe, es gibt vieles, was ich nicht weiß. Ich hoffe, du kannst mir wenigstens einiges erklären.«

Maertens sagt nichts. Befühlt den Umschlag. Der scheint leer zu sein, bis auf etwas unten in einer Ecke. Ein paar Steinchen, oder was kann es sein?

»Ich bin in zwei Stunden zurück. Hoffe nur, dass es nicht regnen wird.«

Sie blicken in den grauschweren Himmel. Dann setzt sie sich auf das Fahrrad und strampelt los.

Er wartet, bis sie außer Sichtweite ist. Dreht sich dann um und geht zum Haus. Setzt sich auf einen Korbsessel auf der Glasveranda zum Meer hin. Öffnet den Umschlag und holt den Inhalt hervor.

Zwei Würfel.

Er schaut in den Umschlag. Nichts sonst. Nur zwei Würfel, ein schwarzer und ein weißer.

Im ersten Moment versteht er gar nichts. Seine Gedanken sind leer wie die eines tot geborenen Kindes. Er nimmt die Würfel hoch, wägt sie eine Weile in der Hand ab und lässt sie dann über den Tisch rollen.

Eine Eins und eine Sechs.

Er wiederholt die Prozedur.

Wieder eine Eins und eine Sechs. Schwarze Sechs, weiße Eins.

Etwas erwacht in ihm. Erst nur wie ein Zittern, ein winzig kleines Tierchen nach einem langen, langen Winterschlaf. Eine Erinnerung beginnt Gestalt anzunehmen.

Er sitzt unbeweglich da. Hält den Atem an. Wartet.

Würfelt zum dritten Mal.

Eine Eins und eine Sechs.

Und da weiß er es.

*

Wie lange sitzt er da und starrt durch die Glasscheiben?

Zehn Minuten oder dreißig Jahre oder ein ganzes Leben lang?

Viele verschiedene Arten von Zeit durchströmen ihn kreuz und quer. Durch diesen zähen Riss, durch diesen Raum aus Glas. Als er aufsteht, hat der Regen eingesetzt. Er geht durch die Gartentür, hinunter zum Strand.

Durch den Algengürtel, auf den feuchten, festen Sand.

Weiter hinaus ins Wasser. Als es ihm bis zur Taille reicht, bleibt er stehen und weiß nicht, was er tun soll. Nach einer Weile formt er die Hände zu einer Schale und füllt diese. Trinkt dann große Schlucke. Ihm wird ein wenig übel, aber er bückt sich dennoch und holt vom Grund des Meeres Sand herauf. Kaut ihn und schluckt ihn hinunter. Es ist widerwärtig. Er trinkt erneut von dem salzigen Wasser.

Anschließend brüllt er.

Brüllt direkt ins Meer hinaus. Über die regengepeitschten,

grauen Wellen. Durch den böigen, trostlosen Wind. Schreit und brüllt, bis er spürt, wie er zu schwanken beginnt.

Da kommt er zur Besinnung. Er verstummt und spült mehrere Male sein Gesicht ab.

»Verzeih mir, Meer«, flüstert er. »Verzeih mir meinen Hochmut.«

Dann kehrt er um und geht zurück zum Haus, fest entschlossen, in andere Kleider zu schlüpfen, bevor Marlene zurück ist.

2. Purgatorio

14

Wieder Sodbrennen.

Das ist Madame Hanskas verfluchter Eintopf, da gibt es keinen Zweifel. Es war ein Fehler, dieses Heftchen mit Essenskupons zu kaufen, das ist ihm schon seit langem klar, aber was bleibt einem anderes übrig? Zwanzig Mahlzeiten für achtzehn Gulden, da kann sich ein junger Mann in seiner Lage wirklich nicht leisten, Nein zu sagen. Bei Kraus oder Rejmershus würde es das Doppelte kosten, und das Vlissingen ist den ganzen Sommer über wegen Renovierung geschlossen. Was hatte er also für eine Wahl? Auch ein Philosoph muss für sein leibliches Wohl sorgen. Mit vollem Magen fliegt der Geist am höchsten, wie Hartwig schreibt.

Aber mit Sodbrennen? Er hat Mühe, sich an diesem Abend zu konzentrieren, es will nicht so, wie er es gewohnt ist. Vor ihm auf dem Tisch liegt Moore, aber sein Blick verirrt sich lieber zum Fenster, hinaus in den üppigen Garten, in dem Ulmen, Ahorn und Hainbuchen ihren grünen Schatten über verwahrloste Rasenflächen und morsche Spaliere mit Ranken und einem Gewirr von wildem Wein senken. Es war doch wohl nicht gedacht, dass er sich darum auch noch kümmern muss? Diesen philosophischen Garten bestellen? Man muss seinen Garten schon pflegen, und hier waren die Instruktionen etwas unklar gewesen – in keiner Weise erschöpfend und stringent, wie es sonst an diesem Ort zu sein pflegte. Denn die Sache ist, dass Rinz Urlaub hat und mit seiner besseren Hälfte ans Meer gefahren ist, und jemand muss sich um das Haus kümmern, und dieser Jemand ist also Leon Delmas ... ja, gerade heute hat er seit dem frühen Morgen die gesamte Institution in seinen Händen gehabt. Und es ändert nichts, wenn man Herzklopfen allein bei dem Gedanken daran kriegt. Hier sitzt er also, erst zweiundzwanzig Jahre alt, in einsamer, königlicher Majestät in dieser staubigsten und umfangreichsten aller staubigen Bibliotheken in dieser tiefsinnigen Stadt ...

Grothenburg.

Diese Stadt, vor drei Jahren nicht mehr als ein weißer Fleck, ein Name auf einer unbekannten Karte, und jetzt erscheint sie ihm bereits wie ... wie seine Heimat auf Erden? Sein Ithaka? Vielleicht große Worte, aber wenn es eine Hoffnung gibt, die er stärker hegt als alle anderen für die Zukunft, dann ist es genau diese: hier bleiben zu dürfen. Innerhalb dieser Mauern leben zu können, dieser mittelalterlichen grothenburgischen Stadtmauern entlang dem mäandernden Fluss Meusse, in diesem Flachland, wo der Himmel sich hoch wölbt und die Erde und ihre Bewohner manchmal nicht mehr als eine Ahnung und ein dünner Bleistiftstrich in einem Schwindel erregend großen Universum sind, doch auch ein Bleistiftstrich kann mächtiger als viele blitzende Schwerter sein, ein Punkt ist trotz allem ein Punkt etcetera. Ja, zumindest ein paar Jahre in diesem Universum und dieser Wiege der Lehre zu verbringen, das wäre schon eine Gnade, das wäre wichtiger und vitaler als alles andere und jede nur denkbare Alternative ... ein paar Jahre über das hinaus, das noch vor ihm liegt. Sein viertes von vieren.

Es ist, wie es ist. Hier möchte er bleiben, hier möchte er verweilen, erbebt manchmal bereits bei dem Gedanken, er müsste diese sichere Burg verlassen, diese Bastion, diese Glasperlenwelt. Natürlich ist ihm in klaren Momenten selbst bewusst, dass es sich hier eben genau um das, um eine Glasperlenwelt, handelt, aber das ändert nichts an der Tatsache. Keinen Deut. Das Leben ist vielleicht nicht mehr als eine Illusion, wie einige behaupten. Ein banaler Traum zwischen zwei bewusstlosen Zeiten des Wachseins.

Und wohin sollte er sonst gehen? Wohin um alles in der Welt soll er sich wenden? Wenn er nun an das Ende des Wegs oder der Argumente gelangt? Wenn er gezwungen wird, zu packen und sich zu entscheiden. Wohin? Möge Gott das verhindern. Aber wenn nun doch?

*

Nie im Leben hätte er gedacht, dass er jemals in solchen Bahnen denken würde, wenn er erst einmal da wäre. Als er seine Reisetaschen in den schaukelnden Zug setzte, voller Zweifel, Reue und pueriler Todesängste und die wohlvertrauten Silhouetten seiner Kindheit in einer regnerischen Ferne verschwinden sah … da saß er nur da und versuchte, Onkel Ari und dessen verdammte Millionen aus dem Kopf zu kriegen.

Seine Millionen und sein schlechtes Gewissen.

Du hast deine Zukunft Onkel Aris schlechtem Gewissen zu verdanken, vergiss das nicht!

Genau so stellte sie sich die Sache vor, seine Mutter, und wie oft hat er sich gewünscht, dass er andere Worte hätte als ausgerechnet diese, an die er sich halten könnte. Aus denen er Kraft und Trost ziehen könnte. Er hatte es nie als besonders aufmunternd empfunden, zu wissen, dass sein Leben von dem schlechten Gewissen eines anderen Menschen abhängig war. Natürlich nicht, und natürlich war es übertrieben. Onkel Ari wäre niemals mit einer derartigen Formulierung einverstanden gewesen. Aber manchmal, in schwachen Stunden, nagt es dennoch an ihm. Ist er einzig und allein das Ergebnis dieses spät aufgetretenen schlechten Gewissens?

Und nicht mehr? Einzig und allein dieses Fallobst? Auf jeden Fall würde er nicht zwischen diesen verstaubten Wälzern sitzen, wenn es nicht das sauer und hartnäckig zusammengekratzte Vermögen des Onkels mütterlicherseits und dessen ebenso hartnäckig aufrechterhaltene Kinderlosigkeit gegeben hätte. So ist es nun einmal, das ist nicht zu leugnen.

Wo wäre Leon Delmas sonst? Wo würde er sich zu dieser Stunde befinden, wenn nicht ...? *Wenn,* wie gesagt.

Nicht leicht zu beantworten, gewiss nicht. Er hat Klimkes und Czerpinskis Versuche gelesen, alternative, nicht gelebte Lebenswege aufzuzeichnen, muss aber zugeben, dass diese Fragen seine Möglichkeiten überschreiten. Das Einzige, was er sagen kann, ist, dass ihm ein Moment des Zweifels ins Gedächtnis kommt, ein äußerst starker, erleuchteter Moment, zu dem es genau an dem Abend kam, als er den Bescheid erhielt, dass die Tage des Onkels gezählt seien, ein paar Wochen, bevor sich alle um das Totenlager versammelten, aber damals war Leon erst sechzehn, und warum sollte er sich widersetzen? Warum sich drücken? Dieser erleuchtete Augenblick verdunkelte sich und erlosch. Seine Universitätsausbildung war bezahlt und gesichert, so war es nun einmal. Was ihn selbst betraf, so musste er sich darum bemühen, das Beste aus der Sache zu machen.

Das Dokument an sich, die Schenkungsurkunde, gab kaum Grund für Bedenken, weder für Leon noch für seine Mutter. Er erinnert sich immer noch an die betreffende Passage, Wort für Wort:

> *Wenn es dem Jungen wirklich gelingt, auf anständige Art und Weise durch die höhere Schule zu schliddern, dann werde ich meiner Verantwortung gerecht werden und dafür sorgen, dass er die Möglichkeit für weitere Studien bekommt. Vier Jahre erhält er an der Universi-*

tät von Grothenburg von mir, das muss genügen, und es handelt sich um ein zuverlässiges, altes Lehrinstitut, das aus jedem etwas macht. Welche Richtung er wählt, ist mir vollkommen gleichgültig. Das soll eine Sache zwischen seiner Mutter und seinen eigenen Ambitionen bleiben, falls er denn welche hat.

Es konnte schon sein, dass Leon keine Zukunftspläne erwähnt hatte, als er die Schule verließ, aber wer tat das schon? Er war in dieser Hinsicht nicht anders als die meisten dieser Kriegskinder – ein blasser, scheuer Neunzehnjähriger ohne besonders große Erfahrung mit dem Leben. Nicht mehr, nicht weniger. Nicht oberflächlicher oder tiefsinniger. Der Krieg war ihnen in erster Linie ein Rätsel, ein finsterer, nicht zu erklärender Zustand, in dem sie zwar aufgewachsen waren und der wohl die Spielregeln und Grenzen für ihre Kindheit gesetzt hatte, aber den sie eigentlich nur im Herzen und in dem dunklen Teil ihres Hirns wahrgenommen hatten. Weder die Kriegsjahre noch die schnöde Zeit danach. So war es nun einmal, auch das. Ein Muttermal und ein Aufwachsen in Hunger und Nebel.

Vielleicht hat er sich auch gar nicht so verändert, wie er es sich einbildet. Vielleicht ist das meiste noch da, schließlich sind ja erst drei Jahre vergangen, seit er nach Grothenburg gekommen ist. Sechs Semester, mehr ist es faktisch nicht, wie man es auch dreht und wendet.

Drei Jahre, das letzte steht noch aus.

*

Er liest eine halbe Seite Moore. Blättert um, zündet sich eine Zigarette an, und da taucht Vera auf.

Das tut sie ab und zu. Daran ist natürlich nichts Besonderes, schließlich war sie die Erste. Nicht die Einzige, aber fast. Als Leon K. verließ, hatte er noch kein Mädchen gehabt, das war bei den meisten seiner Kameraden auch so gewesen – eigentlich bei allen, soweit er es mitbekommen hatte. Man hatte sich zwar während der Pausen und im Umkleideraum über die Frage nach dem Wesen der Frau unterhalten, ihre wirkliche und unfassbar verschleierte Natur, dieser ewige Prüfstein ... aber sich ihr nähern? Nein, mein Gott, so etwas lag tief vergraben und verborgen in einem abgelegenen Land der Zukunft.

Was ihn betraf, jedoch näher, als er zu hoffen gewagt hatte. Sehr viel näher. Vera und Leon stießen in der Waschküche der Bastilje im September zusammen, in der Mitte der dritten Woche. Sie hatte den rötesten Mund, den er je gesehen hatte, und studierte im zweiten Jahr moderne Sprachen. Er lieh ihr vier Waschmünzen, und im Laufe der nächsten Tage ließ sie sich willig zu dem einen nach dem anderen einladen: Tee mit Keksen, Käse mit Wein, Liebe ohne Forderungen. Sie lispelte ein wenig, das fand er bezaubernd. Sie hatte dickes, dunkles Haar, das fand er faszinierend und löwinnenhaft. Oder vielleicht eher tigerinnenhaft ... Während des gesamten ersten Semesters (in dem Leon mit der Geschichte kämpfte) und einem größeren Teil des zweiten (während er noch mehr kämpfte) verkehrten sie sehr intensiv miteinander – und vielleicht wäre das bis heute so, wenn nicht ein Verwandter von Vera irgendwo in Südamerika gestorben wäre (sie pflegte immer zu behaupten, dass sie von russisch-bolivianischer Herkunft sei, was er einerseits glaubte, andererseits nicht). Sie wurde also heimgerufen, er bekam nie das betreffende Telegramm zu lesen, sie gaben sich gegenseitig feierliche Versprechen, aber sehr schnell vermochte Leon aus den Formulierungen in ihren Briefen und auf Ansichtskarten zu erkennen, dass sie niemals wieder zurückkehren würde. Weder zu ihm noch zu ihren abgebrochenen Studien.

Eigentlich traf ihn das gar nicht so hart, wie man es hätte

vermuten sollen. Im Nachhinein sah er den Tatsachen ins Auge – Vera hatte ihm gezeigt, um was es bei der körperlichen Liebe geht, und er war dankbar für diese Lektion, vielleicht auch dafür, dass er nunmehr auf einen Schlag wieder mehr Zeit für andere Lektionen hatte.

Nein, Leon Delmas ist nie für die so genannten Vergnügungen gewesen, da beißt die Maus keinen Faden ab. Darüber hinaus lässt sich sagen, dass er nun einmal so ist, wie er ist. Er schließt sich seinen Seminarkameraden und anderen Kommilitonen nur ungern an, wenn es um eher lustbetonte Aktionen geht, er weiß selbst nicht so recht, worauf das eigentlich beruht, aber einen Anlass, darüber zu grübeln, gibt es nicht. Vielleicht ist er in seinem Inneren einfach eine viel zu ernste Person, ein reifer Mann und Mensch bereits in jungen Jahren? Er wohnt in seinem Zimmer in der Bastilje, er nimmt seine Mahlzeiten unten im Erdgeschoss ein (oder bei Madame Hanska, es ist jedenfalls gut, dass die Kupons bald aufgebraucht sind, das Niveau während des Sommers war wirklich kaum erträglich!), und er wäscht seine Wäsche.

Geht zu seinen Vorlesungen, schreibt seine Notizen ins Reine und besteht seine Prüfungen.

*

Anfangs ohne Glanz und Gloria, aber doch so, dass es genügt. Als er das Historicum verließ, hatte er kaum hochtrabende Pläne für die Zukunft im Gepäck ... eine Studienrats- oder Oberstudienratsstelle an irgendeinem Gymnasium war wohl das, was im Bereich des Möglichen lag. In einer einigermaßen realistischen und realisierbaren Zukunft.

So dachte er damals jedenfalls. Eineinhalb Jahre hatte er noch, mehr nicht. Aber zumindest gab es ein Bild, wie das Leben aussehen könnte. Es tröstete und beruhigte ihn, sich diese Bilder seines Lebens vors Auge zu holen. Wenn auch in aller Anspruchslosigkeit, eine Art Ansichtskarte aus ferner Zukunft.

Aber das war vor der Philosophie. Bevor er sein wahres Fach entdeckte.

Sein Spezialgebiet, er wagt es so zu bezeichnen, auch wenn es ein wenig vermessen klingen könnte. Schließlich sitzt er immer noch hier. Er hat den Schlüssel zum Haus, es ist ihm anvertraut worden, die Post des Professors während dessen Abwesenheit weiterzubefördern, er hat bereits im zweiten Semester einen beachteten Beitrag über Berkeleys Radikalismus im Philosophischen Bulletin geschrieben, und ... ja, es gibt noch mehr. Deutlich mehr. Dennoch ist er bis jetzt noch nicht so recht zum Kern vorgedrungen, hat es noch nicht geschafft, das einzukreisen, was es eigentlich wirklich ist, was da so eine starke Anziehungskraft auf ihn ausübt, es rutscht ihm aus den Fingern, er weiß nur, dass da etwas ist, seit er die erste Vorlesung beim Dozenten Friijs an diesem begnadeten Dienstagnachmittag besucht hat ...

Etwas ist da jedenfalls, etwas, das offenbar seine Anima und seine Gedanken nicht wieder loslassen will und das er selbst auch nicht loslässt ... ganz einfach, *his cup of tea.* Leon schaut aus dem Fenster, lässt den Stift über die Zähne rollen und denkt nach, lässt die Gedanken eine Weile frei im Grünen treiben.

Dieser Sommer! Ach, dieser Sommer. Diese drei grenzenlosen Monate, die bald zu Ende sein werden. Endlich so viel freie Zeit innerhalb dieser schlummernden Mauern zubringen zu dürfen ... Seine Mutter war (und ist es immer noch) sicher untergebracht bei Tante Lydia in Australien, es gibt keine Verpflichtungen, keine Ablenkungen, keine Termine, nur lesen, lesen ... und noch einmal lesen. Abends über die Brücken der Kanäle nach Hause gehen, weitermachen mit den Büchern bis zum Morgengrauen, dennoch ausgeschlafen aufwachen ... wieder in die Stadt hinaus und nur alles aufsaugen, aufsaugen und sinken lassen und sehen, wie das Grün auf den Mauern wächst und wächst. Es hat etwas unbeschreiblich Zufriedenstellendes an sich, mit einer gerade angezündeten Zigarette und Fischbeins meta-ethischen Betrachtungen auf einer sonnenwarmen Parkbank zu sitzen. In solchen gottbegnadeten Momenten kann er sich von außen sehen. Eher von außen als von innen, wie gesagt. Eigentlich hat er keine besondere Fähigkeit. Die, den Sinn für logisches Denken zu entwickeln? Wohl kaum. Intuitives Vermögen, Schlussfolgerungen zu ziehen? Nein, das nicht. Es ist … es *sind* einfach nur die Fragen, die sich in ihm festsetzen. Er versteht nicht, wie ein Mensch nicht davon gepackt werden kann, diesem gleichzeitig Anziehenden und Abstoßenden, von Anfang an hat er das nicht verstanden. Dem Bestehenden und Reinen. Dem für ewig Unwiderlegbaren. Ja, genau diesem, das sich der Wahrheit selbst annähert, ohne sich in all diese willkürlichen Verkleidungen zu verwickeln … das von dem traurigen Schicksal und den Lumpen der Zeitgebundenheit und des Zufalls Abstand nehmen und durch es hindurchsehen kann … das die fundamentalen Fragen in ein klares, deutliches Licht stellt, die grundlegenden Fragen ans Leben. An alles! Natürlich ist er nur ein Fliegenschiss, aber ein Fliegenschiss wie jeder andere auch, kein Deut mehr und kein Deut weniger … ach diese seriösen, ergrauten Männer, die es wagen, ihren Verstand und ihr Leben Fragen zu widmen wie: *Was ist eine Lüge? Hat Sprache einen Sinn? Gibt es diese rote Farbe an der Wand oder nur in meinem Kopf? Woher weiß ich, dass überhaupt etwas existiert? Ist das wirklich ein Kachelofen?*

Und über die Moral nachdenken. Die Moral!

Widersprüche in der Satzlogik – wie viele Nächte hat er sich nicht damit beschäftigt! Das Synthetische a priori – wochenlang. Die Möglichkeit der Kompatibilität – überfiel ihn immer wieder in der Badewanne. Er erinnert sich immer noch an das Schaudern, als er von der Schönheit in Aristoteles' Universalismuslehre getroffen wurde – es kam wie ein Blitz, während er die Enten im Stadtpark fütterte. Und die Tiefsinnigkeit bei Kerkoff … ja, die verfolgt ihn ständig.

Er rülpst. Verdammte Madame Hanska! Er blickt auf die Bücherrücken auf seinem Tisch: Spinoza und Descartes, Leibniz und Kant, Schopenhauer und Nietzsche … und die Angelsachsen, das ist kein schlechtes Menü, das er da zusammengestellt hat, Niedermann, aber Leon hat dennoch das meiste schlucken können. Wenn er auch noch die »Principia Ethica« bewältigt hat, dann kann er sich mit Recht ein wenig zufrieden fühlen. Es gibt keinen seiner Kommilitonen, der auch nur ein Drittel von dem gelesen hat, von dem, was er gelesen hat, darauf schwört er jeden Eid, ob er nun noch Moore schafft oder nicht … deshalb kann er der Prüfung mit Zuversicht entgegensehen. Der Sommer wird auf jeden Fall Früchte tragen, wenn das Herbstsemester endlich losgeht.

In wenigen Wochen.

*

Die Dämmerung setzt ein. Er schaltet die Tischlampe ein, eine Motte flattert auf. Die Düfte des Hochsommers strömen durch das Fenster herein, die eine oder andere Mücke auch. Noch ist es Zeit, bis der Ernst beginnt. Noch ist Sommer. Zum dritten Mal liest er:

> *In gleicher Weise, wie es unmöglich ist, jemandem zu erklären, was gelb ist, der das nicht bereits weiß, genauso unmöglich ist es zu erklären, was gut ist.*

Welche sublime Selbstverständlichkeit! Er nickt zustimmend Moore zu, und im nächsten Augenblick wird sein Leben auf eine vollkommen andere Spur wechseln.

Es klopft ans Fenster.

Ein Kopf schiebt sich über die Brüstung. Eine Sekunde vergeht.

»Guten Abend!«

»Guten Abend ...«

»Entschuldige, dass ich störe, aber ich habe gesehen, wie das Licht anging, da konnte ich mich nicht zurückhalten, musste einfach reinschauen.«

Das Gesicht ist scharf geschnitten. Aber gleichzeitig gutmütig ... in Leons Alter, wie er schätzt, vielleicht ein wenig älter. Dunkles, buschiges Haar. Tiefe, intelligente Augen, ein breites Lachen und trotz der Jahreszeit ein Pullover.

»Was machst du? Ich dachte, die Philosophen wären noch nicht wieder vom Lande zurückgekehrt?«

Leon hält das Buch hoch. Der andere nickt zustimmend.

»Moore! Das ist gut. Ein kluger Kopf. Willst du mich nicht reinlassen?«

»Ja, natürlich, entschuldige ...«

Er schiebt seinen Stuhl zurück, steht auf, um die Tür zu öffnen.

»Nein, nein! Wir nehmen den Fensterweg, das geht viel schneller!«

Er streckt die Hand aus, Leon ergreift sie und zieht ihn durchs Fenster herein ... und plötzlich, urplötzlich empfindet er eine unbändige Lust, laut zu lachen.

Im gleichen Moment, in dem sie zusammen auf den Boden fallen, brechen sie beide in Gelächter aus. Sie bleiben auf dem schmutzigen Boden der philosophischen Bibliothek sitzen, dieser tiefsinnigsten und zugleich scharfsinnigsten Bibliothek von allen auf der Welt, und prusten immer wieder laut los, er und der andere, ihm vollkommen unbekannte junge Mann.

Und das machen sie eine ganze Weile. Noch während sie aufstehen und sich den Schmutz abbürsten, fällt es ihnen schwer, ein Kichern zurückzuhalten. Das ist merkwürdig, wie ein paar Bengel, die Äpfel geklaut haben und sich soeben vor dem blutrünstigen Gartenbesitzer in Sicherheit gebracht haben, ungefähr so ein Gefühl ist das. Leon weiß nicht, wann er das letzte Mal so gelacht hat, aber es ist auf jeden Fall schon sehr, sehr lange her.

Und sie sind schließlich fast erwachsene Männer. Ja, gut über zwanzig muss der andere ja wohl schon sein. Leon betrachtet ihn und fühlt sich plötzlich verlegen, doch er, der Fremde, streckt einfach die Hand aus, und sein Gesicht öffnet sich erneut zu einem breiten Lächeln.

»Ja, entschuldige. Vielleicht sollten wir uns erst einmal vorstellen. Tomas Borgmann, Philosoph.«

Er verneigt sich theatralisch.

»Leon Delmas, dito.«

Tomas Borgmann lacht.

»Äußerst angenehm. Darf ich dich und Moore zu einem Drink in meiner bescheidenen Hütte einladen?«

*

Und dann? Ja, dann leihen sie die »Principia Ethica« aus und begeben sich zu Tomas Borgmann, um etwas zu trinken, eine Tätigkeit, der sich Leon seit langer Zeit nicht mehr gewidmet hat, wenn überhaupt jemals.

Genau so war es.

15

DAS TAGEBUCH

Sonntag

o eine Tat
Die aus dem Körper des Vertrages ganz
Die innre Seele reißet …

sind natürlich die Worte, die mir im Laufe des Tages wieder und wieder in den Sinn kommen, aber nicht einmal das fühlt sich wirklich brennend an.

Ich schreibe spätabends. Der Regen hat wieder eingesetzt, er schlägt gegen das Fenster. In der Dunkelheit da draußen rollt das Meer, beständig wie ein Atmen. Ich betaste meinen Krebs, er scheint in den letzten sechs, acht Stunden eine Veränderung durchgemacht zu haben. Er tut jetzt schon weh, ohne dass ich ihn berühre, und ein klarer Tropfen Flüssigkeit ist hervorgetreten. Er ist nicht groß, aber wenn ich die Haut in einem festen Griff zwischen Daumen und Zeigefinger hochhalte, kann ich mein Gesicht in ihm spiegeln. Das ist sehr schmerzhaft.

Marlene schläft im Erdgeschoss, genau genommen direkt unter meinem Zimmer. Ich befinde mich in einem Haus am Meer, allein mit einer Frau, die ich einmal geliebt habe. In einem anderen Leben, so scheint es. Ich werde ihr alles erzählen – auch das Neue. Ich habe gar keine andere Wahl. Wenn es überhaupt noch etwas gibt, was zerschlagen werden kann, dann werde ich es zerstören.

Sieben Tage stehen mir zur Verfügung.

Wie oft habe ich mir gewünscht oder zumindest mit dem Gedanken gespielt, dass es möglich sein könnte, gewisse Zeitperioden zu verschieben. Nicht jeden einzelnen Abschnitt des Lebens leben zu müssen. Aber noch nie habe ich das so intensiv gespürt wie am heutigen Abend. Der Weg hin zum nächsten Sonntag erscheint mir unangenehm lang. Ich kann ihn nicht überblicken, ihn nicht in kürzere Abschnitte aufteilen, weiß ich doch so oder so, dass ich jeden Zentimeter abschreiten muss, jede einzelne Sekunde. Während ich schreibe, erscheint mir das unmöglich, und dabei bin ich trotz allem ein Mensch mit vierzehn Jahren Haft im Gepäck.

Marlene. Sie erscheint mir immer noch sehr verschlossen. Im Laufe des Tages sind wir ziemlich lange den Strand entlang gewandert, der mir wirklich, zumindest zum Süden hin, unendlich lang erscheint. Wir haben nicht viel miteinander gesprochen, eigentlich war nur ich derjenige, der erzählt hat, wie es kam, dass Tomas und ich uns kennen lernten, ich weiß nicht, wie viel sie davon bereits wusste, aber ich hatte den Eindruck, als wäre es neu für sie.

Es scheint so, als hätte ich keinen Platz in ihrer Beziehung gehabt. Als wäre ich nach allem, was geschehen ist, nie Gesprächsthema gewesen. Sie verschlossen die Tür hinter mir, ließen mich in der Vergangenheit stehen, die nicht einmal bei Ebbe aus den Fluten der Erinnerung hervorzuscheinen braucht, ja, während ich das schreibe, wird mir klar, dass es genau so gewesen sein muss.

Die Töchter. Sie hat kurz von ihnen erzählt. Hilde und Ruth. Beide sind aus dem Haus. Hilde ist die Ältere, sie wohnt in Kanada, ist mit einem Arzt verheiratet und selbst Gynäkologin. Zwei Kinder. Hat früh Abstand zu ihrem Vater gewonnen.

Ruth. Hat irgendeine Krankheit, ich habe nicht ganz verstanden, was für eine, und wollte nicht weiter nachfragen. War ihr ganzes Leben lang in verschiedenen Heimen. Anfangs, die ersten zwei Jahre, wenn ich es richtig verstanden habe, wohnte sie zeitweise zu Hause, später immer seltener. Marlene will nicht von ihr sprechen. Hier liegt etwas tief verborgen. Ich habe keine Lust, daran zu rühren. Natürlich nicht. Im Laufe des Tages habe ich mich auch immer wieder dabei ertappt, dass ich nicht richtig zugehört habe. Ich habe Probleme, mich auf ihre Worte zu konzentrieren, obwohl sie sehr sporadisch kommen, umgeben von Schweigen und Raum in alle Richtungen.

Über Tomas immer noch nichts. Aber hier erscheint das Schweigen brüchig. Vielleicht hat sie aus der Kirche einen neuen Zweifel mitgebracht, sie erschien etwas bedrückt, als sie zurückkam, durch Wind und Regen radelnd. Ich weiß nicht, und es hat auch keine so große Bedeutung, ob sie nun reden will oder nicht. Das Wichtige werde ich berichten.

Soweit überhaupt noch etwas wichtig ist. Manchmal glaube ich das nicht. Dennoch muss es natürlich auf den Tisch. Das Spiel muss bis zum letzten Zug gespielt werden, so lauten die Regeln.

Ich kann hören, wie sie sich da unten im Bett dreht.

Wand an Wand mit dem Arbeitszimmer, der Bibliothek, in der ich heute Abend eine Stunde allein verbracht habe. Ich habe zehn Regalmeter geschafft. Ich nehme die meisten Bücher heraus, wiege sie in der Hand ab, blättere in ihnen. Schaue nach dem Anschaffungsjahr, er ist damit immer sehr gewissenhaft gewesen. Oxford 1964, Salamanca -66, Leiden -70.

Ich habe zwei ausgesucht. Senecas »Briefe an Lucilius«

und »Legende von der Wahrheit« von Rimley. Sie liegen jetzt in der Aktentasche. Ich muss in Zukunft auch das Format beachten. Wenn ich wirklich Platz für vierzehn Bände finden will, muss ich mich an Schriften von relativ geringem Umfang halten.

16

Bereits von Anfang an begriff Leon ... nein, das ist nichts als eine infame Konstruktion im Nachhinein. Es sind so viele Jahre vergangen, so viele Gedanken sind unter den Brücken hinweggeflossen, dennoch müssen sich die Gegebenheiten ... das offene Fenster, der schlummernde, schöne Spätsommerabend, der staubige Bibliotheksfußboden ... sich für welchen Betrachter auch immer als bemerkenswert darstellen. Determination oder nicht. Es ist zumindest vollkommen unwiderlegbar, dass wir, wenn wir erst einmal das Ergebnis gesehen haben, nicht den Ursachen gegenüber blind sind, die zu ihm führten. Aber solange wir nur diese Ursachen vor Augen haben, diese haarigen Prämissen in der unendlich vielfältigen Schar möglicher Geschehnisse und Trivialitäten, wie viele von uns können dann sagen, wohin das führen kann? Wie viele sind wirklich im Besitz dieses göttlichen Rasiermessers?

Er weiß, dass er in diesem Fall aus der Erinnerung zitiert, kann aber nicht sagen, aus wessen.

Für Tomas – soviel steht zumindest fest – müssen mehr Türen offen gestanden haben als für ihn, bereits in diesem frühen Stadium. Sie hatten sich kaum auf den knarrenden Korbstühlen draußen auf dem Balkon niedergelassen, noch nicht einmal von dem bernsteinfarbenen Getränk in den hohen Gläsern probiert, als er zu erstarren schien ... in diesen charakteristischen gefrorenen Zustand verfiel, in dem Leon ihn im folgenden Jahr so häufig sehen würde … Er erstarrte, bohrte den Blick in ihn und erklärte:

»Leon Delmas … interessant! Ich habe das bestimmte Gefühl, dass wir beide uns nicht aus reinem Zufall begegnet sind. Prost!«

*

Und im gleichen Moment muss es auch gewesen sein, möglicherweise etwas früher, aber auf keinen Fall später … dass eine der in diesem Sommer sehr spät geschlüpften »Eumenes Coarctatus« aus ihrem Abendschlummer erwachte und die verfallenen »Calendula Officinalis« in dem leidlich gepflegten Gebüsch unter genau diesem Balkon heranwuchsen, auf dem man gerade in diesem Moment dabei ist, die Essenz des Abends einzukreisen … Geweckt durch schwache, aber sich unerbittlich wiederholende Signale des zentralen Nervensystems, dieser instinktiven, erkennenden und für alles sorgenden Schaltzentrale. Widerstrebend geweckt und von Anfang an ohne einen Funken an Interesse, geweckt von einem Duft: schwach, trügerisch, irresistent, im Großen und Ganzen nicht mehr als ein Verschwinden; eine flüchtige Süße, so verräterisch schwach, dass die Jagd nach ihrer Quelle vom ersten Moment an für jeden vernunftbegabten Menschen sich als vollkommen sinnlos erweisen muss, als eitle Mühe, was jedoch die arme Spezies jener Population nicht zu bekümmern scheint … bedauerlicherweise. Hier wird nicht reflektiert, sondern einfach frisch ans Werk gegangen, ans triste, sinnlose, ungebührlich aussichtslose Wagnis, verdammt noch mal. Es sei denn, dass alles Teil eines größeren Plans ist, wie man vermuten mag, eingefügt in eine Art göttlicher Vorhersehung, in dem Instinkte, ein für alle Mal Instinkte, sich ganz natürlich als Teilnehmer in jedem erdenklichen Spiel erheben, unabhängig von jedem

Grund und jeder Vermutung, fern einer kurzsichtigen Begründung. Allein für die gute Sache. Ihr zuliebe. Vollkommen unterbewusst, wie man sagen könnte.

Widerstrebend macht man sich also auf den Weg. Fort von der windgeschüttelten Grundlage, die übrigens im gleichen Moment, als sie fallen gelassen wird, zu Boden sinkt, also war es vielleicht sowieso gut so ... eine Süße in der Luft? Ja, sicher, eine Spur, genau so deutlich wie ein Buchsbaum oder eine Ranunculacea an einem Junitag, aber zweifellos künstlichen Ursprungs. Künstlich gemacht, hässlich. Trotzdem macht man widerstandslos weiter. Gegen jede Vernunft determiniert und programmiert. Jede Reminiszenz an Individualität und Selbstverwirklichung aufgebend, direkt hinein in diesen schicksalsschweren, arterhaltenden Auftrag, sich zur Quelle vorzuarbeiten, dieser falschen Fährte, dieser Chimäre, dieser falschen Süße ... Man fliegt über das Balkongeländer, sondiert kurz die Lage, aber nur oberflächlich, da alles sonnenklar zu sein scheint, über jeden Zweifel erhaben, und stürzt sich dann ohne das geringste Zögern direkt aufs Ziel, die braune Flüssigkeit im Glas, im letzten, bebenden Moment noch hoffend, dass dieses hoffnungslose Handlungsmuster trotz allem eine Art von Bedeutung beinhaltet, die einem bisher verborgen geblieben ist und einem für alle Zeiten in dem eigenen verarmten Winkel der Ewigkeit verborgen bleiben wird. Eine Bedeutung, die sich dennoch für ein höheres Wesen finden lassen muss, ein für alle Lebewesen gleichermaßen unbegreifliches Geschehen ...

*

»Die hat mich gestochen!«

Leon stellt sein Glas hin und schlägt das halb ertrunkene Insekt mit den »Principia Ethica« tot. Sein Gastgeber schaut ihn verständnislos an.

»Die Wespe? Hat sie dich gestochen? Wo?«

»In die Zunge.«

»In die Zunge?«

Der Schmerz ist nicht der Rede wert. Ungefähr wie eine Betäubungsspritze beim Zahnarzt, ein fast angenehmes, prickelndes, elektrisches Gefühl.

Aber die Zunge schwillt schnell an. Verwundert registriert Leon, wie sie in seinem Mund wächst. Sie wird größer und größer, wie etwas unsinnig Gärendes, Pulsierendes, Anschwellendes ...

Sein neuer Freund versteht sofort, noch ehe er es selbst begreift. Er läuft in die Wohnung, wirft dabei zwei Stühle um, stürzt zum Telefon und ruft ein Taxi.

Dann zieht er Leon hoch, und die beiden machen sich auf den Weg. Draußen auf der Straße merkt Leon, dass er nicht mehr richtig sprechen kann. Aber die Atmung funktioniert durch die Nasenkanäle bis auf weiteres noch einwandfrei. Der Wagen kommt, sie stürzen sich auf die Rückbank, und Tomas Borgmann lässt den Fahrer über den Ernst der Lage nicht im Zweifel.

»Zum Krankenhaus!«, ruft er. »Mein Freund hat einen Wespenstich in die Zunge abbekommen. Es geht um Leben und Tod!«

»Quansch«, sagt Leon. Versucht vergeblich, sich mit den Händen verständlich zu machen.

»Das denke ich nicht«, widerspricht Tomas und umfasst Leons linke Hand mit seinen beiden. »Bleib jetzt ganz ruhig. Lehn dich zurück! Es wird schon alles gut werden ... es macht doch keinen Sinn, wenn etwas so verflucht Abortierendes ausgerechnet jetzt eintreffen sollte.«

»Aaa ...er«, sagt Leon. Er spürt, dass er sich gleichzeitig dankbar und ein wenig resigniert fühlt. Dann lehnt er sich zurück und beginnt zur Verwunderung aller Beteiligten zu schnarchen.

*

Die Ärztin war eine große, dunkle Frau. Ihr Gesicht drückte Wohlwollen aus, und ihre Hand war sicher. Sie legte Leon auf den Rücken, befahl Tomas, sich auf seine Beine zu setzen, worauf sie schnell den angeschwollenen Muskel aufschnitt und das Gift herausholte. Das Ganze dauerte höchstens zwei Minuten.

Anschließend gab sie Leon eine Plastiktüte mit Eiswürfeln, auf der er lutschen sollte, und erteilte ihm die Anweisung, eine halbe Stunde ruhig liegen zu bleiben. Dann verließ sie das Behandlungszimmer, um sich dem nächsten Unfall zu widmen. In der Türöffnung drehte sie sich zu Tomas um.

»Sie können gern hier bleiben, aber vermeiden Sie es bitte, mit dem Patienten zu reden, ja? Es wird schwierig genug sein, die Zunge noch im Zaume zu halten.«

Tomas nickte ergeben. Warf Leon einen aufmunternden Blick zu und stellte sich ans Fenster, dreißig Grad außerhalb von dessen unmittelbarem Blickfeld.

*

In diesen Positionen verharrten sie. Leon auf der Liege, die nichts sagenden Rautenmuster der Decke anstarrend – den Mund voll mit Eiswürfeln und einen großen Stapel Papierhandtücher in Reichweite. Tomas am Fenster, die Hände auf dem Rücken, zwischen den Jalousien auf den sich verdunkelnden Augusthimmel starrend. Was er dachte oder worüber er in diesen dreißig Minuten grübelte, davon hatte Leon nicht die geringste Ahnung. Was ihn selbst betraf, so würde er sicher behaupten, dass er in erster Linie über Anselm von Canterburys Gottesbeweis nachdachte, dem so genannten ontologischen, aber beschwören will er es nicht. Vielleicht ist auch das nur eine spätere Neukonstruktion.

Als die Ärztin nach der vereinbarten halben Stunde zurückkommt, kann sie feststellen, dass die Zunge deutlich auf dem Weg der Besserung ist, wenn auch noch ein wenig angegriffen. Sie bestreicht sie mit einer Salbe, die nach Naphthalin schmeckt, und erklärt Leon, dass er sicherheitshalber die Nacht auf der Station verbringen soll. Für den Fall, dass noch etwas passiert, man kann ja nie wissen.

Zu Leons Verwunderung bringt Tomas nun seinen Wunsch hervor, ihm Gesellschaft leisten zu dürfen ... um ein wachsames Auge auf ihn zu haben sozusagen, falls das möglich wäre, und da sich herausstellt, dass das andere Bett in dem Zimmer, das für Leon reserviert ist, frei ist, stößt dieses Arrangement auf keine Hindernisse.

»Meinen allerherzlichsten Dank«, sagt Tomas Borgmann.

»Kank«, sagt Leon.

*

Nachdem sie sich also nicht einmal drei Stunden kannten, gehen sie an diesem Abend im gleichen Zimmer auf der Station 54 im Benedictuskrankenhaus in Grothenburg zu Bett. Es ist immer noch ein schöner Abend. Sie liegen da und sehen, wie die letzten Reste des Sonnenuntergangs sich in rotem Licht durch die Metalllamellen der Jalousie zwängen, und auch wenn die ärztliche Anordnung mehr als eindeutig war, so kann man natürlich nicht von Tomas Borgmann erwarten, dass auch er gezwungen sein sollte, bis zum Einschlafen zu schweigen. Was Leon betrifft, so schweigt dieser, er saugt auf neuen Eisstückchen, während er seinen schmerzenden Sprachmuskel dreht und wendet, und Tomas ... ja was anderes soll er machen, als seine Geschichte zu erzählen? Curriculum vitae.

Tomas Emmanuel Borgmann also. Sohn des Bischofs von Würgau. Das einzige Kind überdies und faktisch in K. geboren, wo sein Vater während der Kriegsjahre und schon eine Weile zuvor als Gemeindepfarrer tätig gewesen war.

Hier unterbricht ihn Leon verständlicherweise. Weist eifrig darauf hin, dass K. auch sein Heimatort ist, und bekommt dafür die Hemdenbrust voll Blut. Tomas hilft ihm, sich zu säubern, sie schaufeln weitere Eiswürfel in seinen Mund, und Tomas erklärt, dass er nur bis ungefähr zum Schulalter dort wohnte. Bald zog man um nach Leiden … Der Vater arbeitet an seiner Karriere, der Junge wird in die Schule gesteckt, die Mutter stirbt an Tuberkulose. Zurück bleiben die beiden. Der Vater und der Sohn. Doch, der heilige Geist vielleicht auch noch.

Er macht eine Pause. Geht ans Fenster, bekommt es mit einiger Mühe auf und zündet sich eine Zigarette an.

»Soll ich weitererzählen?«

Leon nickt.

»Und du? Ein andermal dann … willst du rauchen?«

Leon schüttelt den Kopf.

Tomas nimmt den Faden wieder auf. Erneuter Umzug, die Ernennung zum Bischof, wieder ein Umzug … Der Sohn wächst heran, erwartungsgemäß oder gegen alle Erwartungen, und plötzlich, eines Tages, ist es Zeit, seinen Weg ins Leben zu wählen. Für den Bischof selbst ist das kaum eine Frage. Dass der Sohn in die Fußstapfen des Vaters treten wird, ist eine unausgesprochene Forderung, eine Selbstverständlichkeit … Wenn er anderes im Kopf hat, dann muss er seine Siebensachen packen und in die Welt hinaus gehen.

Tomas zieht am gleichen Nachmittag aus. Wohnt eineinhalb Jahre lang bei einer halbphilanthropischen Tante, während er sich als Helfer einer Sprengpatrouille beim Missentunnelprojekt über Wasser hält – dessen zweites und letztes Kapitel genau in dieser Zeit geschrieben wurde. Durch die Arbeit bekommt er Schwielen an den Händen, wie er hinzufügt, sowie einen leichteren Hörschaden – nur ein leises Sausen (eigentlich sein einziges Manko, wie Leon bei einer späteren Gelegenheit denken wird … er sieht so ausgesprochen gut aus, dieser junge Philosoph, hat Chancen bei den Frauen wie nur wenige, mit seinem scharf geschnittenen Gesicht, seinen tief liegenden, intensiven Augen, seiner distinguierten Erscheinung, ein schöner, begabter Jüngling, und mit einem Charisma, das ihn sicher in welcher Lage auch immer zum Favoriten machen wird … aber das ist nun nichts, worüber Leon in diesen Momenten der einsetzenden Dämmerung im Benedictus nachdenkt, sondern erst viel später … wenn überhaupt, wie gesagt), und mit der Zeit kommt es zur Versöhnung mit dem Vater. Der Sohn zieht wieder daheim ein, schreibt sich für zwei Jahre in der theologischen Fakultät ein, unter der Bedingung, hinterher freie Hand zu haben.

Tomas schaut Leon fragend an. Dieser dreht die Zunge, nickt zustimmend.

Nun, es sind also diese freien Hände, die er später in die Philosophie gesteckt hat. Die Urmutter aller Wissenschaften und ihre solide Basis, die Wiege allen Denkens … ja, ja, schon gut, wir sind auch aus der Branche … im Laufe des letzten Jahres ist er dort gewesen, an der Universität in Lewisham, wo sein Vater eine Gastprofessur in Theologie hatte. Tomas hat sich in etwas … ein wenig vertieft, wie es nach einem gewissen Zögern formuliert wird. Hat geschrieben, unnötig, jetzt näher darauf einzugehen. In aller Bescheidenheit natürlich, sicher wird man noch ausreichend Gelegenheit finden, es später zu diskutieren. Er möchte natürlich erfahren, was der Freund über die Essays denkt … in erster Linie handelt es sich um Ethik, sowohl um Meta- als auch um normative Ethik, aber auch um reine Ontologie … Metaphysik, wenn der Ausdruck gestattet ist.

Und jetzt, jetzt bestätigt sich endlich das, was die ganze Zeit schon in den Sternen geschrieben sein muss, den ganzen Abend. Das, was Leon in einer verborgenen Ecke seines Gehirns bereits ahnte, seit er sah, wie sich mitten in den »Principia Ethica« ein Kopf über den Fensterrahmen schob: Sie werden Studienfreunde werden.

Kollegen! Bei dieser Feststellung verstummt Tomas und sieht plötzlich ganz ernst aus. Was Leon betrifft, so schluckt dieser ein Eisstückchen hinunter und versucht sich an einem Lächeln. Mit schlechtem Ergebnis, betäubt, jämmerlich und unentschlossen.

Natürlich werden sie beide in gut einer Woche in der gleichen Einführungsvorlesung sitzen, in der für die Drittsemester … Leon lutscht auf der Zunge, das Naphthalin ist weg, er spürt die Halsschlagader pochen und die Schläfen. Zweifellos ist er ein wenig verwirrt, es geschieht ein bisschen viel an diesem Abend in diesem trägen Sommer … oder gegen Ende des Sommers genau genommen, der Herbst ist zu diesem Zeitpunkt nicht mehr weit. Und jetzt schwingt Tomas ein Bein über die Bettkante, steht auf und macht die Deckenbeleuchtung an. Die Sonne ist inzwischen untergegangen, und die Leuchtstoffröhre ist plötzlich viel zu nackt und grell. Tomas brummt etwas von Operationsbeleuchtung, löscht sie aber trotzdem nicht, kommt wieder zurück ans Bett. Um der Wahrheit gerecht zu werden, so ist Leon dankbar dafür, schweigen zu dürfen, dankbar, seinem Innersten keine Stimme verleihen zu müssen in diesem Augenblick … Vielleicht weil er sie nicht richtig unter Kontrolle hat, natürlich nur deshalb.

»Kollegen, verdammt noch mal!«, wiederholt Tomas und holt die Zigaretten heraus.

Leon brummt und dreht sich im Bett. Nimmt frische Tücher. Lässt die Gedanken zu. Die gleiche alte unterdrückte Frage, die ihn natürlich immer wieder in Unruhe versetzt, ihn schwanken lässt und auf einer Antwort beharrt … Verflucht noch mal! Denn wie man es auch dreht und wendet, wie man die Lage und das spezifische Gewicht der Seele auch beurteilt, so ist und bleibt er doch ein Einzelgänger, dieser Leon. Der einsame Wolf Delmas! Nach einem halben Dutzend Semestern an dieser herrlichen Universität, an der es von genialen jungen Menschen aller Fächer und Arten nur so wimmelt, sowohl männlichen als auch weiblichen Geschlechts natürlich, hat er sich bis jetzt noch nicht die Mühe gemacht, einem davon näher zu kommen. Sich ihm zu nähern. Mit Ausnahme von Vera natürlich, aber nach ihr und ihrem wunderbar lispelnden roten Mund waren die Kontakte spärlich gesät. Nicht, dass er darunter gelitten hat, er hätte es gar nicht anders gewollt, das ist natürlich der Punkt. Aber wenn er jetzt Resümee zieht und in den Rückspiegel schaut, und genau das tut er in diesem Moment, so steht dort in Feuerschrift *Dürftigkeit* geschrieben. Er schaut in den Rückspiegel und zieht Resümee. Alle, neben denen er sich über die Pulte gekrümmt hat, alle, mit denen er Küche und Kühlschrank und Bad in der Bastilje teilte, alle, mit denen er am gleichen Tisch gesessen und das gleiche Hackfleisch unbekannten Ursprungs gekaut hat, bei Madame Hanska und anderswo … mit keinem einzigen von all diesen hat er bisher auch nur eine einzige Freundschaft geschlossen.

Da ist niemand, zu dem er gehen würde. Und niemand, der zu ihm kommen würde.

So sieht es aus. Natürlich hat er darüber nachgedacht. Aber sich Sorgen gemacht? Nein, wohl kaum. Warum die Sache übertreiben? Alles in allem ist es doch nur eine Frage einer höchst legitimen Form der Introvertiertheit, nichts sonst. Ein Bestandteil seines philosophischen Charakters. Na, und wenn schon? Weg mit der Frage! Ein Strich unter die Debatte. Stattdessen die Bücher heraus. *Some say life is the point, but I prefer reading!*

Aber jetzt ist er plötzlich an einem Kreuzweg angekommen. Im Guten wie im Schlechten hat dieser Tomas Borgmann sich in seine Welt geschlichen. An nur einem einzigen Abend, und schon ist es zu spät, ihn abzuweisen … Würde er es denn tun, wenn es überhaupt noch möglich wäre? Das ist natürlich die Frage, das ist das Innerste der Finsternis und des Pudels Kern, wie gesagt ... Während er nicht genau zuhört, was Tomas erzählt, spürt er plötzlich, wie etwas in ihm wächst – vollkommen unabhängig vom Willen, den Gedanken und Präferenzen, eine Art vergessener Sicherheit, wie er meint, etwas fast Biologisches, es ist auch eine Widerspiegelung ... etwas, was er durchgemacht hat, aber jetzt seit vielen Jahren nicht mehr erlebt hat, das verknüpft ist mit abstrusen Begriffen wie Kindheit und Wärme und Muttermilch, wie es scheint, mit etwas Vergangenem und dabei Verlorenem, mit der Schattenseite ... ein Trost, eine Berechtigung, ein Fundament, ja, er weiß nicht so recht, wie er es eigentlich benennen soll. Zum Teil hat es sicher auch mit der Spritze zu tun, die er von Schwester Morgenstern bekommen hat. Und vermutlich nicht gerade wenig.

Und genau in diesem Moment tritt sie ein ... nein, nicht Schwester Morgenstern, sie muss für heute gegangen sein, es ist eine schlecht informierte Nachtschwester, sie kommt mit ihrem klappernden Wägelchen und möchte wissen, ob die Herren möglicherweise ein Becken brauchen oder etwas anderes von den Fazilitäten, die das Krankenhaus zu bieten hat.

Aber da brechen beide Herren in das gleiche unkontrollierte Jungengelächter aus wie vor kurzem auf dem tiefsinnigen philosophischen Fußboden – aber davon kann die uninformierte Schwester ja nichts wissen, also stemmt sie die Hände in die Hüften und erklärt, dass das hier ein Krankenhaus sei und kein Vergnügungsschuppen. Dass es das Beste wäre, wenn sie jetzt den Mund hielten und das Licht löschten.

Sonst könnte es ein Rezidiv und Gott weiß was geben. Angesichts dessen und angesichts der Dunkelheit, die eintritt, als sie auf den Knopf drückt, geben die beiden klein bei.

Und fallen auch bald schon in den Schlaf.

17

DAS TAGEBUCH

Montag

Ein fast klarer Tag mit kräftigem Wind aus Südwest. Wir wanderten wie gestern am Strand entlang, bogen aber in Höhe des Leuchtturms an Punkt 212 in die Heide ab. Sie wollte mir eine Stelle zeigen, wie sie sagte.

Nach einer Weile, wir waren sicher eine Stunde gelaufen, ohne einem einzigen Menschen zu begegnen, erreichten wir eine lang gestreckte Anhöhe mit einem kleinen Steinhaufen oben auf der Kuppe. Wir kletterten hinauf und ließen uns auf der anderen Seite im Windschatten nieder. Die Heidelandschaft erstreckte sich weit ins Land hinein, aber auf diese Entfernung konnte man die Silhouette des Ortes Gimse nur erahnen. Ich musste zugeben, dass ich noch nie zuvor in diesem Landstrich gewesen war, obwohl ich nur ein paar Meilen von hier geboren und aufgewachsen bin.

Unter uns lag eine Mulde mit einer kleinen Gruppe von Laubbäumen, und dorthin richtete sie meine Aufmerksamkeit.

»Sieh mal«, sagte sie und zeigte hinunter.

Sie machte eine kurze Pause, dann fügte sie hinzu:

»Unter den Bäumen stehen die Pferde, träumend.«

Und so war es tatsächlich. Unter den Bäumen standen

vier zottige Heidepferde, zwei ausgewachsene und zwei Fohlen. Ungewöhnlich langbeinig erschienen sie mir und vollkommen ruhig. Vielleicht hätte ich sie nicht einmal bemerkt, wenn sie mich nicht auf sie aufmerksam gemacht hätte.

»Wir sind in letzter Zeit oft hierher gekommen«, fuhr sie fort. »Er konnte hier stundenlang sitzen und die Pferde im Gehölz betrachten. Und das Einzige, was er sagte, war genau dieser Satz: Unter den Bäumen stehen die Pferde, träumend. Kannst du das verstehen?«

Ich antwortete nicht sofort, aber dann sagte ich schließlich, doch, das könne ich.

Unter den Bäumen stehen die Pferde, träumend? Ja, während ich hier am Abend sitze und das aufschreibe, kann ich Tomas Borgmann ganz deutlich vor mir sehen, wie er oben am Steinhaufen sitzt. Sein Äußeres wie sein Inneres.

Das Bild erinnert mich an einen alten Film, in dem ein Mann sich wünschte, in ein Gemälde gehen zu können. Jeden Tag besuchte er das Museum in seiner Stadt und stand lange vor einem Gemälde, das einen Fischer am See Genezareth darstellte. Eines Morgens gelang es ihm schließlich, aber am Abend zuvor hatte das Personal alle Bilder umgehängt. So landete er stattdessen in »Die Diebe am Kreuz«.

Wir kamen erst in der Dämmerung zum Haus zurück. Auf dem Rückweg erzählte ich weiter vom Herbst in Grothenburg damals. Sie unterbrach mich so gut wie nie, und ich bekam erneut den Eindruck, dass alles für sie neu war. Sie hörte mir die ganze Zeit sehr aufmerksam zu, hakte sich sogar bei mir unter und ging ganz dicht neben mir, um auch ja nichts von dem, was ich sagte, zu verpassen. Es schien mir, als malte sie ein Portrait. Das Portrait von Tomas.

Ja, so ist es wirklich. Mit den alten Farben meiner eingetrockneten Palette malt sie ihr Bild von Tomas fertig. Es tut mir weh zu wissen, wie verdorben das Kunstwerk zum Schluss sein wird.

Dass er in seinem Innersten sehr gelitten hat, daran zweifle ich nicht eine Sekunde. Die letzten Jahre sprechen ja eine deutliche Sprache, aber er muss doch schon früher, von Anfang an, gewusst haben, dass es eines Tages herauskommen würde. Es wundert mich wirklich, dass es ihm gelungen ist, so viel in seinem Leben zu erreichen; schließlich erlangte er Weltruhm. Die verlockendste Erklärung wäre natürlich, dass er das dank meiner erreicht hat. Dass er in gewisser Weise unser Abkommen eingehalten und unsere metaphysischen Ausgangspunkte bewahrt hat. Oder hat es so etwas nie gegeben? Ist das nur wieder einmal etwas, das ich mir erst im Nachhinein vorstelle? Ich bin mir alles andere als im Klaren darüber, wie es sich eigentlich mit diesen Dingen verhält.

Nun widme ich ihnen eigentlich nicht besonders viele Anstrengungen. Ich kann nicht sagen, was mein Gehirn hier draußen am meisten beschäftigt. Ich habe Probleme, meine Gedanken zu sammeln, alles scheint so eine Würde und so ein Gewicht zu haben, dass es meine Fähigkeiten übersteigt. Ich kann es mir nicht zu Nutze machen, nicht die Zeichen deuten, die mir in den Weg gestreut werden, und nicht mein Bewusstsein auf einen Punkt ausrichten. Ich fühle mich mal fasziniert von dem Aufenthalt in diesem Haus, mal eher angeekelt. Wenn ich nicht mein Wort gegeben hätte, dann würde ich vermutlich von hier weggehen, sobald sich die Gelegenheit bietet.

Vielleicht habe ich auch Angst, dass etwas zwischen Marlene und mir passieren könnte, bis wir den siebten Tag erreicht haben. Ich weiß, dass ich nicht werde widerstehen können. Ich sehne mich nach Birthe und einem ganz unkomplizierten Beischlaf, das wäre mir zweifellos eine große

Hilfe in meiner prekären Lage. Letzte Nacht träumte ich, dass ich mit einer anderen Frau geschlafen habe, vielleicht war es Nadja, die Betrachterin. Als ich aufwachte, dachte ich zunächst, ich hätte im Schlaf einen Erguss gehabt, aber es zeigte sich, dass es der Krebs war, der eine zähe Flüssigkeit von sich gegeben hatte.

Heute Abend ist er fast wieder trocken, aber er tut weher als je zuvor. Ich überlege, vielleicht Marlene um etwas zu bitten, was ich darauf legen kann, eine Kompresse oder Ähnliches, aber das wird auf jeden Fall bis morgen warten müssen. Sie ist bereits ins Bett gegangen, wie ich gehört habe.

Ich selbst habe eine Stunde in der Bibliothek verbracht. Hatte heute Probleme, etwas auszusuchen, aber zum Schluss entschied ich mich für »Die Summe des Augenblicks« von Hans Mathias Möller und Rilkes »Duineser Elegien« in schönem Ledereinband.

Als ich planlos im Letzteren blätterte, stieß ich auf die Zeilen:

Liebende könnten, verstünden sie's,
in der Nachtluft wunderlich reden.
Denn es scheint, dass uns alles verheimlicht.

Es ist mir klar, dass ich die Elegien schreiben muss, wenn ich wieder Zeit habe. Ja, vielleicht werde ich mir genau dieses Werk als nächstes vornehmen, wenn ich wieder wohlbehalten zu Hause bin. Und wenn ich mein Schauspiel unter Dach und Fach habe.

Aber nicht Rilke kommt mir in den Sinn, als ich gerade meinen Stift hinlegen und das Buch für heute Abend zuklappen will, sondern die Zeile von der Heide.

Unter den Bäumen stehen die Pferde, träumend.

Plötzlich erscheint sie mir so vertraut, dass sie jeglichen Inhalt verliert.

Ich denke eine Weile darüber nach. Genau so, sage ich mir, werden unsere Eindrücke in Worte eingefangen, und wenn wir es nicht rechtzeitig tun, werden sie für alle Zeit ins Nichts zerfallen.

Ja, genau so.

Aber jetzt ins Bett. Die Nacht ist schwarz, das Meer rollt beständig.

18

Was weißt du über ihn?«

»Über wen? Hockstein?«

»Ja, natürlich.«

»Nicht viel. Wieso? Warum fragst du?«

Tomas Borgmann kippelt mit dem Stuhl und sieht ungeduldig aus.

»Weil ich nur seinetwegen hierher gekommen bin natürlich. Zumindest ist das einer der Gründe. In Würgau hatten wir nur Bluum und Ditmaar. Mit denen ist kein großer Staat zu machen, beides trockene Empiristen ... da war kein Weiterkommen möglich. Ditmaar ist übrigens leichter Alkoholiker, aber das bleibt unter uns. – Nun?«

Leon überlegt.

»Nun ja, ich weiß das, was halt die meisten wissen, wie ich annehme ... weder mehr noch weniger.«

Tomas sieht noch ungeduldiger aus. Sie sitzen an dem blauen Tisch im Vlissingen mit Ingwerkaffee und Rosinenbrötchen. Sind gerade von Professor Hocksteins Einführungsvorlesung für die Drittsemester gekommen: »Daimonion, Imperativ, Utilitarismus – drei Zweige am gleichen Baum.« Eine ziemlich verwirrende Vorstellung, wenn Leon ehrlich sein soll. Er hat nicht besonders viel davon gehabt. Aber vielleicht hat er trotz des Büffelns den Sommer über auch nicht alles richtig mitgekriegt. Es war ja schließlich

Hockstein, der da am Katheder stand. Fast eine Stunde lang hat das Orakel zu ihnen gesprochen – auch wenn man ab und zu das Gefühl haben konnte, als richte er seine Worte eher an eine ganz andere Zuhörerschar, an ein ganz anderes Auditorium … ein irgendwie jenseitiges vielleicht?

»Und was ist es, was alle fühlen? Weihe mich ein, sei so gut. Ich möchte die Voraussetzungen klar vor Augen haben.«

Es ist offensichtlich, dass Tomas gar nicht daran denkt, das Thema fallen zu lassen.

»Ja, er ist ja nun nicht wie alle anderen«, sagt Leon und bricht sein Rosinenbrötchen durch. »Beherrscht die Fakultät mit eiserner Hand, das lässt sich nicht leugnen. Obwohl er nur ein oder zwei Tage in der Woche da ist. Es wird gesagt … nein, schon gut.«

»Was wird gesagt?«

»Ach, nichts.«

»Komm schon.«

»Es wird gesagt, dass man seine Anwesenheit bis hinunter in den Hörsaal spüren kann.«

»Seine Anwesenheit? Wie denn das?«

»Ja, wie ein … Vibrieren. So eine Art Energiefluss. Er hat ja sein Arbeitszimmer ganz oben unter dem Dachgiebel, wie du weißt, und es soll also zu spüren sein, ob er am Platz ist oder nicht … aber meistens ist er ja irgendwo anders, wie gesagt. Und wer sich gegen ihn stellt, der wird nicht alt an der Fakultät. Aber das sind nur so Sachen, die ich gehört habe.«

Tomas, der Zweifler, rührt braunen Zucker in den Kaffee.

»Hm, das denke ich nicht. Nach allem, was ich verstehe, hast du da auch deine Finger drin. Hast du ihn persönlich getroffen? So unter vier Augen, meine ich?«

»Nein.«

Das war leicht gelogen. Als Leon den Schlüssel bekam, um bei Rinz nach dem Rechten zu sehen, hatten sie sich sogar begrüßt, der Professor und er. Delmas? Angenehm. Aber es wäre doch verwunderlich, wenn Hockstein sich an seinen Namen erinnern würde. Dass es Leon war, der sich den Sommer über darum gekümmert hat, dass ihm die Post nachgeschickt wurde, davon hatte er sicher keine Ahnung. Der große Hockstein, warum sollte er sich um so etwas Gedanken machen? Es ist nicht seine Sache, Leon zu bemerken, es ist die Leons, dafür zu sorgen, dass er es tut … Ungefähr in diesen Bahnen verlaufen seine Gedanken, wenn er an die Zukunft denkt. Aber es ist nichts, was er im Augenblick ernsthaft in Betracht zieht, ganz und gar nicht. Der Tag wird schon kommen, denkt er. Es ist noch Zeit.

Obwohl sie am Ablaufen ist. Mehr als ein Jahr steht nicht mehr zur Verfügung. Zwei lächerliche Semester, es wird unweigerlich Zeit, die Sache ernsthaft zu bedenken. Zeit, den Sprung in die Zukunft vorzubereiten.

»Die Vorlesung war beeindruckend, nicht wahr?«

»Was? Ja, ich denke schon …«

»Die Verbindung zwischen Kant und Spinoza war wohl etwas willkürlich, das ist ja doch eher eine methodische Frage.«

»Nein …« Leon ist sich nicht sicher, was Tomas eigentlich meint. Er kaut nachdenklich auf seinem Brot und sieht stattdessen aus dem Fenster. Über den Kanal, die Büsche und die Fahrräder, die auf der anderen Seite in großen Mengen am Zaun stehen.

»Schade, dass er sich nur um die Viertsemester kümmert.«

»Ja.«

Obwohl das natürlich eine Selbstverständlichkeit ist. Sicher sieht Tomas das auch ein. Professor Hockstein kümmert sich nur um die Studenten, die es bis zum vierten Semester schaffen. Wie könnte es anders sein? Denn erst da zeigen sich die Hoffnungen, die Philosophen von morgen … Warum sollte er seine Kraft auf die vergeuden, die sowieso unterwegs herunterfallen? Auf die, die nur ein oder zwei oder zweieinhalb Semester durchhalten? Nein, vielmehr sollte man dankbar dafür sein, dass er sich überhaupt die Zeit nimmt, an der eigenen Fakultät zu unterrichten. Sich die Zeit *nimmt* – denn jedes Jahr kommt er mit einer unbegreiflich hohen Anzahl an Büchern, Schriften und Artikeln über allgemeine philosophische Fragen heraus, und jedes Jahr nimmt er an einer Schwindel erregend hohen Zahl von Konferenzen, Symposien und Zusammenkünften in der ganzen Welt teil …

Eher ein Name als ein Mensch aus Fleisch und Blut, wie man so sagt. Klein und messerscharf und stets in schwarzem Anzug. Und mit einem Blick, der in der Lage zu sein scheint, sich durch Zeit und Raum zu bohren.

Ganz zu schweigen von den Studenten, denen es gelingt, seinen Weg zu kreuzen. Die bleich sind und zittern.

»Wo wohnt er?«

»Wo er wohnt? In einer alten Villa im Ardenviertel … direkt hinter dem San-Lorenzo-Kloster. Warum fragst du?«

»Er ist doch derjenige, der die Entscheidung trifft, wenn ich es recht verstanden habe?«

»Welche Entscheidung?«

Tomas zieht eine Augenbraue hoch.

»Nach dem zweiten Jahr, dem vierten Semester. Wer weitermachen darf … oder etwa nicht?«

»Doch, ich denke schon.«

Auch wieder eine kleine Lüge. Denn es gibt gar keinen Zweifel. Er weiß nicht, warum er das Tomas vorenthält. Wenn der Freund es nicht schon weiß, dann muss er es doch in Erfahrung bringen, sobald er sich mit der Fakultät vertraut macht. Das ist kaum zu vermeiden. Natürlich ist es Hockstein, der entscheidet, eine Selbstverständlichkeit, der reine Truismus.

Und die Studenten, die nach dem letzten Semester Gnade vor seinen Augen finden – besonders viele pflegen es nicht zu sein, ein oder zwei, manchmal kein einziger –, ja, die können sich mit Recht als auserwählt betrachten. Es verhält sich tatsächlich so, wie Tomas bereits spekuliert hat. Wenn man einmal von Hockstein höchstpersönlich ausgesucht wurde, dann kann man auch in Zukunft mit Unterstützung rechnen: Promotion und Forschungsstipendien, Zuschüsse, akademische Karriere; plötzlich scheint alles abgesteckt zu sein. Aber wie dem auch sei, wenn man erst einmal durchgekommen ist, dann bedeutet das ja wohl auch, dass man die Voraussetzungen dazu hat. Hockstein ist bekannt dafür, keinen Missgriff zu tun, es geht nur darum, die Pfründe zu verwalten.

Aber wie gesagt, es sind nie viele. Und der Richter ist streng.

Natürlich kennt Leon die Prämissen. Natürlich kennt Tomas sie auch, bereits zu diesem frühen Zeitpunkt. Er möchte sie offensichtlich nur bestätigt haben. Es ist kein Zufall, dass sie da in der ersten Bank im Brentano-Raum gesessen und sich während der Vorlesung ihre Notizen gemacht haben. Und wie sie mitgeschrieben haben, verdammt noch mal, mit dieser leicht impulsiven Unregelmäßigkeit, die so typisch ist für junge, begabte Philosophen.

Und natürlich hat der Unergründliche ab und zu seinen durchdringenden Blick auf ihnen ruhen lassen ... und vielleicht hat er sich ja auch diese bedeutungsvolle Gedankennotiz vermerkt, dass er sich diese beiden Jünglinge einmal ein wenig genauer betrachten sollte, wenn es zum Frühling hin an der Zeit wäre. Oder nicht?

»Noch Kaffee?«

Leon schüttelt den Kopf. Betrachtet Tomas Borgmann,

während dieser die letzten Tropfen aus der Kanne quetscht ... da ist etwas.

Etwas, was ihn zögern und sich unwohl fühlen lässt. Gott weiß was. Es sind nicht mehr als zehn Tage vergangen, seit sie sich kennen gelernt haben, und jetzt verkehren sie bereits miteinander, als würden sie sich schon ihr ganzes Leben lang kennen ... und fast im gleichen Moment fühlt er sich noch unwohler gerade auf Grund dieses zurückhaltenden Gefühls, dieser Unlust. Warum zögert er? Was ist mit ihm los?

Offensichtlich braucht es Zeit, um sein Einsiedlerdasein abzuschütteln.

*

Ein Bild.

Grothenburg im September. Vielleicht das Letzte, das vergilbt.

Die ersten Tage des Herbsts. Die Schwüle des Sommers, die in Tage voller Klarheit und Weite übergeht. Die lärmende Rückkehr der Studenten. Die Einwohnerzahl der Stadt hat sich plötzlich verdoppelt und das Durchschnittsalter halbiert. Der Markt, die Geschäfte und Cafés füllen sich von Neuem; Abende und Nächte hallen von Stimmen, Lachen und Flüchen und vereinzelten spröden Gesängen wider. Gassen, Brücken und Gewölbe erzittern, alles schüttelt die Lethargie des Sommers ab, erwacht zu neuem Leben und zur Geisteslust. Aus dem trägen Wasser der Kanäle steigt ein neuer, bedeutungsschwerer Schimmer hervor, und im Vlissingen, der Studentenkneipe par préférence, werden wieder einmal die roten Papierlaternen gegen die Abenddunkelheit und die verstockte Unkenntnis der übrigen Welt entzündet ... Grothenburg.

So ist es, so wurde es in der Studentenzeitung Glax beschrieben, bereits vor fünfundzwanzig Jahren.

Seine Beziehung zu all dem? Mein Gott, er weiß es nicht. Oder weiß es nur zu gut. Der Ort und Leon, das sind konzentrische Kreise, die Stadt in ihm, er in der Stadt, eine Wechselwirkung; Voraussetzungen und Spiegel … und im Haus der Fakultät und im Studentenwohnheim werden die Erstsemester in Empfang genommen. Diesbezüglich kann er direkt einen gewissen Neid empfinden, sie haben noch vier Jahre vor sich, diese Neuankömmlinge – wenn sie nicht vollkommen aus dem Rahmen fallen … und im Grochshaus, der Akademie selbst, ist das Grün auf den Mauern üppiger und dichter gewachsen als je zuvor. Plötzlich fängt alles in ihm an zu schmerzen, und der Gedanke, dass er bald gezwungen sein wird, diese Welt zu verlassen, erscheint ihm vollkommen absurd. Natürlich ist es unabdingbar, dass er hier lebt, wenn er genauer darüber nachdenkt, dass er sich um nichts anderes als das Leben innerhalb dieser verwitterten und verwitternden Mauern kümmern muss. Natürlich muss er noch bleiben, oder? Was denn sonst? Geistige Armut und frühzeitiger Tod in der Provinz? Sic, wie man so schön sagt.

Außerdem ist das doch wohl auch kaum eine unangemessene Hoffnung? Oder? Die Hoffnung, bleiben zu können.

Und schließlich stehen ihm Mittel und Möglichkeiten zur Verfügung. O ja.

Und dennoch: Wie schwer ist es doch, seine eigenen Fähigkeiten einzuschätzen.

Mene mene tekel, und es hat sich ja gezeigt – wenn man alles zusammenfasst –, dass nur der etwas weiß, der nichts weiß.

*

Der Herbst wird intensiver.

Eine Kette immer kälterer Tage. Immer kürzerer, immer

dunklerer. Im Philosophicum stoßen sich die Ideen. Sie werden aufgebrochen, streng geprüft und penetriert. Mill und Bentham. Die Phänomenologie und der Existenzialismus. Die Wiener Schule und die Kausalisten und alles mögliche andere. Die Zügel werden angezogen, da gibt es keinen Zweifel; jetzt geht es darum, alles parat zu haben ... Zielbewusstsein und Energie, keine Mühe darf gescheut werden. Von allen miteinander nicht vereinbaren Begriffsbildungen und Gedankensystemen wird nunmehr ein kunterbuntes Fresko zusammengestellt – gib und nimm und gib erneut! –, denn an diesem Lehrstuhl schwört man nicht auf die eine oder andere Schule. Man nimmt sich alle! Nicht mehr und nicht weniger. Alle!

Und verliert nicht den Überblick! Vergisst nicht die Ausgangspunkte! Stellt jede Behauptung in Frage, durchleuchtet jedes Postulat, zerpflückt jede Schlussfolgerung ... etwas in gutem Glauben einfach zu schlucken, das wäre die schlimmste aller Sünden! Pfui und weg damit! Akribie, Akribie, Akribie!

Seine Augen schmerzen. Zum Glück ist er jetzt nicht mehr allein. Er wirft einen Blick zu Tomas hinüber. Der sitzt zurückgelehnt auf seinem Stuhl, eine frisch angezündete Zigarette in der Hand und den Blick in die Ferne gerichtet. Woran denkt er? Hat er es schon verstanden? Ist das möglich? Hat er alles geschluckt und verdaut, bis es begreifbar wurde? Sitzt er nicht da und ist dabei, alles in seinen Zusammenhang zurechtzustochern?

»Problem mit Konradsen?«

Er schaut Leon an. Leon nickt.

»Das liegt an der Wissenschaftsdefinition, die ist ein wenig unbeholfen, das gebe ich zu ...Komm, pack die Bücher zusammen und lass uns rausgehen und einen Happen essen. Wir können es unterwegs diskutieren.«

Sie brechen auf. Draußen auf der Treppe ist es bereits

dunkel. Die schwarzen Fahrräder der Dozenten stehen nicht mehr im Ständer, Leon und Tomas sind wie üblich die Letzten. Thales, die Hauskatze, kommt und streicht um ihre Beine. Sie lassen sie hinein und schließen zweimal nach ihr ab.

Begeben sich in die Wirklichkeit.

*

In den Ort. Glänzendes Kopfsteinpflaster. Feuchtes Herbstlaub. Knackende Eisschichten.

Langsam schlendert man durch leere Gassen, auf die stummen Kanäle zu. Referiert und tauscht Standpunkte aus. Induziert und deduziert. Vergleicht Herleitungen. Fasst Argumente zusammen … rasend schnell und vogelleicht präsentiert man Grund und Gegengrund und kommt zu Schwindel erregenden Schlussfolgerungen und Synthesen. Für Leon Schwindel erregend, für Tomas nicht immer genauso Schwindel erregend. Nichts Neues?

Als die Regenschauer einsetzen, bleiben sie in einer Toreinfahrt stehen und mühen sich mit Hegel ab. Oder unter den Linden an der Bertrandgracht und verhackstücken De-Quincey.

Vielleicht gehen sie auch noch weiter über die Eleonorabrücke. Verbringen einige Stunden in den Cafés, jetzt ist es nicht mehr schwer, Leon zu überreden. Man trinkt Dunkelbier und diskutiert. Schreibt ein Manifest. Singt und spielt Schach. Man lebt nur einmal und selten mehr als einen Tag auf einmal.

Es gibt Frauen. Schöne und begabte junge Frauen, die teilweise vor Leben überzuschäumen scheinen.

Tomas hält den Taktstock. Leon hat nichts dagegen einzuwenden. Von allein würde er nie auf die Idee kommen, hierher zu gehen. Und Tomas hat eine Art, alles zu regeln, die nicht … nicht aufdringlich erscheint. Nicht an Freiheit,

Kameradschaft und Integrität kratzt. Etwas, das Leon nicht beschreiben kann, oder vielleicht nicht beschreiben *will,* das aber die ganze Zeit unsichtbar zugegen ist. Bald kann er selbst nicht mehr sagen, was ihn eigentlich anfangs so beunruhigt hat. Bald kann er sich kaum mehr daran erinnern, dass es überhaupt so etwas gegeben hat … was war es gleich noch einmal gewesen?

»Lass uns heute Abend mal Kurmann's ausprobieren!«

»Entweder wir kaufen uns eine Flasche Rheinpfalz, oder wir machen eine Runde an Arnos Keller vorbei!«

Immer ist es Tomas, der mit Vorschlägen kommt. Der verschiedene Alternativen präsentiert und die wichtigen Fragen stellt:

»Das Leben ist doch nur eine Trivialität. Warum nicht morgen zwei Damen ins Kino einladen?«

Denn er hat schon eine besondere Begabung, dieser Tomas Borgmann … eine exquisite, exakte Zusammensetzung subtiler Eigenschaften, die nur einer sehr geringen Anzahl von Menschen zu eigen ist und die sie sofort von anderen Menschen unterscheidet. Ist es nicht so?

Die Führer. Die guten Führer.

Wie schnell er Mittelpunkt einer Gesellschaft wird! Wie leicht er das Kommando in einer Diskussion übernimmt, wenn er nur will! Mit welcher sicheren Finesse er doch die Zweifler überzeugt und die Lacher auf seiner Seite hat!

Oder es schafft, noch eine Runde Bier zu bestellen, obwohl die Bar bereits seit einer Stunde geschlossen ist.

Und mit welchem Erfolg hat er nicht in die Augen junger Frauen geschaut?

Ohne Neid zu erwecken. Ohne böses Blut zu verursachen, es ist schon merkwürdig.

Wie kommt es, dass Leon das alles nicht in Worte fassen kann, ohne den Eindruck zu erwecken, er meinte damit eigentlich etwas ganz anderes?

Und manchmal, ganz zu Anfang, fragt er sich, wo er da selbst eigentlich ins Bild kommt.

*

Aber Leon ist mit im Bild.

Denn meistens gehen sie nicht mehr über die Eleonorabrücke. Normalerweise, durchschnittlich an drei Abenden von vieren, beenden sie den Tag lieber bei einer Kanne Tee in Leons Bude in der Bastilje. Oder bei einer Karaffe Wein in Tomas' Wohnung in der Walckstraat. Vorzugsweise Letzteres, hier ist etwas mehr Platz, etwas größerer Spielraum für den Geist und so das eine oder andere.

Käse und Brot konsumieren sie. Bratkartoffeln, Zwieback und eine Art fast schwarzer Marmelade – sie ist aus vierundzwanzig verschiedenen Fruchtsorten hergestellt und Tomas Borgmanns Leibgericht. Wird nur in einem einzigen Geschäft in der ganzen Stadt verkauft, und er sieht stets zu, dass er mindestens zehn Gläser Vorrat hat für den Fall, dass der Laden Pleite machen könnte. Es gibt viel, was Pleite macht oder gemacht hat im Laufe der Geschichte, das soll nicht vergessen werden, und das wird auch nicht vergessen.

Und Zigaretten. Schwer und dicht legt sich der Rauch um ihre gerunzelte Stirn. Je später, umso schwerer, umso dichter. Bis in die frühen Morgenstunden hinein sitzen sie da, und natürlich kommt es ab und zu vor, dass sie in den Sesseln einnicken, manchmal bleiben sie auch bis zum nächsten Morgen sitzen, aber das ist nicht schlimm, so ist halt die Zeit.

So ist halt die Zeit? Was meint er damit? Und was ist es eigentlich, genauer betrachtet, was da vor sich geht, in diesen Gesprächen, die gedreht und gewendet werden und sich selbst in den Schwanz beißen ..? Es ist doch wohl der gleiche Tomas Borgmann, der ihm im gelblich fahlen Lampenschein gegenübersitzt … die gleiche Person, die am vergangenen Abend im Arno's Claude Perrault mit so einer Akkuratesse imitiert hat, oder? Ab und zu kommt es vor, dass Leon sich einfach herauszieht und zuschaut, sie von oben durch den Rauch und die Jahre betrachtet, gern das eine Auge dabei geschlossen, dann wird es irgendwie deutlicher. Beobachtet, zuhört und registriert, aber andererseits wäre alles andere auch nicht angemessen. Tomas ist der Schöpfer. Der, der sich betrachten lässt. Der, der handelt und lenkt. Leon kann sich mit ihm nicht messen, will so einen Kampf gar nicht provozieren, warum sollte er so verwegen sein?

Auch wenn seine Belesenheit ebenso groß ist wie die von Tomas, in manchen Fällen sogar noch größer, aber darum geht es ja gar nicht. Es geht um etwas anderes. Etwas, das nur Tomas in seinem Besitz hat und das ihm einen Vorsprung gibt. Einen nicht einzuholenden Vorsprung, wie es scheint.

*

»Vorsprung? Was redest du für einen Blödsinn, Leon!«

»Dann eben nicht. Vielleicht Intuition? Du willst doch nicht leugnen, dass du eine fast untrügliche Intuition hast?«

Tomas schnaubt.

»Intuition ist ein vollkommen wertloser Begriff! Lies Wüllendörfer! Lies Höcknagel!«

»Der Meinung bin ich nicht, und mit Höcknagel lässt sich in der Beziehung nicht viel Staat machen! Aber wenn du es nicht zugeben willst, dann lass mich etwas anderes finden … gib mir eine Zigarette! Ja, jetzt weiß ich es! Die Fähigkeit, das Wesentliche einzufangen! Genau die hast du … nahezu zu hundert Prozent, wie ich behaupten möchte. Das Wesentliche!«

»Nun ja …«

»Doch, doch! Ein Problem einzukreisen und dann den Finger auf den springenden Punkt zu legen!«

»Du meinst, das wäre eine ganz gute Beschreibung von meiner … philosophischen Intelligenz?«

»Nicht nur ganz gut. Exakt! Eine exakte Beschreibung.«

»Hmm. In dem Fall bitte ich drum, gratulieren zu dürfen.«

»Was?«

»Du hast den Finger auf den springenden Punkt gelegt, oder?«

»Äh …«

»Du hast meine philosophischen Fähigkeiten eingekreist und … ja.«

»Wenn du es sagst.«

*

Und sie graben in ihrem philosophischen Humus.

»Nicht graben, Leon! Das ist zu schwach. Wühlen! Gib mir eine Sekunde Zeit … Ja! Wie geile Trüffelschweine wühlen wir im Pfuhl der Ideen! Wir …«

»… pflügen die Nikomachische Ethik um, wir wälzen uns in der Leibnizschen Metaphysik, wir packen Schopenhauer bei der Gurgel und legen ihn aufs Kreuz.«

»Gut!«

»Warum sich am Individuellen festhalten?«

»Wenn die Antwort im Generellen zu finden ist.«

Nicht die beiden. Nicht Tomas und Leon. Nicht eine Sekunde lang.

Nächte. Rauch. Marmelade. Gespräche.

Um was es sich auch immer dreht, welche verwinkelten Pfade sie auch einschlagen … es ist doch sicher von Gewicht? Natürlich weisen sie nach vorn, diese nächtlichen Plena, natürlich gibt es eine Richtung und eine Meinung?

Natürlich *gab* es sie? Wenn sie sich kopfüber in die verdrehtesten und finstersten Argumentationen stürzen, natürlich kommen sie wieder nach oben, nach langer oder kurzer Zeit, und natürlich haben sie zum Schluss die Schlüsselfrage in der Hand! Und die Antwort! Aber sicher!

Die Schlussfolgerungen werden gelagert und abgelegt. Ideen und Gedankengänge erforscht, aufgebockt, umgekrempelt und punktiert, aber das Ergebnis, es gibt doch wohl ein Ergebnis?

Natürlich gab es doch wohl eine Ursache, die zu einer Wirkung wurde?

*

Oder ist es nur die Chronologie dieses Herbstes und Frühlings, die sich konstatieren und berichten lässt? Die Richtung der Zeit? Was ist Zeit? Gab es dort überhaupt etwas, das Früchte tragen musste?

Wer weiß? In dem rückwärts gerichteten Kaleidoskop scheint so vieles verloren gegangen zu sein in dem müden Zigarettenrauch dieser späten Nächte, der sich zu dem mattgelben Lichtschein hinaufwand… ein letztes Zwiebackstück mit schwarzer Marmelade und kalter, bitterer Tee. Wie viele Fragen haben in diesem dreißig Jahre alten Gespräch nicht eine Antwort gesucht?

Haben sie in einer unendlichen Reihe schlafloser Nächte gesucht.

Die vermeintlichen Gespräche. Ernst bis auf den Tod und dennoch zerstreut.

Das Bild eines Gesprächs. All diese Worte. Was für Fleisch ist aus ihnen geworden?

*

Im Dezembermonat ist jedenfalls etwas passiert, das ist unbestreitbar. In der ersten Schneewoche dieses Jahres gibt

Tomas Leon ein Manuskript zu lesen, an dem er in den letzten Nächten gearbeitet hat.

Es trägt den Titel »Wir und die Fliegen«, und es wird ein paar Tage, bevor die Weihnachtsferien anfangen, im Philosophischen Bulletin gedruckt werden.

19

DAS TAGEBUCH

Dienstag

Wurde frühmorgens von den Möwen geweckt.

Mein Zimmer lag immer noch im Halbdunkel, und als ich die Jalousien und das Fenster zum Meer hin öffnete, stieß ich auf den dichtesten Nebel, den ich je gesehen hatte. Er wälzte sich ins Zimmer und umhüllte mich wie ein lebendiges Wesen. Weder Strand noch Uferlinie unter meinem Fenster waren auszumachen. Sicher betrug die Sicht nicht mehr als zwei, drei Meter, und ein vages Gefühl der Blindheit und des Ausgeliefertseins ergriff von mir Besitz.

Irgendwo in dieser grauweißen Decke, nicht weit entfernt, schrien und kreischten die Möwen, es waren wilde, besessene Schreie, so dass ich gleich ahnte, dass etwas Besonderes vor sich ging.

Ich zog mir Hose, Schuhe und meinen dicken Pullover an. Schlich mich, vorsichtig, auf Zehen durchs Haus nach draußen, um Marlene nicht zu wecken. Es war wahrscheinlich nicht später als sechs Uhr, aber ich hatte meine Armbanduhr auf dem Nachttisch vergessen, und so konnte ich es nur schwer einschätzen.

Unten am Strand schien alles undurchdringlich. Ich ging hinunter zum Ufer, um mich zu vergewissern, dass das Wasser noch da war. Die aufgeregten Schreie der Möwen waren ein Stück rechts von mir zu hören. Ich wusch Hände und Gesicht im Wasser und ging auf die Geräuschquelle zu. Ohne den Blick auf etwas anderes als meine eigenen Füße und das heranwallende Weiß zu richten, näherte ich mich. Das komische Gefühl in meinem Magen verstärkte sich, und plötzlich flatterten zwei Vögel direkt auf mich zu. Wir stießen alle drei einen erschrockenen Schrei aus, und sie streiften mich mit ihren Flügelspitzen. Eine starke Furcht ergriff mich, und gerade hatte ich beschlossen umzukehren, als mir klar wurde, dass ich angekommen war. Aufgeregte Vögel flogen durch die Nebelwand auf etwas Dunkles, Längliches zu, das zwei Meter vor mir im Sand lag. Schwärme von Vögeln, die schrien, zerrten und hackten, flatterten und mit den Flügeln schlugen.

Ich blieb regungslos in diesem Inferno stehen und starrte auf den Gegenstand. Es dauerte einige Sekunden, bis ich begriff, dass es ein toter Mensch sein musste. Übelkeit stieg in mir auf. Ich wich schnell wankend zurück, wurde aber im gleichen Moment von einem Vogel getroffen, der mir direkt ins Gesicht flog. Ich fiel um, und bevor ich wieder auf die Beine kam, hörte ich eine innere Stimme sagen, dass ich nicht lebendig von hier wegkommen würde. Ich würde dem Tod hier am Strand begegnen. In diesem Nebel, in diesem feuchten Sand, es war eine gleichzeitig vertraute wie auch beharrliche Stimme, die da sprach … wie die Steifheit im Nacken und das Warten auf das, was nie kommt.

Dann erkannte ich, dass es gar kein Mensch war, auf den man da einhackte und aus dem man große, blutige Fleischfetzen herausriss. Ich war direkt neben den Kadaver gefallen und begriff jetzt, dass es sich um einen Seehund handelte oder um etwas, das einmal ein Seehund gewesen war, jetzt aber ziemlich demoliert, aufgerissen und geradezu wie explodiert dalag. Geschändet.

Schließlich stand ich auf. Wedelte mit den Armen, so gut ich konnte, um mich zu schützen, und rannte davon. Durch den Nebel stolpernd lief ich weiter bis zum Wasser und dann den Strand entlang so schnell ich nur konnte. Ich blieb erst stehen, als die Möwen fast außer Hörweite waren, und die ganze Zeit trug ich das Gefühl eines erstickenden Würgegriffs in mir. Als ich schließlich auf einem an Land getriebenen Holzbalken niedersank, spürte ich, wie ich am ganzen Körper zitterte.

»Leon?«

Ich weiß nicht, wie lange ich dort gesessen hatte, als ihre Stimme plötzlich durch den Nebel zu mir drang. Sie war ganz in der Nähe, ohne dass ich sie sehen konnte.

»Hier.«

Ihre schmale Gestalt tauchte auf. In Stiefeln und Regenkleidung und einem Schal, der ihr Gesicht im Schatten liegen ließ.

»Gott sei Dank. Warum sitzt du hier?«

Ich zuckte mit den Schultern, wollte ihr nicht von dem Kadaver berichten. Sie ließ sich unschlüssig neben mir nieder. Keiner von uns schien viel Lust zum Reden zu haben, und so blieben wir eine ganze Zeit lang schweigend sitzen.

»Die Möwen haben geschrien«, sagte sie schließlich. »Ich konnte nicht schlafen.«

Etwas drang durch den Nebel. Vielleicht bemerkte sie es auch, denn sie fragte: »Warum hast du meinen Vater getötet?«

Ich gab ihr keine Antwort, aber durch mein Schweigen spürte ich, dass langsam alles zunichte ging. Der eine hohle Augenblick wurde auf den anderen gestapelt, und wir saßen dort auf einem morschen Balken, den die Wellen von irgendeinem unbekannten Strand hier an Land gespült hatten. Der Nebel umhüllte uns so dicht, dass wir nur mit Mühe das

Wasser neben uns erahnen konnten. Vollkommen eingeschlossen waren wir, nur wenige Geräusche drangen zu uns. Nur vereinzelte, entfernte Möwenschreie, das Meer lag vollkommen ruhig.

Plötzlich kam mir die Idee, sie zu verlassen, um niemals wieder zurückzukehren, aber ich hielt mich zurück. Stattdessen begann ich zu erzählen. Nahm den Faden dort wieder auf, wo ich gestern aufgehört hatte, und heute wie gestern hörte sie mir sehr aufmerksam zu. Die ganze Zeit kamen mir jedoch immer mehr Zweifel an meinem eigenen Bericht. Ich hatte Probleme, Worte und Zusammenhänge zu finden, aber obwohl ich mehrere lange Unterbrechungen machte, brachte sie kein einziges Mal eine Frage oder einen Einwand hervor.

»Danke, Maertens«, sagte sie nur, als sie begriff, dass ich nicht weitersprechen wollte.

»Ich weiß nicht, ob man von Ursache und Wirkung sprechen kann«, erinnere ich mich hinzugefügt zu haben. »Vielleicht ist es nur der Zug der Zeit, dem wir folgen und an den wir gebunden sind.«

Ich sah, dass sie nicht verstand, was ich meinte.

Plötzlich wurde der Nebel lichter. Von einer Minute zur anderen, wie es schien. Wir standen auf und gingen zurück zum Haus.

Als wir an der bewussten Stelle ankamen, hockten dort nur noch vereinzelte Möwen und hackten und zerrten an den Resten des Kadavers. Das war bei weitem nicht mehr das gleiche blutige, aufgeregte Gastmahl wie zuvor, ich weiß nicht einmal, ob Marlene es überhaupt bemerkt hatte. Vielleicht sind meine eigene Angst und der Wahnsinn der Vögel das gleiche, kam mir in den Sinn. Der alte, blinde Schreck vor dem Unbekannten, vor dem, was wir nicht sehen können.

Dem nicht Festgelegten.

Dem Namenlosen.

Später am Tag verließ sie mich für ein paar Stunden.

Um etwas in der Stadt zu erledigen, wie sie behauptete, aber ich glaube eher, dass sie einsah, dass wir eine Weile jeder für sich sein mussten, um Abstand zu gewinnen. Unser Umgang hier draußen ist eigentümlich, viel angestrengter, als ich es mir habe vorstellen können. Er erfordert so viel Konzentration, so große Aufmerksamkeit von uns beiden, dass wir es einfach nicht ohne Unterbrechung ertragen können. Obwohl wir doch meistens einfach nur schweigen oder im Beisein des anderen herumlaufen. Aber alles scheint so von Bedeutung getränkt, jedes Wort, jede Bewegung, jeder verirrte Blick besitzt so großes Gewicht, dass es teilweise geradezu lähmend wirkt. Wenn unsere Blicke ohne Absicht miteinander kollidieren, kann es scheinen, als bekäme man einen elektrischen Schlag oder eine Backpfeife. Wir werden beide von derartigen Trivialitäten erschüttert, aber Anspannung bedeutet natürlich auch, dass wir in der Lage sind, etwas zu entdecken, dass wir zu dem vorzudringen vermögen, das nach dreißig Jahren dunkler Strömungen unter den Brücken wesentlich ist. Strömungen unter unseren innersten Brücken.

Manchmal meine ich in ihren Augen etwas sehen zu können, was der Angst eines gefangenen Tieres ähnelt, dem dumpfen Trotz vor dem Tod, und ich werde dann manchmal von so einer Zärtlichkeit ihr gegenüber ergriffen, dass ich am liebsten alles sein lassen würde.

Natürlich würde niemand an so einer Entwicklung seine Freude haben, und es gelingt mir problemlos, diese Gedanken beiseite zu schieben.

Am Nachmittag tranken wir wie üblich unseren Tee im Wintergarten. Der Regen kam angetrieben und peitschte gegen das Fenster, und das Meer, das am Morgen so ruhig dagelegen hatte, rollte jetzt aufgebracht und grau. Wir saßen jeweils in unserem Korbsessel, umhüllt von unserer üblichen

Vorsicht sowie zwei weinroten Decken, und ich hatte das starke Gefühl, dass gleich jemand mit einer toten Möwe hereinkommen würde. Plötzlich sagte sie, direkt ins Schweigen hinein:

»Unser Leben ist verfehlt.«

»Natürlich«, antwortete ich, ohne zu zögern. »Aber nachdem wir das für uns akzeptiert haben, haben wir trotzdem die Wahl.«

»Die Wahl?«, fragte sie, ohne aufzusehen.

»Weiterzuleben oder nicht weiterzuleben.«

Sie zögerte eine Weile. »Sind alle Leben verfehlt?«

»Ich denke schon. Bis hin zu diesem Augenblick. Wir tragen alle in uns Vorstellungen, die uns verfälschen.«

Wieder machte sie eine Pause. Die Teetasse klapperte auf der Untertasse in ihrer Hand.

»Es ist schade um uns, dass wir es so spät einsehen.«

»Ja«, antwortete ich. »Es ist schade um die Menschen.«

Ebenso gut hätte ich etwas anderes antworten können, aber das Knarren unserer Korbstühle, das Teetablett mit dem dünnen Meissener Porzellan, die müden Palmen am Klavier, die Regentropfen, die die Fensterscheiben herunterliefen, unsere eigene Müdigkeit nach dem Spaziergang, die Dämmerung, die aus allen Winkeln hervorwuchs ... all das besaß so ein Gewicht, dass es fast ohne unser Dazutun durch uns sprach. Nach ein paar Minuten sagte ich: »*Wir werden gemeinsam miteinander gehen, das werden wir, meine Liebste, komm, lass uns von hier fortgehen! Wir werden einen neuen Garten pflanzen, einen noch schöneren, du wirst ihn sehen, und dann wirst du alles verstehen. Und eine Freude, eine tiefe, innere Freude wird sich über deine Seele senken, wie die Sonne am Abend ...*«

Eine unbedeutende Bewegung ließ mich einen Blick auf sie werfen. Ihr Kopf war auf die Rückenlehne gefallen, sie schlief tief und fest.

Jetzt am Abend habe ich mein Tagebuch noch einmal von der ersten Seite an gelesen. Zu meiner Freude stellte ich fest, dass es langsam einen gewissen Stil bekommt. Mein Krebs, der sicher einen täglichen Kommentar verdient, auch wenn es sich herausstellen sollte, dass es sich um etwas anderes handelt, weicht heute einer Beurteilung aus. Zumindest okular, nachdem ich ihn nicht sehen kann. Ich habe heute Morgen einen Verband darüber angelegt, vielleicht sollte ich den jetzt wechseln, bevor ich ins Bett gehe, aber er sieht so sauber und schön aus, dass ich ihn bis morgen dort lassen werde. Natürlich tut es weh, wenn ich drücke, aber nicht mehr als sonst.

Das heutige Buch liegt vor mir auf dem Tisch, oder besser gesagt die heutigen Bücher, da es sich um ein Werk in zwei Bänden handelt. »Über das Betrachten« heißt es und ist geschrieben von einem gewissen Mordecai Singh. Ich habe weder von dem Buch noch von dem Verfasser jemals gehört, aber ich habe es trotzdem ausgesucht, zum Teil, weil es mich an die Frau vom Friedhof erinnert, zum Teil, weil es mich in gewisser Weise an Tomas erinnert. Er hat seinen Namen nicht auf das Vorsatzblatt geschrieben wie sonst, auch nicht das Anschaffungsjahr, und für einen kurzen Moment hatte ich im Kopf, dass er es vielleicht selbst geschrieben hat. Aber es wurde schon 1965 in Berlin gedruckt, was diese Theorie ausschließt.

Auf der ersten Seite kann man jedenfalls lesen:

> *Die Welt zu betrachten, ist die untadeligste aller menschlichen Tätigkeiten. Kann man doch die Mannigfaltigkeit der Welt, ihren Sinn und ihre Schönheit nicht in der Welt finden, wie auch nicht beim Betrachter, sondern allein in der Begegnung dieser beiden.*
> *Wenn der Mensch die Welt betrachtet, tritt er aus sich heraus und wird identisch mit seinem Erlebnis. Er wird*

von der Last des Ichs befreit, das sonst danach strebt, ihn hinabzuziehen und ihn in seinem eigenen Wesen zu ersticken.
Deshalb ist es die gebotene Pflicht des Menschen, diese Begegnung zu ermöglichen, die Welt zu betrachten.
Um der Welt und um seiner selbst willen.

Mir gefallen diese Zeilen, wie ich merke, und ich lese sie noch einige Male, bevor ich ins Bett gehe, um sie mir ins Unterbewusstsein einzuprägen.

20

Wir und die Fliegen

Eine vergleichende Studie
von Tomas Borgmann

Vor mir auf dem Tisch sitzt eine Fliege.

Das ist der Ausgangspunkt. Ich auf dem Stuhl, die Fliege auf dem Tisch. Wir sitzen beide ganz still. Es ist Nacht. Der Mond tritt hinter einer Wolke hervor. Die übrigen Himmelskörper ziehen in ihrer galaktischen Gleichgültigkeit dahin.

Vorsichtig beuge ich mich vor und betrachte das Insekt aus der Nähe. Es reagiert nicht. Möglicherweise betrachtet es mich auch. Es besteht kein Zweifel für mich: Wir sind ebenbürtig. Ich und die Fliege.

Mein ganzes Wesen protestiert gegen diesen Gedanken. Es ist eine Bedrohung meiner Existenz. Ich und eine Fliege? Meine Kehle schnürt sich zusammen. Ich greife zur Feder. Beginne zu schreiben.

Um die Bedingungen klarzustellen. Die meines Lebens und die der Fliege. Ans Werk!

Ich beginne von Grund auf. An Kategorien, an Voraussetzungen für die Überlegungen gibt es vier an der Zahl: 1. Zeit, 2. Raum, 3. Materie (individualia), 4. Allgemeinbegriff (universalia). Von diesen Kategorien ausgehend können wir alles bestimmen, was in irgendeiner Art und Weise existiert. Mit ihrer Hilfe lässt sich im Prinzip was auch immer beschreiben. Meine Frage kann so formuliert werden:

Vorausgesetzt, dass sowohl die Fliege auf meinem Schreibtisch als auch ich selbst unikate Individuen sind, was ist es, das diese Einzigartigkeit konstituiert?

Es ist mein Bestreben, meine emotive Auffassung, dass ich mehr als besagtes Gewürm bin, in philosophischen Termini zu rechtfertigen. Um nichts dem Zufall zu überlassen, gehe ich vom truistisch-axiomischen Niveau aus (Reinhart, 1952):

Jede individuelle Anhäufung von Materie (ein Gegenstand) kann eindeutig von den Begriffen Zeit und Raum ausgehend bestimmt werden, da zwei Körper nicht gleichzeitig denselben Platz einnehmen können. Ein Beispiel: *Im Augenblick* (Zeit) *befindet sich vor mir auf dem Tisch* (Raum) *etwas*. Da der Tisch ansonsten leer ist (tabula rasa), ist hier zweifellos von der Fliege die Rede.

Diese Individualbestimmung ist natürlich trivial und aus pragmatischem Blickwinkel gesehen unbefriedigend. Im Folgenden werde ich diesen Typus von Bestimmung als Zeit-Raum-Aspekt bezeichnen.

Nehmen wir einmal an, dass dieses aktuelle Individuum eine Kontinuität besitzt, d.h. an und für sich selbst während mehrerer aufeinander folgender Zeitpunkte und nicht nur während einer einzigen Zeit-Raum-Kollision existiert. Das macht es wünschenswert, eben dieses in Termen von Allgemeinbegriffen (universalia) zu präzisieren, um nicht die Entität während jedes einzelnen Zeit-Raum-Abschnitts überprüfen zu müssen. Wir entscheiden uns dazu, die Erscheinung *Fliege* zu nennen, da wir eine Reihe charakteristischer Eigenschaften identifizieren können, die normalerweise unter diesen Begriff fallen. *Die Fliege* ist also insofern ein Allgemeinbegriff, kompiliert aus all den Allgemeinbegriffen, die insgesamt das Definiens des Begriffs *Fliege* ausmachen – beispielsweise die Eigenschaften Flugfähigkeit, sechsbeinig, klein, schwarz, mit Facettenaugen … Exakt festzustellen, welche Allgemeinbegriffe in die Definition eingehen müssen, ist natürlich arbiträr – eher eine Aufgabe für Naturwissenschaftler denn für Philosophen.

Wir sehen nunmehr ein, dass alle Fliegen (der gleichen Art, Familie usw.) den gleichen Satz an Allgemeinbegriffen besitzen, nicht mehr und nicht weniger. Um zwischen zwei Fliegen distinguieren zu können, benutzen wir nie die Allgemeinbegriffe im Definiens des respektiven Individuums, da sie identisch sind. Wir sind auf die unterschiedlichen Positionen der Individuen in Zeit und Raum angewiesen. Für die Unizität der Fliege ist nämlich der Zeit-Raum-Aspekt erschöpfend. Dazu wollen wir Gegenargumente suchen und gleichzeitig die Sinnwidrigkeiten betrachten:

Ich erwachte, und das Zimmer war voller Fliegen. Ich beschloss sofort, herauszufinden, welche von ihnen mich geweckt hatte, indem sie sich auf meine Nasenspitze gesetzt hatte!

Natürlich absurd. Ein besseres Gegenargument finden wir möglicherweise in Ausdrücken wie: *Diese Schmeißfliege ist mir aber ein fetter Brocken! Oder: Dieses kleine Ding von Fliege ist aber besonders ungeschickt, sie macht nicht einmal Anstalten, sich zu verstecken, wenn ich mit der Fliegenklatsche komme!* – doch auch diese beiden Anspielungen auf eine allgemeinbegriffliche Individualität können wir als unerheblich für praktisches Handeln ansehen. Stattdessen können wir explizit den Rahmen für das Leben der einzelnen Fliege formulieren:

Der Sinn des Lebens einer Fliege ist es, eine Fliege zu sein. Nichts sonst. Die spezifische Zusammensetzung der Allgemeinbegriffe zu besitzen, die sie eben gerade zu einer Fliege macht.

Sowie einen individuellen Zeit-Raum-Aspekt einzunehmen.

Die Fliege reibt sich ihr Hinterbein. Sie hat sich nicht vom Fleck gerührt. Hat nichts begriffen. Ich hätte nicht übel Lust, sie Elias zu taufen, nach einem alten Klassenkameraden, aber hieße das nicht, meine Überlegungen ad absurdum zu führen? Der Mond ist aus meinem Fenster verschwunden. Ich zünde mir eine Zigarette an und gehe dazu über, über den Gegenstand eines Schreibtischstuhls nachzudenken. Mensch, wie edel ist doch deine Vernunft.

Was ist nun der Sinn eines einzelnen Menschenlebens im Vergleich zu dem einer Fliege? Was unterscheidet sie? Was stellt uns über sie?

Selbstverständlich konstituiert sich auch das menschliche Individuum durch den Zeit-Raum-Aspekt, aber mein Bestreben ist es ja, andere Kriterien zu entdecken. Ich finde es gleichzeitig unbefriedigend und es ist mir unangenehm, dass ich gezwungen bin, die Frage Wer bist du? folgendermaßen zu beantworten:

Ich? Ich bin der Mensch, der momentan hier sitzt.

Der Weg, der sich von dieser bizarren Antwort aus bietet, ist logischerweise der allgemeinbegriffliche, aber da es unser Ziel ist, nicht zu beweisen, dass wir Menschen sind, sondern dass wir Individuen sind, müssen wir nach unikaten Zusammenstellungen suchen, nicht nach solchen, die uns als Art definieren. Hier liegt auch genau der Unterschied an sich. Im Gegensatz zu der einsamen Fliege kann der einsame Mensch in sich eine große Menge vielfach variierender Allgemeinbegriffe inkarnieren – eine so große Menge hoffentlich, dass gerade die Zusammenstellung ihn heraushebt und von jedem anderen menschlichen Individuum abgrenzt. Ihn einzigartig macht. Es mag paradox erscheinen, dass der Mensch sich dem Allgemeinbegriff zuwendet, um individuell zu werden, aber es gibt keinen anderen Weg vom reinen Zeit-Raum-Aspekt fort. Folgendes konstituiert also das menschliche Individuum:

die unikate Verschmelzung von Allgemeinbegriffen, die an seinem Punkt geschieht.

Das dürfte kaum besonders kontrovers sein. Es ist auch gar nicht meine Absicht, kontrovers zu sein. Ich möchte stattdessen einige Implikationen untersuchen.

Alle Reden von *Ich, Ego, Individualität* und so weiter bekommen erst durch eine Analyse, welche Allgemeinbegriffe im spezifischen Individuum zusammentreffen, eine Bedeutung. Entweder wir nageln das Unikate mittels des Zeit-Raum-Aspektes der Fliege fest, oder aber wir versuchen es von dem am wenigsten Individuellen von allem heraus zu erklären – dem Allgemeinbegriff, den Universalien, mit Platon – den Ideen. Daraus ergibt sich keine andere Möglichkeit, als die Individuen in Termen der Generalität zu erklären. Das ist ein Truismus. Unsere Sprache, genau wie all unser Denken, besteht von Anfang bis Ende aus Generalisierungsprozessen. Wenn wir versuchen, in die andere Richtung zu gehen, schlägt uns »Das-Ding-an-sich« an den Kopf.

Ein Allgemeinbegriff kann, wie alle wissen, unterschiedlichen Charakters sein, von einfach und undefinierbar bis hin zu zusammengesetzt und unerhört kompliziert. Wir können, mit Platon, sie uns in Hierarchien geordnet nach dem Grad der Verschachtelung, der Komplexität vorstellen. Je höher wir in so einer Hierarchie kommen, umso spezifischer, in seiner Richtung individueller, wird auch der jeweilige Allgemeinbegriff.

Davon ausgehend möchte ich vier Postulate aufstellen:

1) Jede Form individueller Existenz besteht darin, dass der Allgemeinbegriff in ein Individuum eingeprägt wird (universalia versus individualia). Das setzt sich in Zeit-Raum fort.
2) Es gibt einen mehr oder weniger konstanten Satz sehr komplexer Allgemeinbegriffe, so dass diese nur von dem individuellen Menschen geprägt werden können. Der Sinn unseres Lebens besteht darin, dieses zu tun.

3) Die sehr komplexen Allgemeinbegriffe besitzen eine Art latente Existenz in Zeit-Raum und erreichen den einzelnen Menschen in Form konkreter Handlungsmuster.
4) Je mehr wir es unterlassen, diese Ideen zu prägen, umso stärker verlieren sie ihren Inhalt, und unser eigenes Individuum wird zum Zeit-Raum-Aspekt hin getrieben.

In unserer Geschichte und unserer geistigen Genealogie sind wir zur Kenntnis der höchsten Ideen gekommen, indem sie von einzelnen Individuen inkarniert wurden. Beispiele dafür aus verschiedenen Darstellungsarten sind: Sprichwörter, Mythen, Sagen, Heldenerzählungen, Archetypen, stehende Redewendungen …

Ein gemeinsamer Nenner für die komplexesten Allgemeinbegriffe und für ihre Darstellung ist das Involviertsein der Handlung des Menschen und seiner Entscheidung vor dem Handeln. Gerade indem wir uns in spezifischen Situationen für eine Handlung entscheiden, werden Begriffe wie folgende von uns inkarniert bzw. geprägt: *Liebe überwindet alle Hürden, Einsamkeit macht stark, des Gedankens kranke Blässe, der Zweck heiligt die Mittel* und so weiter.

Unter den komplexen Allgemeinbegriffen gibt es nichts, was absolut weder an Zeit noch an Raum gebunden ist. Sie sind in jedem Land gleich, in jedem Zeitalter, auch wenn sie natürlich in unterschiedlicher Gestalt, in verschiedenen Gewändern auftreten – ebenso wie die Gestalten der Mythen, Sagen und Erzählungen von einer Zeit zur anderen sich verändern, von Kultur zu Kultur, von Volk zu Volk. Doch ein Gott ist ein Gott ist ein Gott. Und eine Rose ist eine Rose. Hier und jetzt. Dort und damals. Auch wenn das natürlich Truismen sind, da die Selbstverständlichkeit an sich das erste Fundament jeder Wahrheit sein muss.

Lassen Sie mich nunmehr einige paradoxe Folgen untersuchen, nämlich:

Der Versuch, die komplexesten Allgemeinbegriffe zu prägen (inkarnieren), macht eine wichtige Triebkraft dafür aus, dass der Mensch sich als Individuum in anderen Termen als den Zeit-Raum-bezogenen konstituieren will. Nun bedeutet ja jede Form der Prägung eines Allgemeinbegriffs einen Schritt fort vom Individuellen, fort vom »Das-Ding-an-sich« (= Das-Ding-für-mich) –, insbesondere, wenn es die komplexesten Ideen überhaupt betrifft, die beispielsweise einen langen Zeitaspekt, vielleicht eine ganze Lebensspanne umfassen. Im Extremfall kann der individuelle Aspekt verloren gehen – wie bei den Protagonisten der Heiligenerzählungen, deren Individuum und individuelles Handeln ganz und gar dem Begriff untergeordnet sind, unter den sie fallen: die Idee darzustellen, sie zu inkarnieren, die Authentizität an sich zu werden. Das Individuum wird zum Ideenträger reduziert. Inwieweit das gut oder schlecht ist, soll hier nicht diskutiert werden. Im Normalfall bewegt sich der einzelne Mensch zwischen einer Unzahl variierender komplexer Allgemeinbegriffe und befruchtet mal den einen, mal den anderen. Dennoch muss es stets sein Bestreben sein, vom Niederen zum Höheren zu gelangen sowie eine weit reichende Prägung in der Zeit zu suchen, so dass es nicht nur die isolierte Handlung ist, sondern eine Serie von Handlungen, ein wachsendes Muster an Handlungen, das seinem Leben den spezifischen Charakter gibt. Sich von exakt der gleichen Idee immer und immer wieder prägen zu lassen, ist aber auch mit Komplikationen verbunden. Auch wenn es uns nicht immer gelingt, kopierende Handlungen in ähnlichen Situationen zu vermeiden, so gibt es doch den Drang, zumindest zu versuchen, den tieferen Sinn dessen, was wir tun, zu verstärken, ihm eine höhere Bedeutung zu geben, es zu generalisieren. Wenn wir das ganz und gar ignorieren, könnten wir eines Tages an den Punkt gelangen, an dem eine Handlung sich nicht mehr von der anderen unterscheiden lässt … nicht weiter als in einer einzigen Beziehung: im Zeit-Raum-Aspekt der Fliege.

Unser Streben nach Situationen und Umständen, in denen die Ideen sichtbar werden, ist fast unbedingt. So ist unser Wesen. Der entgegengesetzte Weg enthält einen anderen Horror vacui; allein kraft der komplexen Allgemeinbegriffe kann von unserem Leben gesagt werden, dass es einen Sinn hat. De facto ist ja auch diese ewige Frage – nach dem Sinn des Lebens – ein Ruf nach den obersten Begriffen. Ausschließlich in deren Schutz kann ich überhaupt ein Muster erkennen. Nur als eine Instanz, die Inkarnation von etwas in Raum und Zeit Ungebundenem, kann mein Geist Flügel bekommen. Unser Sinn und unsere Gedanken sind ständig auf der Jagd danach: Das Auge sucht das Schöne, das Ohr die harmonischen Tonfolgen, das Tastgefühl nach dem Weichen, Angenehmen … und unsere Gedanken suchen nach Verschmelzung, einem Aufgehen, der Befruchtung. In jeder Sekunde und Situation suchen wir das Sinnvolle, Ideen. Und im Augenblick des Erfolgs gibt es keinen Zweifel. Wir wissen, dass wir dort sind, wie variierend die Umstände auch sein mögen. Sehen Sie nur:

1) *Es ist ein sonniger Morgen, und ich gehe auf den Markt, um Brot einzukaufen.*
2) *Ihm kommt eine Idee, und er bleibt am Blumenstand stehen. Er kauft ein Dutzend Rosen und bekommt das Lächeln des Mädchens gratis dazu.*
3) *Als es Abend wurde, zündeten wir am Strand ein Feuer an.*
4) *Er stürzte sich auf seinen Rivalen und begrub seinen Dolch tief in dessen Herzen.*
5) *Auf dem Kai zurück blieben mein Vater und meine Mutter, doch ich sah sie schon nicht mehr. Die Bilder des neuen Landes tanzten bereits vor meinem inneren Auge.*
6) *Es waren einmal ein König und eine Königin, die herrschten über ein weitgestrecktes, friedliches Königreich.*

Muss ich noch mehr dazu sagen? Ist eine Erklärung nötig?

Wer weiß? Ich sitze still da, meinen Entwurf vor mir ausgebreitet. Die Nacht steht dunkel außerhalb meines Lichtkegels. Meine Augen brennen. Plötzlich bemerke ich, dass die kleine Fliege nicht mehr auf ihrem Platz sitzt. Sie (wieso nehme ich eigentlich an, dass sie weiblich ist?) kriecht über meine Papiere … oder spaziert darüber, genauer gesagt. Auf jeden Fall bewegt sie sich, anfangs langsam, dann immer schneller. Ab und zu bleibt sie einen Moment lang stehen und reibt sich das Hinterbein. Dann wieder los. Immer schneller. Zum Schluss promeniert sie diagonal über den Text, ich ergreife den Stift und beginne hektisch zu schreiben, um zumindest zum Schluss zu kommen, bevor sie dort ist. Bald sehe ich ein, dass sie die Schnellere von uns beiden ist … jetzt hat sie mich eingeholt. Sie wird langsamer und folgt meiner Feder in verhaltenem Tempo, einen Zentimeter links davon, spaziert, als hätte sie alle Zeit der Welt und studiere ein Wort nach dem anderen, und jetzt … jetzt läuft sie vorbei!

Sie bleibt ein Stück tiefer auf der leeren Seite stehen. Da sitzt sie! Erneut beuge ich mich vor und betrachte sie. Sie sieht mich geradewegs an, ihr Hinterbein ist angehoben, ein Zeichen, das ich nicht verstehe. Ich bekomme den festen Eindruck, dass sie lacht. Ja, das tut sie tatsächlich … Langsam hebe ich meine geballte Faust. Erwidere ihr Lachen und senke meine Faust, bis sie etwa zwanzig Zentimeter über ihr ruht … Dann schlage ich zu.

Abb. 1: Zeit-Raum-Aspekt

Da liegt sie! Ich lehne mich zurück.
Die Nacht ist schwarz.
Quod erat demonstrandum.

21

DAS TAGEBUCH

Mittwoch

»Geblendet? Ja, ich wusste wohl, dass er Menschen blenden konnte, aber ich glaube nicht, dass ich dazu gehörte. Es ging nur alles so schnell, es schien, als müsste alles in diesen Monaten entschieden werden. Der Tod meines Vaters, meine Mutter, die das Haus Hals über Kopf verkaufte und zurück nach Chadòw zog … Sie hat wieder geheiratet, noch bevor das Trauerjahr vorüber war, wusstest du das?«

»Nein.«

»Ihre Jugendliebe, den Sohn des Apothekers, wirklich merkwürdig. Ich blieb ganz einfach zurück, und der Einzige, der sich um meine Zukunft Gedanken zu machen schien, das war Tomas. Ja, ich nehme an, dass ich nicht richtig wusste, was ich tat, aber so handeln wir nun einmal. Nicht wahr? Wir fassen unsere Beschlüsse, wenn wir dazu gezwungen sind, es zu tun, wenn wir plötzlich dastehen, und es ist jedes Mal, ja, ich meine wirklich jedes einzelne Mal, ein Schritt ins Dunkle … Wir zögern, solange es nur möglich ist, ich glaube, das liegt mehr oder weniger in unserer Natur.«

Ich höre auf zu kratzen. Strecke den Rücken. Wir haben den vierten Tag. Warmer Sonnenschein am Vormittag. Wir streichen die Fensterrahmen. Ich kratze die alte Farbe ab, Marlene pinselt, ein ruhiger, eintöniger Job, der uns jedoch in unserer Situation außerordentlich zusagt. Das Gespräch ist den ganzen Morgen ungezwungen dahingeplätschert, während der Schweigepausen können wir uns in die Arbeit vertiefen, kein Wort muss in aller Hast herausposaunt werden, und so können wir uns dem Schwierigen in Kreisen und Wiederholungen nähern.

»Nein, er hat mich nicht geblendet, absolut nicht«, fährt sie fort. »Aber ich war natürlich leichte Beute, mein Vater ist ein schrecklich dominanter Mensch gewesen, das kannst du dir ja vorstellen. Ich glaube, ich brauchte mich während meiner ganzen Kindheit nie um eine eigene Entscheidung zu bemühen. Ganz egal, mit welchem Problem ich angelaufen kam, und ich bin wirklich oft bei ihm angekommen, er hatte die Lösung. Er war irgendwie die Grundvoraussetzung für alles, ein Urgestein … Es entstand natürlich ein wahnsinniges Loch nach ihm, das ein energischer Mann füllen konnte. Ich war jung, weißt du … zwanzig.«

»Ihr seid die ersten Jahre in Grothenburg geblieben?«

»Ja, solange Tomas promovierte. Hilde wurde in dieser Zeit geboren. Ruth, nachdem wir nach Glossbrunn gezogen waren. Tomas bekam dort seine erste Stellung, das war eine … ja, das war die lebendigste Zeit, die wir hatten … so aktiv, dass wir gar nicht merkten, wie es um Ruth stand, bevor es zu spät war.«

»Zu spät? Hätte sich das heilen lassen?«

»Ich weiß es nicht. Vielleicht auch nicht. Aber …«

»Ja?«

»Aber so etwas hinterfragt man nicht weiter. Man fragt nicht, ob das eigene Kind hätte gesund werden können, wenn man selbst anders gehandelt hätte. Tomas erklärte mir das sehr eindringlich, und in diesem Punkt war ich seiner Meinung … zumindest in diesem Punkt.«

Wir arbeiteten schweigend eine Weile weiter. Die Sonne wärmte immer mehr. Die Möwen schrien wie üblich über dem Meer, ließen aber nicht die gleichen wilden, wahnsinnigen Schreie wie am Tag zuvor hören. Zwei junge Mädchen auf Pferden ritten am Strand vorbei und lüfteten artig ihre schwarzen Reiterkappen. Ich wischte mir den Schweiß mit dem Hemdsärmel aus dem Gesicht und dachte, dass jetzt ein Bier schön wäre.

»Du hast nie eine Ausbildung fertig gemacht?«, fragte ich. »Du hast doch damals Sprachen studiert …«

»Nein, ich bin nie in die Welt hinausgekommen … abgesehen von ein paar Monaten in Genf. Das war, kurz bevor wir hierher zogen, kurz bevor er zusammenbrach.«

»Zusammenbrach?«

»Ja, er erlitt eine Art Nervenkollaps. Das war der Grund, warum er sich zurückgezogen hat. Es wurde nicht darüber gesprochen, es gab keinen Grund … aber für mich bedeutete es, meinen Job aufzugeben, in einem Übersetzungsbüro, Englisch, Französisch, Italienisch. Nicht besonders anspruchsvoll, aber es gefiel mir gut dort.«

»Ist er früher schon krank gewesen?«

»Nie. Dennoch hat es mich nicht sehr überrascht. Das mag merkwürdig klingen, aber ich muss geahnt haben, dass so etwas irgendwann kommen würde. Ich glaube übrigens, dass auch Hilde es voraussah, ja, das hat sie wirklich. Nach einer ihrer ausufernden Streitereien sagte sie, als wir in der Küche saßen, sie und ich: ›Er wird eines Tages umfallen, Mama, denk an meine Worte, er wird umfallen …‹ Ich glaube, das war in Padua, vielleicht auch in Madrid.«

»Lag er im Krankenhaus?«

»Ja, aber nur für kurze Zeit. Ich war ja gezwungen, einen Arzt zu holen, als ich ihn fand, und sie behielten ihn dann ein paar Wochen lang dort.«

»Du hast ihn gefunden? Wo denn?«

»Er lag unter einer der Weißtannen in unserem Garten. Er hat die ganze Nacht mit dem Gesicht auf der Erde dort gelegen und weigerte sich zu reden. Ich glaube, er wollte dort sterben, zumindest damals.«

Ich nickte. Sie ließ den Pinsel sinken und schaute mich an.

»Du scheinst gar nicht überrascht zu sein? Habe ich Recht? Dass dich nichts überrascht?«

Ich gab keine Antwort.

»Bist du jetzt nicht langsam dran? Was ist in dem Frühling passiert?«

Ich brauchte nie das Wort zu ergreifen, denn im gleichen Moment wurden wir ein Auto gewahr, das sich vom Ort her näherte. Ein großer schwarzer Amerikaner, der sich vorsichtig schaukelnd und hüpfend über die Sanddünen vorarbeitete.

»Mein Gott!«, rief Marlene aus. »Das sind Ernestine und George. Kann ich mich noch verstecken?«

Aber es war schon zu spät. Das Auto war bereits da, eine rotgekleidete Frau sprang heraus und winkte uns mit einem zusammengerollten Regenschirm zu.

»Marlene, Darling!«

Marlene wandte sich mir hastig zu, kam ganz nahe und flüsterte: »Verschwinde irgendwohin! Ich sage, dass du ein Handwerker bist, dann brauchst du sie nicht kennen zu lernen.«

Ich legte meinen Kratzer aufs Fensterblech und knöpfte mein Hemd wieder zu. Verneigte mich leicht zur Rotgekleideten und machte mich davon.

Nach einem Spaziergang von vielleicht einer halben Stunde am Strand entlang bog ich in die Sanddünen hinein ab. Ich fand eine sonnenerhitzte Grube, zog mich nackt aus und legte mich dort zur Ruhe. Eine Weile dachte ich über das nach, was sie von Tomas erzählt hatte und wie sie ihn im Garten gefunden hatte. Ich versuchte zu erraten, wer wohl Ernestine und George sein mochten, doch bald gewannen Sonne und der warme Sand die Oberhand, und ich schlief ein.

Als ich wieder erwachte, war es nach drei Uhr, und ich spürte, wie meine Haut spannte. Ich lief zum Wasser hinunter und kühlte mich ab. Es war kälter, als ich mir vorgestellt hatte, acht, zehn Grad höchstens, und ich war gezwungen, noch einmal eine Weile in der Grube zu liegen, um wieder warm zu werden, bevor ich zurück zum Haus ging.

Sonderbarerweise kam ich genau im richtigen Moment an. Ich konnte den schwarzen Wagen hinter einem Sandhügel verschwinden sehen, Marlene stand in der Tür des Wintergartens und winkte ihm nach.

»Alte Bekannte?«, fragte ich, aber sie antwortete nicht. Ich begriff, dass sie es nicht sagen wollte, sie verzog nur leicht das Gesicht, und dann gingen wir ins Haus.

Kurze Zeit später tranken wir ein Glas Cognac in der Bibliothek. Während wir dort saßen, äußerte wohl gut und gern zwanzig Minuten lang keiner von uns beiden auch nur ein Wort. Ich bekam den Eindruck, dass sie dabei war, etwas zu verdauen, was mit dem unerwarteten Besuch zu tun hatte, versuchte aber nicht herauszufinden, was es hätte sein können.

»Wie weit bist du gekommen?«, fragte sie plötzlich. Sie warf einen Blick auf die Bücherregale.

»Ich weiß es nicht. Die Hälfte habe ich, denke ich mir. Ich gehe ziemlich gewissenhaft vor.«

Sie nickte. »Stört es dich, wenn ich hier sitzen bleibe? Denn du hast doch sicher vor, dich jetzt eine Weile den Büchern zu widmen?«

Ich hatte nichts dagegen einzuwenden.

»Vielleicht kannst du ja während der Zeit weiterberichten. Wir müssen wohl zusehen, dass wir zum Ende kommen, bevor die Woche vorüber ist, nicht wahr?«

Ich trank die letzten Tropfen aus und stand auf. Doch, ja. In diesem Punkt kann sie ganz beruhigt sein.

Gonzanis »Das Leben der Heiligen« und eine kleine populärwissenschaftliche Schrift mit dem Titel »Die Psyche des Mörders – eine Studie über die Sinneskonstitution von 50 Gewaltverbrechern« von einem gewissen L. B. Kingsley, vermutlich einem Amerikaner, machen die Ausbeute des Tages aus. Eine an und für sich ziemlich zufällige Wahl, das ist mir durchaus bewusst, doch ich bin der Meinung, dass die Werke ein gutes Gegengewicht zueinander bilden.

Vom Krebs auch heute nichts Neues. Nach dem Ausbruch vorgestern scheint er sich nunmehr stabilisiert zu haben. Ich habe einen neuen Verband angelegt. Er reagiert weiterhin empfindlich auf Berührung, nicht mehr und nicht weniger.

Bevor ich ins Bett gehe, stelle ich fest, dass nur noch drei Tage übrig sind. Ob ich am Samstag oder am Sonntag abreisen werde, das kann ich noch nicht sagen. Das wird sich zeigen, wenn es soweit ist.

Ich spüre eine gewisse Unruhe. Marlene war äußerst angespannt, als wir uns Gute Nacht sagten. Es fällt mir schwer zu entscheiden, welche Verantwortung ich wirklich in dieser Sache trage. Wahrscheinlich kann ich auch das erst beurteilen, wenn es so weit ist. Ich habe das Gefühl, dass ich alles vor mir herschiebe, aber wenigstens empfinde ich nicht mehr diesen Ekel, über den ich vor ein paar Tagen geschrieben habe.

Ich stelle fest, dass es schon nach zwölf ist, aber als ich das Licht lösche, ist es immer noch fast hell im Raum. Der Mond hängt dort draußen über dem Wasser, groß und bleich. Ich bleibe sitzen und betrachte ihn eine Weile.

Ein Mann, der am Meer sitzt und den Mond anstarrt! Es

ist wohl das Beste, wenn ich mich ins Bett lege und fest die Augen schließe. Wie sehr wünsche ich mir doch, neben eine Frau kriechen zu dürfen, die ich mein ganzes Leben lang gekannt habe.

22

Die Augen des Professors wandern über die Gruppe.

Er kann es problemlos sehen. Er hat es in all diesen Jahren sehen können und wird es sich ins Gedächtnis rufen können, solange er lebt. Da sitzen sie, die Viertsemester, ein wenig geduckt, ein wenig erwartungsvoll, und sein Blick streicht über sie … hin und her.

Zwölf Stück sind es. Wie die Apostel. Das ist kein schlechtes Zeichen.

Der Kamin in der Ecke unter Sokrates donnert, er kann es in seiner Erinnerung deutlich hören. Die Kältewelle, die über Neujahr hereinbrach, hält weiterhin an. Rinz muss hier gewesen sein und am Morgen Feuer gemacht haben. Die Eisblumen am Fenster schmelzen, und die Temperatur um den Tisch herum lässt nichts zu wünschen übrig. Absolut nichts. Mit der Atmosphäre ist es etwas anderes … anscheinend ist sie genau so, wie der Professor sie haben will. Gespannt wie eine Geigensaite.

Endlich ergreift er das Wort. Er fängt langsam an, aus der Liste vorzulesen, die er in der Hand hält. Wenn der Betreffende mit Ja antwortet, macht er eine kurze Pause, betrachtet den Kandidaten ein paar Sekunden lang und schreibt dann schnell einen Kommentar neben seinen Namen. Leon spürt, dass er unter den Achseln schwitzt. Was schreibt er da? Warum nimmt er sich so viel Zeit?

Niemand weiß es, und der Kamin donnert.

*

»Arnold Huygens?«
»Ja.«
»Leon Delmas?«
»Ja.«
Seine Augen sind wie zwei Koksstücke, die aus dem Feuer geharkt und in ganz tiefen Schnee geschleppt wurden, hat mal jemand gesagt. Das ist kein schlechtes Bild. Tief in dieser Dunkelheit kann Leon die Glut erahnen, die immer noch brennt und die sich jetzt direkt an ihn richtet. Er beißt die Zähne zusammen. Der Professor schreibt. Dann ist es vorbei.
»Jan Proszek?«
»Ja.«
»Tomas Borgmann?«
»Ja.«
Eine Extrasekunde, eine einzige. Nur ein Hauch mehr an Glut, und die Geigensaite, die noch einen Wirbel weiter gespannt wird. Bis zum Zerreißen. Dann kommt es.
»Wir und die Fliegen?«
»Ja.«

*

In der Fünf-Minuten-Pause steht man draußen im Schnee, von einem Bein aufs andere trampelnd, und raucht. Filipopov, der Nietzscheaner, saugt zufrieden an seiner Tonpfeife und kommentiert:
»Euch ist doch sicher auch der Ton aufgefallen?«
Werner und Anderson, die Schildknappen, schauen auf und warten auf die Fortsetzung. Leon schaut sich nach Tomas um. Er kann ihn nirgends entdecken, offensichtlich ist er drinnen geblieben.

»Der Ton in Hocksteins kleinem Zusatz! ›Wir und die Fliegen?‹ – eine außerordentlich ausgewogene Replik! Ich habe schon geglaubt, Borgmann würde die Fassung verlieren, aber er hat es geschafft. Bewundernswert! ›Wir und die Fliegen? – Ja.‹ Keiner von beiden ist nur einen Millimeter weit gewichen. Ich glaube, wir können uns auf ein interessantes Frühlingssemester freuen, meine Herren!«

Lübbisch kommt die Treppe heruntergehinkt. »Erste Runde im Schwergewichtskampf!«, keucht er asthmatisch in die kalte Luft. »Habt ihr's gehört?«

Proszek schnaubt. »Boxen? Du hast die Seele eines Bauern, Lübbisch, du kannst es nicht verleugnen. Hier war … hier war zweifellos die Rede von einem klassischen Vorpostengefecht. Attacke und Parade, und nichts sonst! Oder etwa nicht? Übrigens, wo ist er eigentlich, der Borgmann? Delmas, wo hast du ihn gelassen?«

Leon schüttelt den Kopf. »Keine Ahnung. Vielleicht ist er zur Toilette.«

Die Repliken werden noch einige Male gedreht und gewendet, dann geht man wieder hinein. Tomas sitzt auf seinem Platz und macht sich Notizen, da steckt er also, aber gerade als Anderson die Sache aufgreifen will, ist Hockstein zurück.

»Hinterher im Vlissingen?«, flüstert Anderson, aber Tomas antwortet nicht.

Leon lässt sich neben ihm niedersinken und hat plötzlich das Gefühl, außen vor zu sein. Es ist sowohl ein altes als auch ein neues Gefühl, und es lässt ihn den gesamten zweiten Teil der Vorlesung nicht mehr los. Gleichzeitig ist er sich nicht sicher, ob er überhaupt drinnen sein wollte.

Drinnen von was?, denkt er.

*

Sie trennen sich unterhalb der Junostatue im Leisnerpark. Vielleicht hatte Leon ja erwartet, dass sie noch in ein Café gehen, zumindest ein paar Stunden zusammen verbringen würden. Sie hatten sich während der Ferien nicht gesehen. Leon war daheim gewesen in K., Tomas hatte Weihnachten und Silvester auf dem Bischofssitz in Würgau gefeiert – aber daraus wird also nichts. Tomas hat andere Pläne, das ist ganz offensichtlich, und die Frage kommt gar nicht auf.

»Ich höre Sonntagabend von dir«, sagt er, das ist alles.

Er hebt die Hand zum Abschied und biegt ab, den gefrorenen Bach entlang. Leon bleibt einen Moment lang stehen und schaut ihm nach, dann schlägt er seinen Mantelkragen hoch, schiebt die Hände in die Taschen und macht sich auf den Weg Richtung Zentrum.

Ein kalter, rauer Wind fegt durch die Straßen, und kurze Zeit überlegt er, ob er nicht trotz allem irgendwo hineinschlüpfen und etwas Wärmendes zu sich nehmen soll. Doch nein. Es kommt nicht einmal so weit, dass er zögernd irgendwo in der Tür steht. Allein in ein Lokal zu gehen, das ist nichts für ihn. Außerdem erscheint es Leon nicht besonders verlockend, mit den anderen im Vlissingen zu sitzen, wenn Tomas nicht dabei ist, so ist es nun einmal ... nein, zweifellos ist es das Beste, einfach nach Hause zu gehen.

Er schlägt den Weg über Kooners Buchladen ein. Kauft sich einen neuen Satz Stifte und einen Schreibblock, und nach einer halben Stunde ist er wieder in seinem Zimmer im Bastilje. Er kocht sich einen starken Tee und setzt sich mit seinen Vorlesungsnotizen hin. Er liest einige Absätze, auf die der Professor verwiesen hat, schreibt seine Notizen ins Reine, geht die Literaturliste fürs Frühjahrssemester durch. Er hat alle Bücher bereits im Herbst gekauft, jetzt holt er sie aus dem Regal. Legt alles zur Ansicht auf den Schreibtisch.

Ein schöner Anblick, zweifellos, etwas rührt sich in ihm

auf Grund der Bücher. Dieses sublime Konzentrat menschlichen Strebens und menschlicher Größe, denkt er mit Hilfe geliehener Worte von einem Buchrückentext. Schön und verlockend, aber auch … erschreckend?

Ja, möglicherweise. Wird es ihm wirklich gelingen, sich das alles anzueignen? Das ist die Frage. All diese so kompliziert gearteten Gedanken.

Das meiste hat er zwar bereits gelesen, aber nur oberflächlich. Jetzt geht es darum, auf den Grund zu gelangen. Zu verstehen und zu Einsichten zu gelangen. Alles in Zusammenhang zu bringen und zu seinem eigenen privaten Besitz zu machen. Er holt tief Luft, das ist nicht immer so einfach.

Er entscheidet sich für ein ziemlich dünnes blaues Buch von E. S. Sparrow: »Wissenschaftstheoretische Elemente«, holt sich zwei Äpfel von der Kommode und streckt sich auf dem Bett aus.

*

Doch, Leon kann sich an dieses Wochenende sehr gut erinnern. Er liest Sparrow und andere, er isst zweimal unten im Restaurant, macht am Samstagnachmittag einen langen Spaziergang in die Wälder von Rymont – um dem unersättlichen Bedarf seines Gehirns an frischem Sauerstoff nachzukommen –, und er schreibt einen Brief an seine Cousine Judith, die er während der Weihnachtstage zum ersten Mal seit zwölf Jahren wieder gesehen hat.

Letzteres wird ihn am Sonntag eine ganze Weile beschäftigen, da es kein so einfacher Brief ist, den er da schreibt. Es besteht kein Zweifel, dass Judith während der kurzen Zeit ihres Zusammentreffens – drei oder vier schnell verflogene Stunden nur – etwas für Leon empfunden hat. Er muss sich jetzt darum bemühen, den Schaden so weit wie möglich zu begrenzen. Irgendwelche Ambitionen, ihr Feuer zu schüren, hat er ganz und gar nicht. Sicher, sie ist ein süßes junges Mädchen (mit einer fast greifbaren Aura unbefriedigter Lust um sich herum obendrein), aber vor der wichtigen Prüfung, die vor der Tür steht, hat er ganz einfach keine Zeit für derartige Komplikationen. So ist es nun einmal. Prämisse und Schlussfolgerung. Das mag lächerlich klingen, aber in diesem Frühling gibt es keine Zeit für Zögern und Kompromisse.

Als die Uhr von St. Jacob am Sonntagabend sechs schlägt, hat er zumindest so einiges zu Wege gebracht und begibt sich wie verabredet hinüber zu Tomas.

*

Drei lange Male läutet Leon an der Tür, aber nichts rührt sich. Er will gerade auf den Hacken kehrt machen und wieder nach Hause gehen, als die Tür weit aufgerissen wird.

Ihm bietet sich ein merkwürdiger Anblick, der noch lange in ihm haften bleiben wird. Im allerersten Augenblick erkennt er seinen Freund nicht einmal wieder. Ihm schießt sogar der Gedanke durch den Kopf, er könnte an der falschen Tür geklingelt haben. Ist das wirklich Tomas Borgmann?

Einen offenen Bademantel trägt er. Unterhosen, Pyjamajacke, er ist barfuß … die Haare stehen ihm zu Berge, die Bartstoppeln sehen in dem bleichen Gesicht fast bläulich aus. Seine Augen zeigen keinerlei Ausdruck, höchstens Verwirrung. Er bleibt stehen, lehnt sich an den Türrahmen und sieht Leon mit abwesendem Blick an. Als hätte er ihn nie zuvor gesehen und keine Ahnung, worum es eigentlich geht.

Unbewusst ist Leon einen Schritt zurückgewichen und fällt fast die Treppe hinunter, er bekommt das Geländer zu fassen und gewinnt so das Gleichgewicht wieder. Doch er findet keine Worte für seine Verwunderung, steht nur da, ebenso stumm und starrend wie Tomas. Niemals hat er sich vorstellen können, niemals hat er …

Dann kommt Tomas plötzlich zu sich. Bindet sich den Bademantelgürtel zu und lacht. Packt Leon bei den Schultern und zieht ihn in die Wohnung hinein.

»Ja, natürlich … ich habe ganz vergessen, dass du vorbeischauen wolltest. Entschuldige, hier sieht es ziemlich schlimm aus. Ich habe gearbeitet … gearbeitet wie verrückt.«

Über das ganze Zimmer liegen Unmengen von Papieren verstreut. Viele voll beschrieben, aber auch einige leere Seiten, zerknüllt oder zerrissen. Auf dem Schreibtisch sind mehrere Bücher aufgeschlagen, ebenso auf dem Sofa und den Sesseln. Vom Schlafzimmer her sind Streicher zu hören … Copland oder Janowski wahrscheinlich … mehrere Plattenhüllen fahren auf dem Boden herum. Leon schaut sich in dem Durcheinander um. Er weiß nicht, was er sagen oder tun soll. Tomas steht nur da, ist wieder verstummt.

»Was machst du da?«, bringt Leon schließlich heraus, als ihm klar wird, dass Tomas nicht daran denkt, ihn ins Bild zu setzen.

»Arbeiten, mein Lieber. Arbeiten …« Er hebt ein paar Bücher auf und lässt sich aufs Sofa fallen. »Ich habe seit Freitag ein paar Pfeifen geraucht, aber es hat auch was gebracht. Verstehst du?«

Leon schüttelt den Kopf. Erst jetzt nimmt er den Geruch wahr, der sich in seinen Nasenflügeln befindet, seit Tomas die Tür geöffnet hat … und dessen unglaublich winzige Pupillen. Zusammengezogen zu zwei Stecknadelköpfen. Pfeifen? Was für Pfeifen?

Tomas räuspert sich. »Ich will dich da nicht mit reinziehen. Ich musste einfach schreiben … um den Druck zu lösen, es gibt so einen verdammten Druck hier drinnen, kapierst du?« Er klopft sich mit den Zeigefingern auf die Stirn. »Kannst du dir vorstellen, wie anstrengend das ist, immer diese abscheulichen Umwege einschlagen zu müssen? Sich immer in diesen ganzen zähen Sumpf begeben zu müssen! Immer dieses Zeug konsumieren zu müssen, dieses vermeintlich ... dieses ... dieses ... wenn man alles von Anfang an klar vor Augen sieht! Wenn ihre Schlussfolgerungen die eigenen Ausgangspunkte sind? Dass man nicht direkt ans Ziel gehen darf ... dass ... dass ... ja, kannst du das verstehen?«

»Ja, vielleicht ... aber ...«

Leon weiß nicht, was er sagen soll. Tomas zündet sich eine Zigarette an und fängt an, zwischen den verstreuten Papieren zu suchen. Vielleicht will er Leon etwas zeigen, es scheint ganz so, aber bald ist er damit beschäftigt, drei oder vier verschiedene Texte miteinander zu vergleichen ... Leon sitzt in seiner Sofaecke und wartet. Er wirft einen Blick auf einige Seiten, die vor ihm auf dem Tisch liegen, wird aber nicht schlau aus ihnen. Gekritzel und Durchstreichungen, hinweisende Pfeile kreuz und quer überall, aber auf jeden Fall Tomas' charakteristische weit ausladende Handschrift, daran besteht kein Zweifel. Nach einer Weile geht Tomas ins Schlafzimmer und stellt die Musik aus. Er kommt zurück, setzt sich auf den Schreibtischstuhl, mit dem Rücken zu Leon.

Zehn Minuten vergehen, vielleicht eine Viertelstunde. Ohne dass einer von ihnen ein Wort äußert. In gewisser Weise ist das der sonderbarste Zeitabschnitt in Leons Leben, denn ganz plötzlich dreht Tomas sich auf seinem Stuhl herum, wendet sich ihm zu, betrachtet ihn einen kurzen Augenblick lang, steht dann auf und geht zu ihm. Umarmt ihn und gibt ihm einen Kuss.

Es ist ein harter, fast brutaler Kuss, aber nichtsdestotrotz ist es ein Kuss. Es vergehen einige Sekunden, dann kehrt Tomas an den Schreibtisch zurück und arbeitet weiter.

Als er sich nach einer Weile eine neue Zigarette anzündet, räuspert Leon sich.

»Ich glaube, ich komme lieber morgen wieder.«

Tomas dreht sich um. »Morgen? Ja, gut! Das ist ausgezeichnet ... wir treffen uns zur Vorlesung, und dann können wir hinterher ins Vlissingen gehen. Ich muss nur noch ein paar Stunden arbeiten ...«

Leon begibt sich nach Hause. Er trinkt eine ganze Kanne Tee und versucht sich wieder auf Sparrow zu konzentrieren, was ihm aber nicht so recht gelingt. Als er schließlich ins Bett geht, bleibt er noch lange wach liegen und denkt an die Sache mit dem Innen und dem Außen. Er ahnt, dass das ein ziemlich schlechtes Bild seiner Situation ist, aber er bekommt es nicht in den Griff.

23

Die Nacht ist das Spielbrett des Vergessens.

Bereits am nächsten Morgen verläuft alles wieder in normalen Bahnen. Es ist einer von mehreren knackend kalten Tagen. Zu Dozent Winckelhübes Vorlesung über Kants Kritik der reinen Vernunft findet sich Tomas auf die Sekunde genau ein, wie üblich gekleidet: Bärenmütze, langer Mantel und Schal, der über den Boden schleift. Er hört aufmerksam zu, macht sich Notizen und stellt Fragen, als hätte er nie etwas anderes getan, und hinterher gehen sie gemeinsam ins Vlissingen. Hier besteht er darauf, ihn zum Glühwein einladen zu dürfen, und erklärt, dass das, was am Wochenende passiert ist, als ein isoliertes Phänomen anzusehen ist. Eine Parenthese.

»Gewisse Kräfte haben sich in mir akkumuliert, ich war gezwungen, sie zu befreien. Du musst das verstehen, Leon, das wird sich nicht wiederholen.«

Das ist offensichtlich eine Entschuldigung, und Leon merkt schnell, dass Tomas nicht mehr zur Sache sagen will. Als er versucht, etwas über das Resultat zu erfahren, das Ergebnis von all dem, wird sein Freund schweigsam und windet sich. Er will Leon nicht an den Früchten seines Schreibens teilhaben lassen, um welche Früchte es sich auch immer handeln mag, das ist ganz deutlich. Leon drängt ihn nicht weiter, sie gehen zu anderen Themen über.

Nach einer Weile kommt Anderson vom schwarzen Sofa herangeschlendert und teilt mit, dass Filipopov mit Borgmann bei einem Glas Punsch über die Fliegen diskutieren möchte, doch Tomas schüttelt nur den Kopf. Er bezahlt, und die beiden verabschieden sich. Dann schlagen sie ihre Mantelkrägen gegen den Wind hoch und begeben sich zur Bastilje, um den alten Kant in alle Richtungen zu drehen und zu wenden. Den Kuss erwähnt keiner auch nur mit einem Wort.

*

Dann nimmt das Frühlingssemester an Geschwindigkeit zu. Im Kreis um Filipopov und Proszek wird die Frage Hockstein und Borgmann betreffend manchmal erwogen. Leon kann gar nicht umhin, etwas davon aufzuschnappen, auch wenn sie sich wie üblich in ihren eigenen Umlaufbahnen bewegen, Tomas und er. Sie sind das gleiche isolierte Duo wie während der Herbstmonate, das gleiche Gespann, aber jetzt ist zu spüren, dass man sich doch in der Gruppe über gewisse Dinge wundert.

Über »Wir und die Fliegen« beispielsweise. Natürlich ist es ein Rätsel, wie es diesem verdammten Borgmann gelungen ist, so etwas im Philosophischen Bulletin zu veröffentlichen, das doch wahrlich nicht bekannt dafür ist, Scherze abzudrucken. Andererseits ist es schwer, sicher zu sagen, was ein Scherz und was Ernst ist. Niemand hat gewagt, die richtigen Philosophen dahingehend zu befragen, die Dozenten Friijs und Niedermann, den Lektor Weill oder den Assistenten Schenk, der außerdem der verantwortliche Herausgeber ist ... und Tomas selbst, ja, er war in keiner Weise gewillt, einen Kommentar abzugeben. Er zuckt nur mit den Schultern, wenn die Frage aufkommt, oder aber er fängt an, von etwas anderem zu sprechen.

Höchstwahrscheinlich glaubt man, dass Leon weiß, wie

es sich tatsächlich verhält, aber dem ist ja nun einmal nicht so. Er ist genauso unwissend, steht ebenso im Regen wie alle anderen, und auch er begreift nicht so recht, was da zwischen Tomas und Professor Hockstein vor sich geht. Dass da eine Art von Kräftemessen abläuft, dass es eine ganz besondere Spannung und elektrische Ladung gibt, das ist ihm natürlich auch klar, aber so etwas zu bemerken, das kann ja selbst einer wie Lübbisch nicht vermeiden.

Es ist ein merkwürdiger Frühling. Es war bereits früh ein merkwürdiges Jahr.

Die Freitagsexamina machen den Dreh- und Angelpunkt der Woche aus. Und das immer deutlicher, je weiter das Semester voranschreitet. Darüber herrscht auch gar kein Zweifel. Die Freitage sind das Ziel, alles andere nur das Mittel. Und von Termin zu Termin werden das Niveau und die Stringenz ein kleines bisschen angezogen und verschärft. Der Druck nimmt zu, wie es scheint, und sowohl Leon als auch Tomas wissen, dass es einige gibt, die in der Nacht vor diesen schicksalsträchtigen Plena nicht besonders gut schlafen.

Denn es geht darum, nicht zu versagen. Sich nicht zu blamieren und keinen Blödsinn zu reden, die Worte geschickt balancieren zu können, ja, tatsächlich ist es besser, zu schweigen als falsch zu reden. Und es gibt sowieso nicht viele, die sich äußern, wenn der Professor das Wort freigibt … Leon und Tomas natürlich, Kellerby und Filipopov manchmal, aber die meisten begnügen sich, wie Leon bereits nach wenigen Wochen notiert, mit einem undeutlichen Gemurmel, einem nachdenklichen Nicken oder einer unleserlichen Notiz. Lieber das, lieber sich auf einen dicken Wollschal und eine akute Halsentzündung berufen, als das eigene Unvermögen ins Rampenlicht zu stellen. Gewiss keine heroische Taktik, aber vielleicht auch nicht ganz so schlecht im philosophischen Licht betrachtet.

Gegen gewisse Dinge kann man sich einfach nicht verteidigen. Beispielsweise gegen die Überrumpelungsattacken:

»Sie haben Bradleys Angriff auf Rozensteins Paradigmenbegriff gelesen. Nun? Trägt er oder nicht? Pro und contra! Giertz, bitte!«

Die Frage wird bereits in dem Augenblick in den Raum geworfen, in dem der Professor über die Schwelle tritt. Der Witz dabei ist natürlich, dass sie nicht einmal Zeit gehabt haben, überhaupt zu begreifen, dass er sich schon im Raum befindet … und bereits nach einer halben Minute ist allen klar (denjenigen, die es nicht schon vorher gewusst haben), dass dieses Semester Giertz' letztes Semester im Philosophicum gewesen sein wird.

Er bekommt natürlich eine gewisse Bedenkzeit (und Borgmann kann die Hand runternehmen!), aber das einzige, was zu hören ist, das ist der Kamin unter Sokrates. Es steht fest, dass der Winter sich in diesem Jahr bis weit in den März hineinziehen wird, und zumindest Ritz kann sich nicht daran erinnern, so etwas schon einmal erlebt zu haben.

»Giertz kann sich setzen!«

Hockstein macht sich Notizen. Bei jeder Gelegenheit macht er sich Notizen. Sobald sich jemand äußert oder es vermeidet sich zu äußern, kritzelt er irgendwelche Notizen auf seinen Block, der immer auf dem Tisch vor ihm liegt. Was er schreibt, das weiß man nicht. Es ist noch nie jemandem gelungen, eine einzige Silbe dieser unergründlichen Kommentare zu lesen, doch je mehr Zeit vergeht, je lauter der Kamin donnert und die Freitage sich stapeln, umso mehr wird darüber spekuliert, was dort wohl geschrieben steht. Über das Ergebnis, das zusammengetragene Gewicht, das, was schließlich den Ausschlag geben wird … oder worum es auch immer gehen mag.

Und ehrlich gesagt – je länger das so läuft, umso offensichtlicher wird es ja wohl, oder? Auch wenn Leon auf noch so merkwürdige Art und Weise fremde und objektive Sichtweisen vorzuweisen hat, so geht es doch um ihn und um Tomas. Delmas und Borgmann.

Das ist nicht zu leugnen. Jedenfalls nicht, wenn er jetzt zurückblickt, und schon damals nicht, als er mittendrin steckte. Warum Schüchternheit heucheln? Warum sein Licht unter den Scheffel stellen? Sie haben sich im Herbst hervorgetan, und das machen sie auch im Frühjahrssemester. Sie lesen alle Texte. Sie verstehen sie und können auf Fragen dazu antworten. Sie studieren Referenzen und Kommentare, zumindest soweit es möglich ist, und Tomas … ja, Tomas, er entlarvt wie üblich Widersprüche und Schwächen und findet unvorhersehbare Implikationen und Komplikationen auf eine Art und Weise, die selbst Hockstein ab und zu die Augenbrauen heben lässt. Zumindest eine.

Und das sollte nicht notiert werden? Unwahrscheinlich.

Und wer wollte den Kampf aufnehmen? Wer? Man muss zugeben, dass sie diese Frage die eine oder andere Nacht aufgreifen.

Filipopov? Nun ja, er hat gewiss so seine hellen Momente … und Jansen weist hin und wieder zweifellos gewisse Anlagen auf, aber einen wirklich einheitlichen Eindruck vermag keiner von ihnen aufzuweisen. Proszek tritt natürlich ab und zu fast so glänzend wie Tomas auf, aber im Grunde genommen hat er an Philosophie ebenso wenig Interesse wie an allem anderen. Und Lübbisch, der arme Lübbisch, der an und für sich sowohl Talent als auch Ambition hat, zumindest Letzteres, hat einmal während einer überfallartigen Attacke Anfang Februar Feuerbach und Hegel miteinander verwechselt. Eine peinliche Geschichte, bei der der Kamin so glühend heiß wurde, dass sogar Sokrates zu erröten schien. Seitdem ist Lübbisch dazu übergegangen, meistens die Stirn zu runzeln und murmelnd seine Notizen zu machen.

*

Tomas und Leon, also. Borgmann und Delmas.

Aber man kann ja nichts als gegeben nehmen. Darf keine voreiligen Wechsel auf diese vagen Prämissen ausstellen, und trotz des Grollens und der Glut gibt es natürlich noch eine Wasserscheide. Noch ein Nadelöhr.

Das Mai-Examen. Die schriftliche Abschlussprüfung.

Für die meisten ist es natürlich die Frage, sie überhaupt zu bestehen. In erster Linie durchzukommen und zu bestehen.

Doch für Tomas und Leon geht es um mehr.

Um die Empfehlung. Um Professor Hocksteins Empfehlung, doch weiterzumachen, weiterzustudieren … diesen auserlesenen Gesellenbrief. Wer weiß, ob er überhaupt in diesem Jahr ausgeteilt wird? Wenn der strenge Richter der Meinung ist, dass es nicht genügt, ja, dann genügt es eben nicht! Und Hockstein ist derjenige, der die Fragen komponiert, und Hockstein ist es, der die Antworten beurteilt. Offensichtlicher kann es nicht sein.

Das Mai-Examen. Das Zünglein an der Waage.

*

In diesen Frühlingsnächten wacht er oft auf. Bleibt dann liegen und kann nicht wieder einschlafen. Nicht lange, eine halbe Stunde, eine Dreiviertelstunde.

Doch immer in den frühen Morgenstunden.

Später, im Gefängnis, wird ihm das Gleiche zustoßen. Ab und zu. Diese schlaflose Stunde zwischen drei und vier.

Er verzweifelt und stellt sich Fragen. Sowohl in der Bastilje als auch im Gefängnis. Der einzige Unterschied besteht in dem Jahrzehnt dazwischen.

Was geht eigentlich vor sich?

Was hat er denn nie verstanden? Gibt es überhaupt einen Sinn?

*

Ja, was gibt es im innersten Inneren? Was lenkt Tomas Borgmann beispielsweise, welche Triebkräfte und welche Beweggründe? Was geht da zwischen ihm und Professor Hockstein vor sich, dieses Schauspiel, das Leon nur erahnen kann? Vielleicht ist es eine Serie kleiner, winzig kleiner Schritte, wie er manchmal glaubt, jeder Einzelne davon so diminutiv, so infinitesimal, dass es unmöglich ist, sie voneinander zu unterscheiden, deren gesammelte Existenz jedoch zu registrieren ist als ... als eine geradezu greifbare Tatsache?

Oder passiert alles ganz plötzlich? Später?

In dem Moment, als alles zusammenstürzt?

Wovon redet er? Ist im Grunde genommen alles trivial?

Die Nacht ist das Spielfeld des Unergründlichen.

*

Diese Fragen! Diese eigenartige Bewegung in der Luft in diesem kalten, unbegreiflichen Frühling, viel abwegiger, viel unwirklicher ... Gedanken, die einfach auftauchen und sich festklammern, unangekündigt und kompliziert formuliert. Gedanken, so erschrocken über die Möglichkeit ihrer Vernichtung wie alles andere Lebende. Ursache und Wirkung? Die Zielrichtung der Zeit? Die Möglichkeit einer Negation?

Und sein eigener Kopf! Wenn er nur die Bücher für eine Weile ruhen lässt, wenn er nur für einen Moment aufwacht, dann ist sie da, die Frage nach seinen eigenen Fähigkeiten. Sein Gehirn, das alles aufnehmen und in dem alles für die letztendliche Schlussfolgerung gesammelt werden soll ... wie kann das ausreichen?

Hat er wirklich – Hand aufs Herz aufs Haupt – die notwendigen Voraussetzungen? Kann er wirklich fortsetzen, die Lücken durch emsiges Lesen bis in alle Ewigkeit zu kompensieren? In bestimmten Augenblicken, wenn die Texte vor seinen brennenden Augen zu einem einzigen Sammelsurium zusammenfließen, kann er zu der Ansicht gelangen, dass es doch für jeden ganz offensichtlich sein muss, dass er in all seiner nackten Verletzlichkeit für jeden, der in der Lage ist, sich die Mühe zu machen, einmal ordentlich hinzuschauen, erkennbar sein muss. Nicht zuletzt für Professor Hockstein. Für dessen glühende Koksstücke von Augen.

Er genügt nicht. Ist nicht in der rechten Form gegossen, so einfach ist es. Er ist nur, und das ein für alle Mal, ein Produkt des schlechten Gewissens von Onkel Aris, und kein Deut mehr.

Und trotzdem, vielleicht … nein, weg mit diesen Gedanken! Es muss inzwischen halb fünf sein, er kann die Vögel draußen vor seinem Fenster lärmen hören, und morgen ist wieder Freitag … warum ist er nicht einfach dankbar, dass es trotz allem einen Punkt der Entscheidung gibt? In einem Monat wird er unter allen Umständen die Waagschale hinter sich haben, dann ist das Mai-Examen überstanden. Welchen Sinn hat es also, hier wach zu liegen und in die langsam sich auflösende Dunkelheit zu starren?

Natürlich ist es das letzte Frühjahr, und natürlich stand das schon in viel stärkerem Maße fest, als er es jemals begriffen hat, und dennoch, hier und jetzt, es ist doch alles so, wie es sein soll, oder? Sie pauken zusammen, Borgmann und Delmas, sie hocken Abende und Nächte hindurch beieinander, rauchen, lesen und argumentieren, sie gehen ins Vlissingen, zu Kraus und ins Rejmershus, wie sie es die ganze Zeit getan haben, wenn auch nicht so oft wie im Herbst. Nicht ganz so oft.

Trotzdem hat er so ein Gefühl.

*

Vielleicht hat er auch nicht so ein Gefühl. Hat nie eins gehabt. Im Nachhinein kann er das nicht mehr sagen.

Natürlich hat Tomas so seine Momente. Nicht viele, nicht

so lange, aber etwas zu bedeuten haben sie ja wohl doch? Dann zieht er sich von allen und allem zurück. Lernt in seinem Zimmer und ist für alles und alle unzugänglich … kommt ein paar Tage später wieder zum Vorschein. Ohne Bartstoppeln und stechende Pupillen, aber auch ohne ein Wort der Erklärung.

Es kommt Leon in den Sinn, dass er ihn seit einem halben Jahr kennt. Erst seit einem halben Jahr! Es ist ein Gefühl, als wäre es ein halbes Leben, und er wünschte sich, dass dem nicht so wäre.

Und übrigens, warum sollte Tomas eine Erklärung schuldig sein? Er braucht diese Tage der Isolation, nicht mehr und nicht weniger, es ist nicht Leons Sache, sich Sorgen zu machen. Hinterher ist er immer so sonderbar aufgekratzt, fast wie nach einer Art Reinigungsbad … Er kann alles, was er will, analysieren, wie es scheint, seine Zunge ist schärfer und gewandter als je zuvor, er verbeißt sich mit unbegreiflichem Enthusiasmus frenetisch in neue Probleme und Projekte.

Leon lässt ihn auch mit dieser Frage in Ruhe … denn worum es sich auch immer handelt, welch geheimnisvollen Namen der Gegner auch tragen mag, so ist es Leon klar, dass Tomas allein mit ihm kämpfen muss. In Freud und Leid? Wohl kaum. Warum sich einbilden, er könnte etwas dazu beitragen? Die Voraussetzungen sind für beide klar, sowohl für ihn als auch für Tomas, waren es schon immer, und Leon hat nie die Absicht gehabt, Tomas Borgmann auf jedem seiner neu entdeckten Pfade zu folgen, ganz gewiss nicht … das wäre ja nun wirklich vollkommen widersinnig.

Eines frühen Morgens ruft er Leon an.

»Jetzt hab ich's, Leon!«, erklärt er. »Wenn ich nur eine einsame Insel und eine bessere Schreibmaschine hätte, dann bräuchte ich nicht mehr als drei Wochen!«

Und als Leon einige Stunden später aufwacht, kann er

nicht gleich begreifen, warum er von dieser gigantischen Schreibmaschine geträumt hat, die in Wind und Wetter mitten im Atlantik herumtreibt.

Aber schließlich ist die Nacht ja auch die Schattenseite der Erinnerung.

24

Auch nach der letzten Vorlesung hat Leon immer noch keine Entscheidung getroffen.

Nach K. heimfahren oder hier bleiben und pauken? Das ist die Frage.

Die Osterferien sind zehn Tage lang. Eine Unterbrechung wäre willkommen, daran herrscht kein Zweifel, aber kann er sich das wirklich leisten? Wagt er es, die Texte liegen zu lassen und darauf zu vertrauen, dass er den Faden schon wieder finden wird, wenn er zurückkommt? Daheim bei seiner Mutter zu lernen, daraus wird nicht viel, das weiß er aus Erfahrung, also entweder ... Entweder oder.

»Komm doch mit mir nach Würgau!«, schlägt Tomas plötzlich vor, als sie gerade in den Leisnerpark einbiegen. »Ich fahre morgen früh!«

»Ja, gern, aber ...«

»Kein Aber! Wir bleiben nur fünf, sechs Tage. Nimm den Heidegger und den Machelmas mit, der Rest kann liegen bleiben!«

Und so ist die Sache entschieden. Zwar stopft Leon den Ladno und den Husserl auch noch in die Tasche, aber am nächsten Tag sitzen beide im Zug nach Osten.

*

Es wird eine sonderbare Woche, ja, er hat den Ausdruck hin und her gedreht und keinen besseren gefunden. Sonderbar. Aus Zeit und Raum geschnitten, genau so wird er sich daran erinnern … ihre Freundschaft wird nur noch einen Monat lang existieren, vermutlich, nein, ganz gewiss ist das sogar ihr Höhepunkt.

Der Höhepunkt einer Freundschaft? Vielleicht klingt das bizarr, er kann es nicht sagen. Das Wort klingt verloren, und im Laufe dieser Tage ertappt er sich immer wieder dabei, wie er peinlich berührt ist wegen des Zweifels, den er in letzter Zeit gespürt hat. Wegen seines Zögerns und der nächtlichen Überlegungen.

Der Bischof ist außer Landes, wie sich herausstellt, nun ja, Tomas hat das natürlich schon vorher gewusst. Vielleicht war das sogar eine Voraussetzung für Leons Besuch. Sie haben keinerlei Pflichten, können sich mit Hilfe von Eustacia, der rumänischen Haushälterin, die Augen und Nase wie ein Adler und ein Herz aus Gold hat, selbst versorgen.

Fast die gesamte Zeit sind sie draußen. Der Frühling ist endlich wirklich eingetroffen, die Erde schwillt unter ihren Füßen an, und der Himmel ist hoch. Sie wandern in den Bergen und angeln im Fluss, und Leon ist klar, dass man derartige Tage nur ein einziges Mal im Leben erlebt. Höchstens. Sie sprechen darüber und über die Kunst, sich in Acht zu nehmen.

Über viele andere Dinge sprechen sie natürlich auch. Über Epistemologie, über logischen Empirismus, über Quine und Lebensdorff … und es ist klar, dass diese Gespräche plötzlich einen neuen, frischeren Charakter annehmen, verglichen mit den eingeschliffenen Diskursen in Grothenburg. Auch wenn die Fragen natürlich die gleichen sind und die Antworten nicht eben sehr viel anders. Vielleicht liegt es nur an der Waldluft und dem klaren Wasser in den Fluten und an dem Sonnenlicht, dem es gelingt, dem allen einen illusorischen Schimmer von Prägnanz und Schärfe zu verleihen. Einen Hauch frischgeschöpfter Ursprünglichkeit. Oder etwas in der Art. Weiß der Teufel, denkt Leon, schönes Wetter ist bekanntermaßen der schlimmste Feind der Vernunft. Wie auch immer, jedenfalls bringt Tomas während dieser Wanderungen das Gespräch auf einen ganz besonderen Gedanken, eine einfache, ziemlich unkonventionelle These eigentlich, doch er kommt immer wieder auf sie zurück und präsentiert sie in vielen variierenden Verkleidungen.

»Zu handeln«, sagt er, »das ist alles! Etwas anderes kommt gar nicht in Frage, Leon. Wir dürfen das nie von anderen Dingen überschatten lassen. Das ist etwas Absolutes, verstehst du? Sprache ist Luft, Wissenschaft ist allerhöchstens Wasser, aber Handlung, das ist fester Boden!«

Nein, irgendwelche unmittelbaren Einwände kann Leon nicht vorbringen. Die Sonne wärmt ihm das Gesicht.

»Es gibt nur eine Art und Weise, sich selbst zu leugnen!«, ruft Tomas, um das brausende Wasser zu übertönen. »Nur eine Art, sich unverzeihlich seinem eigenen Wesen gegenüber zu versündigen. Es zu unterlassen, zu handeln!«

Leon nickt und spießt einen neuen Köder auf den Haken.

»Wir gelangen ständig an Punkte, an denen wir entweder handeln müssen oder untergehen. Sich dieser Punkte bewusst zu sein, mitzubekommen, wann wir an so einem Punkt angelangt sind, das ist das Wichtigste von allem!«

*

Auch nachdem sie wieder in Grothenburg sind, findet Tomas immer wieder Gelegenheiten, auf dieses Thema zurückzukommen. Mit wachsender Begeisterung, wie Leon meint, und mit einem Eifer, sein Gegenüber zu überzeugen, der ihm gar nicht ähnlich sieht. Die Flora der Anwendungsmöglichkeiten und Beispiele ist reichlich wildgewachsen:

»Als ich neu hier in der Stadt ankam, da habe ich an einem dieser lauen Abende einen Spaziergang durch das Universitätsviertel gemacht. Unbewusst oder bewusst richteten sich meine Schritte aufs Philosophicum, und als ich mich ihm näherte, da sah ich zu meiner Verwunderung, dass in der Bibliothek eine Lampe brannte. Wer kann das sein?, fragte ich mich. Es war schon nach sieben Uhr, im August. Ich blieb einen Augenblick draußen auf dem Fußweg stehen und dachte nach. Was sollte ich tun? Einfach weiterlaufen oder hineingehen und nachsehen? Nun, du weißt, was daraus geworden ist!«

Das kann Leon nicht leugnen, und er tut es auch nicht.

*

Dann kommt dieser Abend.

Zwei oder drei Tage nach ihrer Rückkehr aus Würgau geschieht es. Leon meint sich zu erinnern, dass es der letzte Ferientag ist. Sie sitzen an ihrem üblichen Tisch bei Arno's. Den ganzen Nachmittag haben sie in der Bibliothek zugebracht und mit Russell gekämpft. Tomas hat versucht, Frege zu rehabilitieren, aber nicht ernsthaft, nur zum Scherz, als Herausforderung und um das Ganze etwas spannender zu machen, wie Leon vermutet.

Sie haben sich gerade hingesetzt. Worüber sie sprechen, daran kann Leon sich nicht mehr erinnern. Auf jeden Fall werden sie von der kleinen Glocke über der Tür unterbrochen, die läutet. Neue Gäste sind auf dem Weg hinein. Noch ist es früh am Abend, und die meisten Tische sind unbesetzt … sie unterbrechen also ihr Gespräch, aus welchem Grund auch immer, strecken sich ein wenig und werfen einen Blick zur Tür, um zu sehen, wer da wohl hereinkommt.

Zwei junge Damen treten ein – oder besser gesagt, junge Mädchen. Keine von ihnen kann auch nur einen Tag älter als zwanzig sein. Leon ist sich sicher, dass er keine von beiden vorher gesehen hat, spürt jedoch, wie sein Mund trocken wird. Er spült sich mit einem Schluck Weißwein den Gaumen, auch Tomas sitzt schweigend und konzentriert da … eines der Mädchen, die Dunkle, hat etwas an sich, was dazu führt, dass sie den Faden verlieren, alle Fäden. Hier zu sitzen und sich über irgendetwas zu unterhalten, erscheint mit einem Mal nicht besonders wichtig, und als die Mädchen einen Tisch weiter im Inneren des Lokals gefunden haben, wendet Tomas sich Leon zu.

»Jetzt!«, sagt er, und Leon bemerkt, wie verbissen sein Freund aussieht. Die kleine Ader, die sich manchmal an Tomas' linker Schläfe zeigt, pocht. »Wir befinden uns an dem Punkt! Sehen wir zu, dass wir uns selbst Gewalt antun!«

Er lächelt dabei nicht einmal.

Dann begeben sie sich zu den beiden Neuankömmlingen, und schnell ist man sich einig. Es ist ja eigentlich nur von Vorteil, zu viert an einem Tisch zu sitzen statt nur zu zweit.

Das blonde Mädchen heißt Marieke, wie sich herausstellt, und sie wohnt nicht in Grothenburg. Sie ist nur für ein paar Tage zu Besuch hier, bei ihrer Cousine, die identisch ist mit dem anderen Mädchen.

Dem dunklen.

Deren Name Marlene ist.

25

DAS TAGEBUCH

Donnerstag

Träumte heute Nacht vom Schweigen. Ein eigenartiger Traum, der mir immer noch nachhängt. Es ist erst Vormittag, ich sitze in der Bibliothek und schreibe. Marlene ist in den Ort gegangen, um wieder etwas zu erledigen, sicher bleibt sie für mehrere Stunden fort. Der Wind weht kräftig vom Meer her, ab und zu kommen Regenschauer. Ich habe im offenen Kamin ein Feuer angezündet, in meinen Schultern und Beinen spüre ich eine schwere Müdigkeit, und meine Augen brennen. Gleich will ich mich auf dem Sofa vor dem Feuer ein wenig ausstrecken, ich will nur vorher den Traum aufschreiben.

Ich befand mich auf einer unendlichen, wüsten Ebene

Sie erstreckte sich so weit, dass der Horizont einen ununterbrochenen Bogen bildete. Nur ein paar vereinzelte, entfernt stehende Bäume zeichneten sich vor einem bleichen, trostlosen Himmel ab. Ich muss schon lange in dieser Landschaft gewandert sein, denn meine Füße taten mir weh und der Rucksack auf meinem Rücken war schwer vor Sorgen. Wohin ich auf dem Weg war und warum, davon hatte ich nicht die geringste Ahnung, ich wusste nur, dass das Ziel wichtig war. Dass es sicher der Mühe wert war.

Deshalb wanderte ich weiter in diesem Unveränderlichen. Ab und zu lagen Knochen und Skelettteile toter Tiere auf dem Boden herum. Das einzige Lebendige, was mir über den Weg lief, das waren die kleinen grünschwarzen Eidechsen, die hin und wieder in Spalten verschwanden und zwischen den Steinen hindurchhuschten. Es waren auch diese schnellen kleinen Tiere, die die ersten Geräusche von sich gaben.

Als ich endlich dieses Klappern bemerkte, diesen leisen, doch durchdringenden, fast metallischen Laut, der in abwechselnd steigenden und fallenden Tonfolgen wie Wellen über die Ebene fegte, blieb ich stehen. Ich lauschte aufmerksam dieser ganz besonderen Musik, dann nahm ich den Rucksack ab und setzte mich auf einen Stein. Bald schien es mir, als wäre das ganze Weltall von dem sonderbaren Gesang der Eidechsen erfüllt, der mir anfangs schön erschien, aber mit der Zeit immer bedrohlicher wurde. Stetig nahm er an Intensität zu. Nach einer Weile, ich hatte inzwischen die Augen geschlossen und meinen Kopf in die Hände gestützt, konnte ich auch Stimmen vernehmen, zuerst leise und weit entfernt, ein Gemurmel menschlicher Stimmen nur, das dann immer stärker und kräftiger wurde, und obwohl es Tausende und Abertausende gewesen sein mussten, konnte ich sie dennoch alle deutlich voneinander unterscheiden. Nicht die Worte und ihre Botschaften an sich, aber die Quelle – diese einzigartige, individuelle Flut aus Licht. Und deren Tonart, jede einzelne, spezielle Tonart, jeden individuellen Klagelaut und jedes Gebet. Alles zusammen näherte sich schnell und unerbittlich, dieses Surren der Eidechsen, eine Flut aus Licht und unbarmherzigen Geräuschen, die den Raum erodierten. Diese Stimmen, immer lauter, immer aufdringlicher, immer donnernder vor Angst und Leiden.

So trug es sich zu. Mit einer ständig steigenden Intensität, bei der ich häufig das Gefühl hatte, dass jetzt die Grenze erreicht sein musste, jetzt konnte es nicht näher kommen, nicht noch stärker werden, jetzt musste ich ausgelöscht werden!... und dennoch setzte sich alles in einer unerträglich lang gestreckten Spirale fort, und als die Schwelle endlich überschritten war, hatte ich schon seit langem aufgegeben. Alles. Meinen Auftrag und mein wichtiges Ziel und alles.

Ich lag unter dem Schweigen begraben.

Ich lag auf dem Rücken unter dem gewaltigen Schweigen, und als ich die Augen öffnete, sah ich Tomas Borgmanns verhärmtes Gesicht, wie ich es damals gesehen hatte. Mit scharfen Pupillen, den Mund zu einem schmalen, entschlossenen Strich zusammengepresst.

Und alles ist so leise, dass ich seine Gedanken hören kann. Als läge ich nicht unter seinem Gesicht, sondern irgendwo in seinem Kopf. Ja, ich drehe mich und rolle weich in einem dunklen, stummen Hohlraum herum, und die Bedeutungen und der Sinn dringen nicht mittels meiner Sinne zu mir, sondern ganz direkt, als wären sie von mir selbst geboren worden und nicht von ihm. Diese Gedanken am Ende des Weges.

Zum Schluss gibt es nur noch das Schweigen, wie es heißt.

Jedes Wort, das gesagt und ausgesprochen wurde, hat alle getötet, die nie gesagt wurden.

Jede Handlung, die ausgeführt wird, vereitelt diejenigen, die stattdessen hätten ausgeführt werden können.

Allein im Schweigen finden sich alle Worte und Ausdrücke wieder.

Allein in der Ruhe und im Betrachten leben alle noch denkbaren Handlungen.

Und dann erhebt Tomas sich und macht sich auf den Weg, fort, in die trostlose Landschaft hinein. Nur ein einziges Mal dreht er den Kopf, um zu sehen, ob ich zurückbleiben will, und mir wird klar, dass ich ihm folgen muss. Er ist bereits weit entfernt, als ich auf die Beine komme, und ich kann mich nicht so schnell wie er über das steinige Gelände fortbewegen, aber dennoch folge ich ihm. Ich habe einen schweren Rucksack zu tragen, und eine große Müdigkeit bedrückt mich, aber ich folge ihm.

Und viele Türen muss ich öffnen, und lange Treppen führen mich hinab. Es ist merkwürdig, wie viele Treppen es in dieser Landschaft gibt, und dann auch noch so ungemein steile Treppen.

Aber schließlich bin ich angekommen. Tomas ist verschwunden. Ich stehe in der dünnen Dunkelheit neben einem Bett. Der Mond wirft sein blasses Licht durch einen Spalt zwischen den hellen Gardinen, zeichnet einen Lichtstreif auf einen nackten Arm. Mir wird klar, dass es Marlene ist, die da liegt.

In diesem Augenblick wache ich auf, und ich stehe wirklich dort. Ich gerate ins Wanken und falle fast auf sie, kann mich aber am Bettpfosten festhalten. Sie bewegt sich ein wenig, und ich halte den Atem an. Ich kann ihren Kopf nicht vom Kopfkissen unterscheiden, er liegt im Dunkeln, aber ich meine hören zu können, dass sie den Atem anhält.

Vielleicht. Ich kann unmöglich sagen, ob sie schläft oder wach ist. Ich wage nicht, mich zu bewegen. Stehe vollkommen still und halte mich so krampfhaft am Bettpfosten fest, dass meine Finger langsam einschlafen.

Lange Zeit stehe ich dort und versuche ihr Gesicht in der Dunkelheit auszumachen.

Um zu sehen.

Und dann plötzlich. Aus dieser Schwärze ein Aufblitzen.

Ein einziges Aufblitzen aus ihren Augen, so dass ich es weiß. Sie sieht mich. Ich bleibe stehen und warte. Ich stehe neben Marlenes Lager nicht einmal eine Armlänge entfernt und warte, ich weiß nicht, auf was. Ich spüre ihren Blick in der Dunkelheit, und das Schweigen zwischen uns ist stark und mächtig.

Und alles lässt auf sich warten. Der Augenblick tritt aus seinen Ufern. Ich schließe die Augen und versuche mir vorzustellen, wie sie die Hand nach mir ausstreckt, weiß jedoch, dass nichts Derartiges eintreffen wird.

Dann holt sie plötzlich tief Luft, ein einziges Mal, und mit einem Mal bin ich ganz ruhig. Ich weiß, dass keiner von uns dieses Schweigen, dieses Bündnis brechen wird. Wir werden uns nicht eingestehen, dass das geschieht, was geschieht, und wir werden es uns nicht eingestehen, wenn die Nacht vorüber ist.

Bevor ich sie verlasse, versuche ich dennoch, etwas in einem eher rationalen, lichtempfindlichen Modus zu sehen, doch als Einziges taucht die altvertraute Suggestion vom Auge des Pferdes auf.

Das Auge des Pferdes. Genau das kommt in der Nacht auf mich zu, die unverstellte, unausgesprochene Frage des stummen Tieres, dieses Bild, bei dem ich so oft gestrandet bin. Ich weiß nicht, was es bedeutet. Begreife nicht, welche Anklage es für mich bereithält.

Dann lasse ich den eisernen Bettpfosten los und schleiche mich davon. Eine Bodendiele knarrt, hinter mir dreht Marlene sich auf die Seite.

In dieser Nacht kann ich nicht mehr schlafen. Ich liege da und wälze mich hin und her bis zum Morgengrauen. Marlene ist früh auf und macht Frühstück, über den Tisch in der Küche hinweg vermeiden wir es, uns anzusehen, die Worte kommen nur zögerlich. Dennoch scheint es, als gäbe es eine neue Form des Einverständnisses zwischen uns, jedenfalls bilde ich es mir ein, und ich bitte sie, auf meine Rechnung im Ort einen guten Wein zu kaufen.

26

Wenn es stimmt, was man sagt, dass die Liebe den Hunger stillt, ja, dann ist er bereits verliebt, als sie dort bei Arno's sitzen.

Er isst nichts, er trinkt nichts; stochert nur ein wenig in der indonesischen Safranente, die einzig für mindestens vier Personen serviert wird, und das Eis schmilzt. Und jetzt, jetzt in der Nacht, als die Sterne sich hinter dunklen Wolken verstecken, sind es nicht die alten, üblichen Fragen, die ihn wach halten, sondern das Bild von ihr.

Marlene.

Eine schönere Frau hat er nie gesehen, das ist schon einmal klar. Das hätte er sich kaum vorstellen können. Wie anders, wie lebendig und neu sie doch ist, wie unwiderstehlich voller Frische und Ursprünglichkeit … es ist fast unbegreiflich. Unbegreiflich, dass sie überhaupt von gleicher Art, Kategorie und gleichem Geschlecht sein kann wie all die anderen, die er in Cafés und Restaurants getroffen hat – wie soll er sie beschreiben?

Von oben nach unten? Warum nicht?

Das Haar ist dunkel, halblang und in einer lockeren, schlichten Frisur geschnitten, deren Namen er nicht kennt, wenn Frisuren überhaupt Namen haben. Ihr Gesicht ist blass und empfindsam, der Mund schön geformt und ausdrucksvoll, die Augen braun, tief und voller Wärme, ohne

Vorbehalt kann man geradewegs in sie hinein sehen, ohne Unruhe … nein, jetzt hat er schon einen Fehler gemacht, natürlich sitzen die Augen über dem Mund, er kann ebenso gut gleich aufgeben.

Und was er auch nicht verstehen kann: wie es möglich ist, dass er sie bisher nie gesehen hat. Denn sie wohnt ja hier in der Stadt, studiert romanische Sprachen im zweiten Jahr, nimmt zwar nur wenig am Studentenleben teil, das gibt sie zu, aber dennoch muss er sie doch schon einmal gesehen haben, oder? Irgendwo im Gewühl … auf dem Markt, im Buchladen, während der Festivaltage. Wie so etwas hat stattfinden können, ohne dass er sie bemerkt und sich eingeprägt hat, das ist ihm ein Rätsel. Das kriegt er einfach nicht in seinen Schädel. Das ist widersinnig. Sicher, er war ein einsamer Wolf, aber trotzdem hat er doch wohl Augen im Kopf, oder?

Außerdem … ja, außerdem ist da etwas Besonderes. Etwas, das er fast zu identifizieren meint und das eine ganz besondere Saite in ihm anklingen lässt. Vielleicht ist es einfach nur ihre Art, den Kopf auf dem schlanken Hals zu bewegen, oder die Haltung ihrer Schultern … so eigentümlich vertraut erscheint es ihm, dass er meint, es müsste ihm jeden Moment absolut klar sein.

Aber dem ist nicht so. Nichts ist klar. Worum es eigentlich geht, dieser Frage kann er sich in dieser wolkenverhangenen Nacht nicht einmal nähern.

*

Dafür wird es ein paar Tage später umso klarer, als Tomas kommt, um ihn zur morgendlichen Vorlesung abzuholen.

»Weißt du, wer sie ist?«

»Wer?«

»Marlene.«

»Wie meinst du das? Wer sie ist?«

»Nun ja. Sie ist Hocksteins Tochter.«

Er schüttelt das Wasser vom Regenschirm. Leon muss sich an der Wand abstützen.

»Das ist … das ist unmöglich«, bringt er gerade noch heraus.

Tomas lacht. »Warum sollte das unmöglich sein?«

»Woher willst du das wissen?«

»Weil sie es mir erzählt hat. Wir sind gestern Abend im Theater gewesen. Anschließend habe ich sie nach Hause gebracht, und da ergab es sich von selbst, dass ich sie nach ihren Eltern gefragt habe, findest du nicht?«

»Mm.«

»Eigentlich lustig, dass ich sie bis jetzt nie nach ihrem Nachnamen gefragt habe.«

Leon nickt und schluckt. Schluckt und nickt. Lässt die Wand los, beginnt nach seinen Schuhen zu suchen und spürt, wie ihm die Röte ins Gesicht steigt.

»Was war das denn für ein Stück … ich meine, ich dachte, du wolltest Wittgenstein lesen?«

»Den musst du mir auf dem Weg zusammenfassen. Denn du hast ihn doch wohl durchgeackert?«

»Ja, natürlich …«

»Nun komm schon! Wir haben nur noch eine Viertelstunde.«

Leon schaut auf die Uhr und stopft seine Bücher in die Aktentasche. Stellt fest, dass er erst einen Schuh anhat.

»Regnet es?«

»Nee, mir ist der Regenschirm in den Bach gefallen.«

Steht Tomas da und lacht ihn aus? Leon wagt es nicht, den Blick zu heben und sich selbst zu überzeugen. Seine Wangen brennen.

Marlene die Tochter von Professor Hockstein.

Tomas und Marlene im Theater.

Ja, das war natürlich klar.

*

Natürlich ist es klar, dass es Tomas und Marlene sind.

Warum sollte Tomas entgangen sein, was ihm selbst nicht entgangen ist? Sie befanden sich schließlich am gleichen Punkt. Einer von ihnen ist weitergegangen, der andere … so ist es nun einmal. Genau so. Aber was soll's, vielleicht ist es nur gut so. Leon vergisst alle Scham und vergräbt alles in einer dunklen Ecke seiner Seele, versteckt die ganze Seele in einer dunklen Ecke von Kierkegaard. Was soll's, es konnte gar nicht besser kommen, jetzt kann er sich in diesen letzten Wochen ganz auf seine Aufgaben konzentrieren. Wo er doch sowieso keine Komplikationen wünscht. Gesagt, getan. Warum sich grämen? Warum weiter darüber nachgrübeln? Und übrigens: Gibt es einen unphilosophischeren Zustand als den der Liebe? Wohl kaum. Das war's also. Exit Leon, finis.

Plötzlich ist Tomas auch an den Abenden verabredet. Das ist neu. Leon sieht ihn fast überhaupt nicht mehr, andererseits sieht er ja sowieso so gut wie keine anderen Menschen. Was er tut?

Er liest. Leon Delmas liest.

Tage und Nächte hindurch. Wie nie zuvor.

Die Vorlesungen sind beendet, und Leon liest. In seinem Zimmer in der Bastilje sitzt er von morgens bis abends, von abends bis morgens, und er liest, dass ihm die Augen brennen und aus den Höhlen quellen wollen oder sich zumindest vor dieser Riesenmenge von Worten abwenden wollen, Worte, Worte, Worte, und manchmal fragt er sich, und das in immer kürzeren Zeitabständen, ob es überhaupt eine Wirklichkeit außerhalb dieser Texte gibt. Luft oder Wasser oder fester Boden? Ob noch etwas anderes existiert und ob es in diesem Fall irgendeinen Zusammenhang zwischen diesem Etwas und diesen Worten und diesem zweifellos abgenutzten, durchscheinenden Raster gibt, das sein eigenes Bewusstsein ist. Das alte Problem der Existenz der Außenwelt bekommt plötzlich ein ganz konkretes Gewicht. Er entdeckt es immer deutlicher zwischen den Zeilen und fragt sich immer häufiger, ob er nicht dabei ist, eine Grenze zu überschreiten, nach der es keine Rückkehr gibt ... oder hat er sie womöglich bereits passiert? Woher soll er das wissen? Was ist das Kriterium dafür?

Er seufzt und geht ins Bad, um seine Augen im kalten Wasser zu kühlen.

Welche Rolle spielt das? Bald wird sowieso alles vorbei sein.

Bald.

*

Die Walpurgisnacht feiern sie zusammen, das ist immerhin etwas. Marlene ist natürlich dabei und noch ein paar andere Bekannte. Sie sitzen im Restaurant Mefisto. Leon ist noch nie dort gewesen, es ist eigentlich kein Studententreff. Die Stimmung hier ist eine andere, gepflegter. Die Tischdecken sind eine Spur weißer, das Essen eine Spur teurer. Und die Gespräche und das Lachen klingen wohl auch etwas anders, wenn man ein Ohr dafür hat. Und Tomas? Tomas benimmt sich doch auch nicht so wie sonst, oder?

Etwas Neues ist auf dem Weg. Etwas Altes endet, oder etwa nicht?

Übergangszeit. Häutungszeit.

Aber im Nachhinein erinnert er sich in erster Linie an Marlenes Ohrringe – wie zwei dunkle Blutstropfen vor ihrem schneeweißen Hals ... und die Schmelzer-Affäre, die in der letzten Woche aufkam und aufgedeckt wurde und die ein unvermeidliches Gesprächsthema ist. Tomas vertritt ausnahmsweise einen Standpunkt, den keiner der anderen versteht und niemand mit ihm teilen will, er versucht die beiden Offiziere in Schutz zu nehmen, aber wie sehr er sich auch anstrengt, er findet kein Gehör.

Vielleicht ist er auch nicht so recht bei der Sache. Man trinkt an diesem Abend ziemlich teure Weine, und er scheint interessierter daran zu sein, die richtige Rebsorte und den richtigen Jahrgang als Verbündete zu gewinnen, wie es scheint. Leon selbst macht sich weder aus dem einen noch aus dem anderen etwas. Er versucht Marlene anzuschauen, ohne sie direkt anzusehen. An sie zu denken, ohne an sie zu denken. Er wünschte, er wäre irgendwo anders. Weit entfernt, mindestens auf der anderen Seite der Wand.

Neun Tage, nur noch neun Tage verbleiben.

*

Zweimal trifft Leon Marlene. Das ist alles.

Alles im wahrsten Sinne des Wortes. Das erste Mal ist eine Laune des Schicksals. Während einer Zugreise über die Alpen ereilt den Bischof Borgmann plötzlich akutes Herzversagen. Er wird ins Innsbrucker Krankenhaus eingeliefert, Tomas erfährt davon und muss sich Hals über Kopf auf den Weg machen. Nach nur wenigen Tagen hat der Vater sich erholt, der Sohn kann heimkehren, doch während dieser Zeit, während dieser kurzen Abwesenheit, hat Leon seine Chance. Man hatte einen Tisch bei Chez Hugo bestellt und wollte nicht so kurzfristig absagen. Tomas bittet Leon, doch einzuspringen, und also sitzen sie da, Marlene und er. Sie essen, trinken und unterhalten sich, und alles verläuft in Bahnen, dass er sich fragt, ob … ja, er weiß nicht mehr, was er sich eigentlich fragt. Anschließend bringt er sie nach Hause an der Langgracht entlang und wünscht sich, er könnte diesen Spaziergang bis in alle Ewigkeit ausdehnen. An ihrer Haustür angekommen umarmen sie sich, länger als die Höflichkeit erfordert, wie er schon meint, deutlich länger, und als er sie loslässt, bittet sie ihn, ihnen, das heißt Tomas und ihr, doch in der folgenden Woche beim Besuch des Brandenburgischen Konzertes Gesellschaft zu leisten.

Leon verspricht, darüber nachzudenken, und verlässt sie.

*

Das schriftliche Abschlussexamen in Philosophie für die Studenten des vierten Semesters ist schon seit langem für den zwölften Mai angesetzt, einen Montag. Am Donnerstag, dem achten, dem Tag vor Professor Hocksteins letzter Prüfung, widmet Leon kaum eine Sekunde den Büchern. Stattdessen geht er zu Wlachmann's, dem Herrenausstatter, kauft sich einen neuen Anzug, ein weißes Hemd, Strümpfe und einen schmalen Schlips. Er sucht außerdem den Friseur auf, lässt sich die Haare schneiden und legt sich ein neues Rasierwasser zu. Zwei Stunden verbringt er im römischen Bad.

Er spürt eine eigentümliche, unterdrückte Erregung in sich. Zurück in seinem Zimmer macht er sich mit äußerster Akribie zurecht; er will gar nicht nachrechnen, wie lange er vor dem Spiegel steht ... er steht da, schließt die Augen und öffnet sie wieder ohne Vorwarnung, nur eines und dann wieder beide zugleich, um festzustellen – wenn es denn möglich ist –, wie er aus dem Blickwinkel eines anderen Menschen aussieht. Das Experiment verschafft ihm nicht viel Klarheit, dann macht er sich auf, viel zu früh, aber dann wird es doch irgendwann Viertel vor acht, und er trifft Marlene und Tomas unter den Kolonnaden vor dem Eingang zum Konzerthaus. Marlene legt ihm eine Hand auf den Arm. Vertraulich, wie es ihm scheint.

»Danke für letztes Mal.«

»Ich bin derjenige, der zu danken hat ... dem Bischof auch.«

Tomas lacht, doch Leon bemerkt, dass er ihn verwundert ansieht. Sie drängen hinein. Marlene grüßt nach rechts und links. Tomas auch. Was Leon betrifft, so sieht er in dem Gedränge kaum vertraute Gesichter, heute Abend sind keine anderen einsamen Wölfe unterwegs. Sie finden ihre Reihe und setzen sich.

Die Plätze sind ausgezeichnet, nahezu die besten im ganzen Saal, erster Rang, erste Reihe. Marlene sitzt zwischen ihnen, bis Tomas ist es weit, wenn Leon die Augen schließt und sich gegen den weichen Samt des Stuhlrückens lehnt, kann er ihr Parfüm riechen, das sich erfolgreich mit seinem eigenen neuen Rasierwasser mischt. Der Dirigent kommt auf die Bühne, das Licht wird gedämpft, der erste Geiger hervorgehoben, der Applaus legt sich und dann! Johann Sebastian Bach, Das Brandenburgische Konzert Nummer eins! Ihr Knie lehnt sich an seines …

*

Wie viele Stunden seines Lebens hat er damit verbracht, an diese Berührung zu denken?

Marlenes Knie, das sich gegen seines drückt … absolut bewusst und vollkommen ruhig. Genau in dem kurzen, konzentrierten Moment, in dem der Dirigent die ersten Takte anschlägt, mitten in diesem erwartungsvollen Schweigen … lehnt sie ihr Bein an seines.

Und lässt es dort das ganze Konzert über. Während gut zwei Stunden strömt sie in gewisser Weise in ihn hinein, sie in ihn, er in sie. Durch diesen sonderbar leichten Kontakt berührt sie ihn in einer Art und Weise, wie kein anderer Mensch zuvor ihn je berührt hat. Weder früher noch später.

Seine Aufmerksamkeit ist so stark, allein darauf gerichtet, so dass alles andere an ihm vorbeirauscht, diese einzigartige Kontrapunktik, diese wogenden Harmonien, dieses tausendköpfige Publikum, dieser wollüstig tiefrote Konzertsaal … nichts erreicht ihn, nur das.

Und er begreift, dass sein ganzes Leben, sowohl vor als auch nach diesen Stunden, nur ein einziges Ziel haben kann.

Diesen Zeitraum zu erfassen.

Zu ihm hinzuführen und ihn zu erinnern und sich ins Bewusstsein zurückzurufen. Während er dort sitzt, wünscht er sich erneut, dass die Zeit in ihrem ewigen, trostlosen Fluss innehalte, dass Bach mindestens hundert Brandenburgische Konzerte statt der lächerlichen sechs geschrieben hätte, dass er in diesem Zustand für alle Ewigkeit verbleiben könnte.

Natürlich gibt es auch eine leise und nicht besonders durchdringende Stimme, die ihm ab und zu ins Ohr flüstert, dass hier ja trotz allem nur die Rede von zwei Beinen ist, die sich gegeneinander lehnen, aber warum sollte er solch dürftigen Tonfolgen lauschen?

Als alles vorbei ist, als der letzte Applaus sich gelegt hat und es Zeit ist aufzustehen, da begreift er nicht, wie ihm das aus eigener Kraft gelingen soll, so erschöpft fühlt er sich.

Doch da sieht sie ihn an, und das genügt.

*

Ja, ist es nicht das, was ihn später nicht zusammenbrechen lässt? Was ihn die Prozedur der Festnahme, das Verhör und die Wochen der Gerichtsverhandlung ertragen lässt … Was Letzteres betrifft, sind da natürlich auch noch Tomas' Augen. Der unverwandte Blick des Freundes dort hinten in der dritten Bank. Ja, während es geschieht, ist es genau das, worauf er sich konzentriert, doch später, sehr viel später, da meint er zu wissen, dass es trotz allem das Brandenburgische Konzert war, das ihm die meiste Kraft gegeben hat und dafür sorgte, dass er am Leben blieb. Es ist der Gedanke an Marlenes Bein an seinem während dieser magischen Stunden, der ihn durch die Gerichtsverhandlung trägt, durch die Schande und durch die erste schwere Zeit im Gefängnis.

Denn in der gerichtspsychiatrischen Klinik ist Tomas ja nicht in der Nähe.

»Sie geben also ohne alle Umschweife zu, dass Sie Professor Hockstein getötet haben?«

»Ja.«

»Aber Sie hatten überhaupt keinen Grund, es zu tun. Denken Sie wirklich, dass wir Ihnen das glauben? Sind Sie ernsthaft der Meinung, dass ein gesunder Mensch so handelt?«

Und er korrigiert. Zum tausendsten Mal.

»Entschuldigung, aber ich habe nie behauptet, dass es keinen Grund gibt. Ich habe nur gesagt, dass ich keinen nennen werde.«

»Decken Sie jemanden?«

»Das möchte ich nicht beantworten.«

»Warum?«

»Auch das möchte ich lieber nicht beantworten.«

»Ich gehe davon aus, dass Sie jemanden schützen wollen.«

»Sie können von allem ausgehen, was Sie wollen. Das ist mir egal.«

»Ist es eine Frau?«

»Ich verstehe nicht, wovon Sie reden.«

»Bereuen Sie, was Sie getan haben?«

»Ja.«

»Warum können Sie das Motiv nicht aufdecken?«

»Weil ich beschlossen habe, es nicht aufzudecken. Mein Entschluss ist unwiderruflich. Ich gebe zu, dass ich Professor Hockstein ermordet habe, und ich bin bereit, meine Strafe auf mich zu nehmen.«

»Waren Sie mit Marlene Hockstein, Professor Hocksteins Tochter, näher bekannt?«

»Ich habe sie einige Male getroffen.«
»Waren Sie in sie verliebt?«

*

Woher haben sie solche Fragen? Er geht dazu über, zu schweigen. Er ruft sich Tomas' Blick oder Marlenes Bein ins Gedächtnis, ja, in erster Linie Marlenes Bein, und er schweigt.

»Hat Ihr guter Freund Tomas Borgmann etwas damit zu tun?«

Und er erinnert sich, wie er in der Nacht nach dem Konzert, in der Nacht nach der Berührung, der letzten Nacht, mit einem breiten Lächeln auf dem Lippen schläft, so breit, dass er sich am nächsten Morgen fragen muss, warum seine Wangen ihm wehtun.

27

Der Blick wandert über die Apostel. Wieder einmal.

Auch heute alle zwölf. Zum letzten Mal. Es fehlt nur noch die Zusammenfassung, diese ausgefeilten und sorgfältig ausgewählten Sentenzen, die für alle Zeit in ihnen haften bleiben sollen, die Summe all dessen, was in irgendeiner Weise gesagt worden ist, das ist eine der seltenen Gelegenheiten, und er hat den Boden dafür bereitet.

Er hat es nicht eilig, ganz und gar nicht, bürstet sich ein paar imaginäre Staubflusen vom Jackenärmel, senkt die Schultern, faltet die Hände und öffnet sie wieder. Er betrachtet sie alle der Reihe nach, während er für sich selbst rekapituliert, wie er die Worte anbringen soll.

»Meine Herren Kandidaten«, sagt er schließlich, und nicht das geringste kleine Lächeln spielt in seinem strengen Antlitz. »Das ist unsere letzte Zusammenkunft. Ich möchte mich für dieses Semester bedanken. Mein Anliegen war es, Ihnen einen so guten Einblick in einige der wichtigsten Fragestellungen der Philosophie zu geben, wie es nur möglich ist. Inwieweit es mir geglückt ist, wird sich am Montag herausstellen, wenn Sie den Beweis antreten werden. Natürlich habe ich mir bereits ein Bild davon gemacht, wo Sie jeweils stehen, aber es kommt trotz allem auf Sie an, auf jeden Einzelnen, sein Bestes zu zeigen. Nicht in erster Linie für die eigene Person, sondern der Philosophie zuliebe.

Auch das Wissen eines blinden Huhns lässt das Gesamtwissen auf der Welt anwachsen.«

Er macht eine kurze Pause, damit sich diese unleugbare Erkenntnis in ihnen festsetzt. Einige der Apostel wagen ein vorsichtiges Lächeln, doch die meisten verziehen keine Miene. Auch der Professor nicht.

»Wenn Sie damit beschäftigt sind, werde ich mich auf der anderen Seite des Ozeans befinden, um an einem Logiksymposium in Boston teilzunehmen. Es ist meine große Hoffnung, dass es unter Ihnen einige oder zumindest einen gibt, der ebenfalls in philosophischer Angelegenheit über das große Wasser fahren wird ... dass es unter Ihnen Erben für uns Alte gibt, junge Philosophen, die bereit sind ... ihr Leben für die Sache zu opfern. Kurz und gut, Ihre nahe liegende Aufgabe besteht natürlich darin, das Wochenende gut zu nutzen. Mir bleibt vor meiner Abreise morgen nur noch, die Examensfragen zu formulieren. Mit dieser delikaten und heiklen Arbeit werde ich mich bereits heute Nachmittag befassen, und ich werde mich natürlich um optimale Variation und Ausdruckskraft bemühen. Ich möchte diese Zusammenkunft nicht beenden, ohne eine alte Frage aufzugreifen, von der ich weiß, dass sich im Laufe des Jahres diverse Kandidaten mit ihr beschäftigt haben ... innerhalb der philosophischen Wissenschaft wie auch in anderen Disziplinen. Die Frage lautet: Ist es möglich, die Examensaufgaben vorauszusehen?«

Zwei Sekunden Schweigen. Dann ist plötzlich ein Geräusch von Professor Hockstein zu vernehmen. Ein merkwürdiger, hohler und schnarrender Laut, den anfangs niemand identifizieren kann.

Doch dann begreift man.

Hockstein lacht.

Sein großer Kopf wippt auf und ab auf dem dünnen, sehnigen Hals, und aus seiner Kehle kommt eine Reihe kurzer, abgehackter Stöße. Es klingt eigentlich mehr nach einem Gebell als nach einem Lachen, und die ganze Szenerie hat plötzlich einen grotesken Anstrich bekommen. Mehrere seiner Jünger scharren unangenehm berührt mit den Füßen und wissen nicht, worauf sie ihren Blick heften sollen.

Wie kann so ein Mensch eine Tochter wie Marlene bekommen?, kann Leon gerade noch denken.

Dann räuspert Hockstein sich und ergreift erneut das Wort.

»Hm! Ich wiederhole: Ist es möglich, die Examensaufgaben vorherzusehen?«

Nur einen Augenblick später ist er aus dem Raum verschwunden. Wie immer hat er einen überrumpelnden Abgang zu Stande gebracht, hat seine Papiere zusammengerafft und ist aus der Tür entwichen, ohne dass sie es überhaupt haben bemerken können. Exit Hockstein, wie schafft er das? Die Apostel schütteln den Kopf. Sie packen ihre Bücher ein. Filipopov zündet sich seine Pfeife an. Lübbisch sucht nach seinen Schuhen unter dem Tisch, und dann schlendern sie hinaus, einer nach dem anderen, ein wenig wortkarg, daran besteht kein Zweifel. Wie üblich bleiben als Letzte nur noch Tomas und Leon zurück.

Leon wirft dem Freund einen Blick zu. Dieser scheint gar nicht daran zu denken aufzubrechen … Vollkommen unbeweglich sitzt er an seinem Tischende und starrt aus dem Fenster. Er hat die rechte Hand mit dem Stift halb erhoben; als wäre er soeben dabei, etwas aufzuschreiben, hielte aber dabei inne, um nach dem richtigen Wort zu suchen, der richtigen Formulierung. Leon schließt seine Aktentasche und zögert.

»Was machst du?«, fragt er schließlich.

»…«

»Wollen wir zusammen gehen?«

»Halt den Mund.«

»Na, dann ...«

»Was hat das Letzte zu bedeuten?«

»Was?«

»Na, das Letzte! Das hat doch etwas zu bedeuten ... Sag mir, was es zu bedeuten hat, Leon!«

Doch die Aufforderung ist rein rhetorisch. Wie üblich erwartet er keine Hilfe von Leons Seite, es scheint, als wäre er selbst der Lösung nahe. Bereits lange bevor Leon überhaupt begriffen hat, worum es bei der Fragestellung geht, das ist typisch ... äußerst typisch. Er hat seinen Freund schon mehr als einmal in diesem Zustand gesehen. Er weiß, dass es jeden Augenblick kommen kann, was auch immer. Tomas Borgmann hat jetzt seinen Stift hingelegt. Er reibt sich die Schläfen und starrt auf die Tischplatte.

»Ein Scherz«, versucht es Leon. »Das war nur ein Scherz, Tomas.«

»Das ist es!«, unterbricht ihn Tomas, ohne sich überhaupt um den Einwand zu kümmern. »Na klar, genau so ist es. Ich bin ein Idiot gewesen, Leon!«

Er klappt seinen Notizblock zu, stopft ihn in die Tasche und steht auf. Leon schweigt.

»Natürlich ist es genau so! Bist du in ein paar Stunden zu Hause?«

»Ja, ich weiß nicht ... schon möglich.«

»Versprich mir, dass du es bist! Es ist ... es ist von äußerster Bedeutung!«

»Ja ...?«

Und damit verschwindet Tomas Borgmann ebenso schnell wie der Professor vor einigen Augenblicken. Leon bleibt noch einige Sekunden lang zurück, dann spürt er plötzlich die ersten Wellen eines herannahenden Kopfschmerzes, und er beschließt, schnell nach Hause zu gehen, bevor dieser voll ausbricht.

28

DAS TAGEBUCH

Donnerstag Abend

Sie erinnert sich an Chez Hugo und das Konzert!

Als ich erzählte, konnte sie sich ein Lächeln nicht verkneifen, gleichzeitig froh und verlegen, und es war wie ein Ausflug zurück in der Zeit. Vielleicht vereinfachte es die Sache, dass wir ziemlich viel Wein getrunken hatten, sie hatte mich tatsächlich beim Wort genommen und war am Nachmittag aus B-e mit einem ganzen Karton zurückgekommen.

Schließlich hatte sie auch angefangen über ihre Beziehung zu berichten, zwar nicht sehr viel, aber ich ahne zumindest inzwischen, dass es dort nicht so viel zu berichten gibt. Vielleicht erscheint ihr ja nach Tomas' Tod alles mehr oder weniger unbegreiflich. Fremd und unsicher, wie ich mir denken kann.

Wie es eines Tages für uns alle erscheinen muss. Eines Tages begreifen wir plötzlich unser Leben nicht mehr, und das ist natürlich ziemlich unangenehm für denjenigen, der darauf nicht vorbereitet ist.

»Er hat gearbeitet«, sagte sie. »Das fasst es wohl am besten zusammen. Er hat von morgens bis abends gearbeitet. Unter der Woche wie am Wochenende. Das war sein Leben, er war von seiner Arbeit besessen, das kann man wohl sagen, aber ich weiß natürlich nicht, ob es nicht auch eine Art Flucht war.«

»Besessen von seinem Leben?«, fragte ich. »Wenn doch die Arbeit sein Leben war, meine ich ...?«

»Ja, das müssen wir wohl alle in irgendeiner Form sein, aber Tomas mochte sie nicht ... die Arbeit, meine ich. Das war nur eine Droge, denke ich, die er eigentlich loswerden wollte, von der er sich jedoch nicht befreien konnte. Sie hielt ihn am Leben, und vielleicht gab es ja nichts anderes für ihn.«

»Aber er hat doch damit aufgehört.«

»Ja, und dann war er nicht mehr am Leben.«

Sie verstummte und schien zu zögern. Ich stand auf und schürte das Feuer. Die Vergangenheit bekam ihn zu packen, dachte ich. Er muss in all diesen Jahren wie ein Wahnsinniger herumgerannt sein. Das Alte ihm dicht auf den Fersen, bereit zuzuschnappen, sobald er nur Halt machte – wie eine Art verwirrter Faustgestalt, welche Hölle! Aber welche Kraft und Ausdauer gleichzeitig, und wenn man bedenkt, dass er sein gesamtes Genie für so etwas verwandte! Dabei zum Scheitern verdammt.

Ich füllte unsere Gläser.

»Ich habe ihn nicht gekannt, Leon. In den letzten Jahren hier draußen ist mir klar geworden, dass ich ihn nie wirklich gekannt habe. Ich habe ihm das gesagt, und zunächst hat er nichts darauf erwidert, nur mit den Schultern gezuckt. Zuerst dachte ich, dass er der Meinung wäre, es sei typisch Frau, was ich da von mir gegeben hatte, ein Modestandpunkt, aber dann erklärte er, dass es uns allen so ginge.«

»Wie das?«

»Gewisse Menschen seien tüchtig darin, sich dem anderen gegenüber zu verhalten, wie er sagte. Genau mit diesen Worten. Es sieht so aus, als wüsste der eine, wo er den anderen stehen hat, aber das stimmt nicht. Das ist nur eine Konvention, der Wunsch, eine Fiktion, einen Mythos aufrechtzuerhalten. Eine Lebenslüge, wenn man so will. In Wirklichkeit sind wir alle gleich einsam und unbegreiflich füreinander ... ja, ungefähr so hat er sich ausgedrückt. Ich weiß nicht, zum Teil hatte er wohl Recht. Zumindest was ihn selbst betraf.«

Ich erwiderte nichts. Vielleicht hätte ich ihr einiges erklären können, aber das muss bis morgen und übermorgen warten.

»Dennoch muss man versuchen, die Menschen zu erfassen«, fügte sie hinzu. »Sie sich begreiflich machen. Das ist alles, was uns bleibt.«

»Alles?«

»Ja, ich glaube schon.«

Ich bin mir nicht sicher, ob ich voll und ganz verstanden habe, was sie meinte. Während wir dort vor dem Feuer saßen, überfiel mich mehrere Male spontan der Wunsch, sie in den Arm zu nehmen, aber ich traute es mich nicht, obwohl wir beide wacker von dem Wein getrunken hatten.

Diese Auspizien, das Feuer und der Wein, lassen ja sonst die Zeit wie im Fluge vergehen und Vorsätze und Rückhalte wie ein Kartenhaus zusammenstürzen. Doch in diesem Falle halt nicht. Nicht, wenn es Marlene und mich betrifft. Wir halten uns an das, was wir zu tun haben, wir schummeln nicht bei den Regeln und bleiben jeder in seiner Ecke sitzen. Zumindest bislang. Heute bin ich beispielsweise ein gutes Stück in den Regalen weitergekommen. Habe nach einem gewissen Zögern Kierkegaards »Entweder-Oder« und Schopenhauers »Die Welt als Wille und Vorstellung« ausgewählt, zwei Werke, die ich nie in extenso gelesen habe, durch die ich mich nur mit Hilfe von Auszügen und Kommentaren geschummelt habe.

Mein Krebs ist unverändert, und ich widme ihm kaum einen Gedanken. Es sind jetzt nur noch zwei Tage, bis mein Besuch endet, morgen muss ich anfangen zu erzählen, was sich an dem besagten Abend wirklich zugetragen hat. Es graut mir davor schon sehr. Vielleicht sollte ich dankbar dafür sein, wenn ich ein wenig betrunken bin.

Sonst kann das eine schwere Nacht werden, das spüre ich.

29

Es gibt zwei Aspekte, Leon. Den praktischen und den moralischen. Ich habe über alles genau nachgedacht, und was mich betrifft, so ist die Sache entschieden … Ich werde es durchziehen, aber ich will dich an meiner Seite haben!«

Der Ort ist der gleiche. Leons alte verräucherte Studentenbude mit den schmutzigbraunen Tapeten. Bücherregale mit abgeschrammten Stahlrohren. Der wacklige Teakholztisch. Kunstledersessel und der Kupferstich über der Heizung … zweifellos der gleiche.

Natürlich ist alles, wie es immer gewesen ist, und dennoch ist plötzlich alles verändert, etwas ist anders … das Glas auf dem Tisch und der Aschenbecher und die Lampe, die von einem langen Kabel von der Decke herunterhängt. Was ist mit diesen alltäglichen, vertrauten Gegenständen geschehen? Plötzlich zeigen sie sich von einer anderen Seite, fremd und unbegreiflich … und die Kopfschmerzen wollen nicht weichen, obwohl er zwei, schließlich drei Tabletten genommen hat. Was sagt er da? Was versucht Tomas zu erklären?

Eine blitzartige, klare Sekunde lang begreift Leon, was das Ding an sich ist. Plötzlich liegen Brentanos und Husserls phänomenologische Rätsel offen vor ihm. Einen winzig kurzen Augenblick lang besitzt er eine Schwindel erregende Einsicht.

Dann wirbelt sie davon. Fort in das wortlose All, wie es

das Reine, das Absolute immer tun muss. Das, was die Zeit niemals zu fangen vermag. Das, was das Gedächtnis allein in Form der blassesten aller Erinnerungen behalten kann: Ich habe gesehen!

Leon hat gesehen. Es war bei ihm und hat sein wahres Gesicht gezeigt, doch nun ist es verschwunden.

»Kloisterlaan! Du bist doch dort gewesen, oder?«

Wovon redet er? Natürlich ist Leon dort gewesen. Er drückt sich die Mittelfinger an die Schläfen, genau wie Tomas es immer tut, und schließt die Augen. Spürt, wie langsam etwas in seinem Kopf heranwächst.

»...da hinter der Villa bin ich auf eine Ulme geklettert, so dass ich einen guten Blick über die Mauer hatte. Von der Rückseite des Hauses also ... hörst du mir überhaupt zu?«

»Ja, ja.«

»Du weißt, wovon ich rede?«

»Ja.«

»Der Abstand zum Zimmer des Professors mit den Balkonfenstern kann nicht mehr als zehn, zwölf Meter betragen. Ich hatte einen ausgezeichneten Überblick über alles, und ich kann dir versichern, dass es unmöglich war, mich im Laub zu entdecken. Es hat mich auch niemand bemerkt, als ich hochgeklettert bin und als ich wieder runter bin .... du weißt, dass ich ein sehr genauer Mensch bin, Leon.«

Leon nickt. Tomas drückt seine Zigarette aus, zündet sich aber sofort eine neue an. Er beugt sich über den Tisch und zwingt Leon, ihn anzusehen.

»Bist du krank?«

»Nein. Nur Kopfschmerzen ...«

Er schaut Leon an. Ernst, fast streng. Leon versucht sich jetzt zu konzentrieren. Es geht um viel ... ein einziges Mal wünscht er sich, Tomas' Gedanken lesen zu können, aber er ist sich nicht sicher, wer eigentlich einen Vorteil davon hätte.

»Sprich weiter!«, sagt Leon.

Tomas lehnt sich wieder zurück. Nimmt einen Zug und fährt fort.

»Nach zwanzig Minuten taucht der Professor im Zimmer auf. Er holt einige Papiere und Bücher aus seiner Aktentasche und läuft dann eine Weile hin und her, raucht und packt Sachen vom Schreibtisch in die Regale und umgekehrt … Ich kann ganz genau sehen, was er macht, und allein das, vollkommen ungestört im Baum sitzen zu können und ihn zu beobachten, ja, das ist ein ungemein stimulierendes Gefühl. Ich glaube wirklich, ich werde es noch einmal tun. Nun ja, als er mit dem Hin- und Hergehen aufhört, klopft er seine Pfeife im Kamin aus, zündet ein Feuer an und setzt sich an den Schreibtisch. Schiebt ein paar Zeitschriften und Bücher zur Seite, legt sie auf ordentliche Stapel … direkt vor ihm befindet sich jetzt nur noch ein leerer weißer Bogen Papier, und er hält einen Stift in der Hand. Kannst du mir folgen?«

Leon nickt.

»Der Schreibtisch ist zum Garten hin ausgerichtet, er steht direkt vor dem Fenster … Wenn er den Blick hebt, um klarer zu denken, hat er ihn tatsächlich geradewegs auf den Baum gerichtet, auf dem ich sitze. Einen Moment lang habe ich fast … nein, das ist natürlich nur Einbildung.«

Leon lockert den Druck auf die Schläfen ein wenig. Er öffnet die Augen und betrachtet den Bücherstapel auf dem Schreibtisch. Einen halben Meter hoch, sicher fünfundzwanzig Bücher …

»Dann fing er an zu schreiben … Ich wünschte, ich hätte ein Fernglas dabei gehabt, nicht, weil ich dann hätte lesen können, was er schreibt, aber es hätte mir die Möglichkeit gegeben, den Text zu sehen, die Struktur der Buchstaben auf dem Papier … obwohl ich es doch wusste. Man musste ihn nur beobachten: Zuerst schrieb er ganz oben ein paar

Zeilen, dann schob er den Stift ein wenig tiefer und schrieb etwas sehr Kurzes, um das er dann einen Kreis zog.«

Hier musste Leon trotz allem protestieren.

»Unmöglich! Du kannst auf diese Entfernung nicht gesehen haben, wie jemand einen Kreis zieht! Was hast du gesagt, wie weit war es? Zehn Meter …?«

»Nun ja, ich glaube zumindest, dass es ein Kreis war, aber es ist natürlich nur eine Vermutung … Ich nehme an, dass es um eine Ziffer ging … eine Eins. Du weißt doch, dass er immer einen Kreis um die ganzen Zahlen zieht … ja, dann lehnte er sich auf seinem Stuhl zurück, schaute wieder direkt aus dem Fenster hinaus, ins Nichts. Es war ganz offensichtlich, dass er nachdachte. Er dachte über eine Formulierung nach … Nach einer halben Minute war er soweit, er beugte sich vor und schrieb schnell ein paar Zeilen, betrachtete dann das Resultat, korrigierte ein oder zwei Worte, betrachtete sie erneut und zog plötzlich die Mundwinkel hoch! Überraschend, nicht wahr? Es war jedenfalls offensichtlich, dass er zufrieden war … ja, dann schrieb er eine neue Ziffer auf, lehnte sich wieder zurück und überlegte.«

»Ich verstehe. Du brauchst die Details nicht so genau auszuführen.«

»Gut. Schon von Anfang an war also vollkommen klar, womit er da beschäftigt war … genau wie ich es vorausgesehen hatte. Mit den Examensaufgaben. Er saß da und schrieb die Examensaufgaben.«

Leon brachte ein Schnauben hervor.

»Vollkommen klar? Das ist das Dümmste, was ich je gehört habe. Warum kann es sich nicht um irgendetwas vollkommen anderes handeln? Ich dachte, du hättest Logik studiert?«

Tomas schüttelt langsam den Kopf. Er lächelt ein wenig überheblich, genau wie er es immer tut, wenn er etwas wiederholen muss, weil die Erklärung etwas zu schnell gegangen ist.

»Na gut. Es gibt natürlich eine winzige Möglichkeit, aber ich halte es nicht für besonders wahrscheinlich. Er fährt morgen früh nach Boston. Wenn ich mich geirrt haben sollte, ja, dann wird sich das herausstellen. Dann kann man nichts machen. Aber im Prinzip ändert das nichts.«

Leon denkt einen Moment lang nach. Er sieht ein, dass Tomas in diesem Punkt Recht hat. Bei jedem Spiel gibt es zwei Möglichkeiten: sich zu entscheiden, ob man überhaupt spielen will ... und auf das richtige Pferd zu setzen.

Tomas greift den Faden wieder auf:

»Fast eine halbe Stunde saß er so da, ja, die letzten fünf Minuten hat er dann ins Reine geschrieben. Er hat ein neues Papier hervorgeholt und alles noch einmal abgeschrieben ... dann hat er die Kladde zusammengeknüllt und ins Feuer geworfen, und dann kam natürlich der entscheidende Moment, der absolut entscheidende: Was würde er mit den Aufgaben tun? Wo würde er sie verwahren? Wenn er sie irgendwo einschloss oder einfach nur mit ihnen im Haus verschwand, ja, dann wären meine Pläne natürlich sofort zunichte ... oder wenn er sie in einen Umschlag legte und diesen zuklebte ... Es dauerte ein paar Minuten, bis ich die Antwort bekam, und es war die vorteilhafteste aller Antworten! Er hob ganz einfach seine Schreibtischunterlage und schob das Papier darunter. Und da liegt es!«

Er macht eine kleine Pause. Streckt sich und schaut Leon blinzelnd an. »Da liegt es«, wiederholt er.

*

Leon sagt nichts. Er hört das Blut in seinen Schläfen pochen. Er überlegt, wie sonderbar es doch ist, dass man sein eigenes Blut hören kann. Nach einer Weile räuspert Tomas sich und fährt fort.

»Ich nehme an, er wird es morgen Rinz oder Schenk geben, bevor er abreist ... aber jetzt liegt es da, Leon. Die Examensaufgaben liegen auf dem Schreibtisch und warten auf uns.«

Sie nehmen einen Schluck vom Wein. Tomas zündet sich erneut eine Zigarette an. Sicher hat er schon ein halbes Päckchen geraucht, seit er gekommen ist. Sie sitzen da, und bald spürt Leon, dass er den Blick nicht so weit heben will, dass er Gefahr läuft, Tomas' Blick zu begegnen ... und in seinem Gehirn rührt sich nichts. Absolut nichts. Sein Gewissen ist leer wie das eines tot geborenen Kindes, aber dann kommt etwas, ein paar Worte tauchen von irgendwoher auf, er weiß nicht, woher ...

es sei denn, wie man vermuten mag, dass alles Teil eines höheren Plans ist, eingefügt in eine Art göttlicher Vorhersehung ...

Auf eine unterbewusste Art und Weise erkennt er sie doch wieder. Er schüttelt den Kopf. Woher stammen sie?

»Willst du im Herbst weitermachen?«, fragt Tomas plötzlich. »Willst du ein Stipendium für vier Jahre haben? Oder gehst du lieber aufs Land und fängst an zu arbeiten?« Er schaut auf die Uhr. »Wir haben zwei Stunden Zeit. Um neun Uhr wird er das Haus verlassen.«

»Das Haus verlassen? Woher wissen wir das?«

Leon zuckt zusammen. Wieso hat er das Pronomen *wir* benutzt? Was hat das zu bedeuten? Ist er bereits einverstanden? Hat er das Unerhörte akzeptiert, ohne davon zu wissen?

»Eulenspiegel! Er verbringt jeden Abend eineinhalb Stunden im Café Eulenspiegel ... zwischen neun und halb elf. Das hat er seit mehr als zwanzig Jahren jeden Abend gemacht ... wenn er nicht verreist ist, natürlich. Er geht nach den Einundzwanzig-Uhr-Nachrichten im Radio und kommt fünf Minuten nach halb elf zurück.«

»Woher weißt du das?« Das Pronomen ist ausgetauscht worden.

»Marlene hat es mir erzählt.«

Natürlich. Leon spürt eine Art kalte Wut darüber, er fragt sich, ob Tomas es merkt. Er erwidert dessen Blick immer noch nicht. Eine Weile sitzen sie schweigend da, trinken aus ihren Gläsern und schenken nach.

»Und wo befinden sich Marlene und Frau Hockstein heute Abend? Du hast gesagt, dass das Haus leer ist.«

»In der Oper in Beuden. Zusammen mit der Tante und der Cousine Marieke, ja, die kennst du ja auch. Sie werden nicht vor ein Uhr zurück sein … sie sehen den Ring.«

»Ach so.«

»Da ist eine Sache, Leon.«

»Was?«

»Eine Sache. Wir können uns entscheiden, zu handeln oder es sein zu lassen.«

»Wir würden auch so klar kommen.«

»Klar kommen! Natürlich würden wir klar kommen. Rede keinen Quatsch, Leon, ich bitte dich. Du weißt ebenso gut wie ich, worum es geht!«

Leon schweigt erneut. Er holt ein paar Mal tief Luft und versucht sich zu konzentrieren. Als er sein Glas hebt, merkt er, dass er ein wenig zittert. Er schaut wieder auf den Schreibtisch … Bevor Tomas aufgetaucht ist, hat er noch eine Stunde über den Büchern sitzen können, aber es scheint, als … ja, er weiß nicht, wie der Sand ins Getriebe kommen konnte. Ob es Unfähigkeit ist oder einfach nur Müdigkeit oder die Gedanken an Marlene. Natürlich stimmt es, was Tomas sagt, sie haben genug Wissen, um eins ums andere Mal beide durch die Prüfung zu kommen, aber darum geht es nicht. Hier bleiben oder fortgehen, das ist die

Frage! Vielleicht in irgendeinem Provinzkaff im Herbst anfangen zu unterrichten … sich nach ein paar Semestern beim Seminar in M-boden bewerben … oder hier in Grothenburg weiterzumachen. Als Doktorand am Philosophicum … hier unterm Efeu bleiben zu dürfen, genau das ist es …

»Nun?«

»Du … du hast von moralischen Aspekten gesprochen?«

»Gibt es jemanden in der Gruppe, den wir verdrängen?«

Leon denkt wieder einen Moment lang nach.

»Nein.«

»Siehst du dann nicht die Herausforderung?«

»Welche Herausforderung?«

»Hocksteins Frage! Ich habe seine Herausforderung angenommen.«

Leon schluckt. Er wagt es nicht, sich mehr Zeit zum Nachdenken zu geben, es muss schnell gehen, er spürt es. Er muss sich von Tomas' Tempo mitreißen lassen, sonst verliert er die Tatkraft, sonst wird er bremsen.

»Wie kommen wir hinein?«

»Durch die Balkontür. Man muss nur hineinspazieren … er verschließt sie nie.«

Leon hat ein erneutes »Woher weißt du das?« auf den Lippen, kann die Frage aber noch zurückhalten. Er steht auf und läuft im Zimmer herum. Tomas sitzt still da, den Kopf in die Hände gestützt, und folgt ihm mit dem Blick. Er sagt nichts. Wartet. Alle Züge sind gemacht, alles liegt auf dem Tisch. Es gibt nichts mehr zu sagen.

Leon bleibt stehen. Er betrachtet erneut die Bücher auf dem Bett und auf dem Schreibtisch. Einige liegen aufgeschlagen da. Langsam und entschlossen beginnt er sie zuzuklappen, eines nach dem anderen, und stellt sie zurück ins Bücherregal.

»Ja«, sagt er. »Ich bin dabei.«

»Gut«, sagt Tomas. Er schaut auf die Uhr. »Das ging ja schneller als gedacht. Da schaffen wir sogar noch ein Glas!«

30

DAS TAGEBUCH

Freitag

Nach Süden hin, wieder sind wir Richtung Süden gewandert. Das Wetter war schön mit Sonne und kleinen dahintreibenden Wolken, der Wind vom Meer wehte nicht besonders stark. Dieses Mal gingen wir weiter, fast bis an die Grenze, wie Marlene behauptete. Zwölf Kilometer oder mehr.

Langsam gingen wir dort am Meer entlang, und langsam und umständlich berichtete ich weiter. Nicht bis zum Ende, aber fast. Die ganze Zeit hatte sie sich bei mir untergehakt, und ab und zu lehnte sie sich schwer gegen mich, so dass ich das Gefühl hatte, wir gehörten wirklich zusammen. Die wenigen Menschen, die uns begegneten, eine Hand voll Jogger und ein paar Hundebesitzer, müssen geglaubt haben, dass wir ein verheiratetes Paar wären, das gemeinsam im Sonnenschein am Strand entlang wandert.

Auch heute sagte sie nicht viel, doch an eine Sache, die sie sagte, erinnere ich mich.

»Es tut mir leid, dass alles zu spät ist, Leon. Es tut mir wirklich leid.«

Es scheint, als beginne sie den Schluss meines Berichts zu erahnen, und das macht das Ganze nicht gerade leichter. Ich weiß nicht, wie es dazu gekommen ist, aber meine Einstellung gegenüber dem Aufenthalt hier hat sich geändert. Alles erscheint so anders im Vergleich zum Sonntag, als ich ankam. Das heißt nicht, dass ich bleiben will, das glaube ich nicht, aber ich spüre absolut kein Verlangen danach abzureisen. Die Spannung zwischen uns scheint nachgelassen zu haben, und als wir am Nachmittag wieder zum Haus zurückkamen, tat sie etwas, für das ich einfach keine Worte finden kann.

»Leg dich aufs Sofa«, sagte sie, »und versprich mir, zwei Stunden lang nichts zu sagen!«

Dann zündete sie eine Kerze an, eine einzige Kerze in der bald einsetzenden Dämmerung, sie legte Musik auf und sank neben mir nieder.

Dieses Mal lehnte sie nicht ihr Bein an meines. Stattdessen nahm sie meinen Kopf und ließ mich auf ihrem Knie ruhen.

Doch davon kann ich einfach nicht schreiben.

Fräulein, soll ich in Eurem Schoße liegen?
Nein, mein Prinz.
Ich meine, den Kopf auf Euren Schoß gelehnt.
Ja, mein Prinz.
Denkt Ihr, ich hätte erbauliche Dinge im Sinne?
Ich denke nichts.
Ein schöner Gedanke, zwischen den Beinen eines Mädchens zu liegen.
Was ist, mein Prinz?
Nichts.

Später standen wir auf, und sie fragte: »Fährst du morgen ab?«

»Kann sein.«

»Oder übermorgen?«

»Kann sein.«

Nachdem wir gegessen hatten, bat sie mich, ihr zu helfen, zwei Koffer vom Dachboden zu holen. Den restlichen Abend, währenddessen ich mich wie üblich in der Bibliothek aufhielt, war sie damit beschäftigt, sie zu packen.

Zweifellos bereitete sie ihren Aufbruch vor.

Ich selbst merkte bald, dass ich an diesem Abend überhaupt keine Lust dazu hatte, in den Büchern zu blättern. Zum ersten Mal begann ich genauer über seinen letzten Willen nachzudenken. Warum hatte er mich dazu veranlasst, die Bibliothek durchzugehen? Natürlich musste er einen Grund haben, um mich überhaupt hierher zu bekommen, aber hätte es da nicht etwas Einfacheres gegeben? Warum sollte ich so viel Zeit ausgerechnet damit verbringen?

Ich zündete mir eine Zigarette an und goss mir einen kleinen Cognac aus der Karaffe auf dem Rauchtisch ein.

Gab es vielleicht einen tieferen Grund, der mir entgangen war?

Gab es eine weitere versteckte Botschaft von Tomas Borgmann?

Plötzlich wurde mir ganz kalt. Warum war mir das nicht schon früher eingefallen? Ich schaute auf die Regale.

Und was sollte es sein? Wie viele heimliche Botschaften können in sechstausend Büchern verborgen sein? Mein Gott! Ich kippte den Cognac hinunter.

Stell dich hin und schließ die Augen! hörte ich plötzlich eine innere Stimme. Dreh dich!

Ich gehorchte, schlug mir das Knie an der Tischkante, öffnete aber trotzdem nicht die Augen.

Streck den rechten Arm und Zeigefinger aus! sagte die Stimme.

Ich gehorchte.

Nähere dich vorsichtig der Wand! Lass deinen Finger über einen Buchrücken gleiten! Nimm das Buch heraus!

Wiederhole diese Prozedur! Das ist deine Buchwahl für heute!

Ich führte all das aus und öffnete die Augen.

»Phaedra« von Racine.

»Praktisches Handbuch der Rosenzucht« von Gwendolyn und Herbert MacFairlane.

Zweifellos ein kompliziertes Puzzle, dachte ich.

Schlag die Bücher auf und leg den Finger auf zwei Worte! sagte die Stimme.

Ich machte eine letzte Anstrengung.

Eitelkeit.

Kompost.

Ich löschte das Licht und ging in mein Schlafzimmer. Hier sitze ich nun. Meinem Krebs geht es gut. Marlene rumort immer noch herum. Morgen ist der letzte Tag.

Vielleicht.

31

Vergiss nicht, dass es die Handlung ist, die etwas bedeutet, nicht wir!«

Leon zuckt zusammen. Tomas flüstert ihm direkt ins Ohr. Ihn überfällt das sonderbare Gefühl, als greife eine kalte Hand hinein und streiche ihm übers Gehirn. Sie stehen im Dunkeln unter einer Linde, die von dem Regen, der vor einer Weile vorübergezogen ist, immer noch tropft. Auf der anderen Straßenseite, gut dreißig Meter entfernt, erleuchtet eine Straßenlaterne den Hauseingang, aus dem der Professor bald herauskommen soll.

In nur wenigen Minuten. Es ist der gleiche Eingang, an dem Leon Marlene vor acht, nein, vor neun Tagen verlassen hat. Es erscheint unfassbar, wie etwas, das sich in einem anderen Land und zu einer anderen Zeit zugetragen hat. Dort umarmte sie ihn und bat ihn, mit zum Brandenburgischen Konzert zu kommen, und jetzt steht er hier. Plötzlich erscheint ihm sein Gewissen vollkommen rein, ebenso rein wie …?

> *… sich ganz natürlich als Teilnehmer in jedem erdenklichen Spiel erheben, unabhängig von jedem Grund und jeder Vermutung, fern einer kurzsichtigen Begründung.*

Woher kommen diese Worte? Er sucht fieberhaft sein Gedächtnis ab, doch nichts taucht auf.

»Zehn nach … Jetzt kommt er!«

Plötzlich steht die schmächtige kleine Gestalt auf dem Bürgersteig. Marschiert mit kräftigem, entschlossenem Schritt davon. Tomas und Leon hocken sich hinter ein geparktes Auto, hören ihn über die Mooserbrücke verschwinden. Sie warten noch eine weitere Minute. Dann gibt Tomas das Zeichen.

»Jetzt!«

Schnell laufen sie um die Ecke und gelangen in die Kloisterlaan. Die enge Gasse wird nur von einer einzigen Laterne erleuchtet, die ihren gelben Schein über den Eingang von St. Maria, der Mädchenschule, wirft. Ansonsten liegt die Straße im Dunkeln. Kein Mensch ist zu sehen.

Tomas zeigt den Weg. Über einen vorspringenden Stein klettern sie auf die Mauerkrone. Sekunden später sind sie auf den Rasen dahinter gesprungen. Einen Moment lang verharren sie vollkommen still, geduckt, und lauschen. Kaum ein Geräusch ist zu hören, nur die Tropfen vom Baum auf das Straßenpflaster, ein Auto, das in weiter Ferne hupt, irgendwo in einem anderen Teil der Stadt. Leon schaut zum Haus hinauf, alle Fenster sind dunkel. Die Luft scheint rein zu sein, und als Tomas ihm einen leichten Stoß mit dem Ellbogen gibt, hasten sie schnell quer über die Rasenfläche.

»Hier!«

Er schiebt die Terrassentür auf, sie quietscht leise. Im nächsten Moment sind sie drinnen. Leon zieht die Türen hinter sich zu.

Dann sind sie an Ort und Stelle. So einfach war das. Tomas schaltet seine Taschenlampe ein. Er lässt den Lichtkegel einige Male durch den Raum kreisen, richtet ihn dann auf den Schreibtisch.

»Da haben wir's! Bitte schön!«

Leon tritt näher und hebt die Schreibtischunterlage hoch. Darunter liegt ein weißes Blatt Papier, ein einziges. Er hebt es hoch, und er spürt, wie seine Hände zittern. Nicht stark, nur eine Spur. Schulter an Schulter beugen sie sich über den Tisch und lesen.

Zentrale Fragestellungen in abendländischer Philosophie
Examensaufgaben für den 12.5. 196-

steht ganz oben. Leon schluckt ein paar Mal. Er hat einen ganz trockenen Mund. Sieben Fragen … insgesamt handelt es sich um sieben Fragen. Tomas holt einen Notizblock und einen Stift heraus und beginnt schnell zu schreiben. Leon hält die Taschenlampe und liest eifrig die Formulierungen durch.

Eine vorsokratische … ja, das hätte man sich ja denken können … der Höhlenmorphismus contra Platon wie auch … Giordano Bruno! Das war nicht zu erwarten, eher hätte man sich wohl Ockham und Bacon denken können … Was stand da noch? Prices Kritik am Empirismus und dem *moral sense*! Unter logischem und moralischem Aspekt … das war schwierig. Und dann Kant, natürlich, ja, das müsste er hinkriegen … Aber was quietscht denn da? … Also weder Frege noch Russell offenbar …

Leon wird der Gestalt in den Glastüren als Erster gewahr. Als die andere Taschenlampe eingeschaltet wird und das Licht ihn blendet, schreibt Tomas dennoch eifrig weiter. Er glaubt, es wäre Leon, der ihm in die Augen leuchtet.

»Ach, hör doch auf!«, sagt er.

Doch dann begreift auch er.

*

»Borgmann und Delmas!«, sagt der Professor. »Jaja.«

Er geht an ihnen vorbei, schaltet die Deckenleuchte ein und stellt sich hinter den Schreibtisch. Tomas und Leon weichen so weit zurück, wie sie können. Bis sie auf die imposanten Bücherregale stoßen.

Hockstein beobachtet sie eine Weile schweigend. Leon zittert nicht mehr, wie er selbst merkt. Stattdessen spürt er, wie sich etwas in seiner Magengegend zusammenzieht, er beugt sich ein wenig vor, um dem entgegenzuwirken. Oder es vielleicht zu unterdrücken. Das Gesicht des Professors ist ebenso unergründlich wie immer, doch als er wieder anfängt zu sprechen, kann man seiner Stimme anhören, dass er … ja, was ist er?

Aufgekratzt?, überlegt Leon. Sein Magen tut weh.

»Meine Herren«, sagt der Professor. »Es ist tatsächlich zehn Jahre her, seit mir das letzte Mal so etwas passiert ist. Damals war es nur einer. Ein junger, begabter Student, mit Namen Rütter …« Er lässt sich auf seinem Schreibtischstuhl nieder, schlägt ein Bein übers andere und schiebt das Examenspapier wieder an seinen Platz.

»Sehr vielversprechend, er hätte es weit bringen können. Ich habe große Hoffnungen in ihn gesetzt, genau wie in Sie beide. Eine traurige Geschichte … zwei Jahre später erschoss er sich. Vielleicht könnte man sagen, dass er die Konsequenzen gezogen hat.«

Er macht eine Pause und schaut die beiden an. Leons Übelkeit nimmt jetzt dramatisch zu. Tomas macht einen Ansatz, etwas zu sagen, doch der Professor hebt die Hand.

»Nein, ich will nichts hören! Ich will in mein Café zurück. Habe nur meine Zigaretten vergessen.«

Er zieht eine Schreibtischschublade heraus, holt eine flache Metalldose heraus und steckt sie sich in die Tasche.

»Morgen werde ich in aller Frühe dem disziplinarischen Rat der Fakultät Bericht erstatten. Sie werden für alle Zeiten von akademischen Studien suspendiert werden. Ihre bis jetzt erworbenen Meriten werden Ihnen aberkannt.«

Wieder macht er eine kurze Pause. Dann steht er auf. Das Thema ist erschöpfend behandelt.

»Aber ich werde die Sache nicht dem zivilen Gerichtsstuhl übergeben. Ich gehe davon aus, dass die Strafe auch so hart genug sein wird.«

Er macht ein Zeichen mit der Hand.

»Und nun, bitte schön. Den gleichen Weg hinaus, den Sie gekommen sind, wenn ich bitten darf!«

In einem seiner Mundwinkel zuckt es ein wenig.

32

Bei der Bertrandgracht muss Leon stehen bleiben, um sich zu übergeben. Er steht mit der Stirn an einen kalten, feuchten Baumstamm gelehnt und gibt alles von sich, was er im Laufe des Tages gegessen hat. Tomas hat ihm einen Arm über den Rücken gelegt und den anderen fest unter den Brustkorb geschoben, damit Leon nicht auch noch umfällt. Keiner von ihnen hat ein Wort von sich gegeben, seit sie die Villa verlassen haben, aber Tomas war gezwungen, den Freund ab und zu auf dem Weg zu stützen. Das letzte Stück hat er ihn fast mit sich geschleppt.

Als es vorbei ist, fühlt Leon sich ein wenig besser. Die Knoten im Magen haben sich gelöst, und er kann den Rücken wieder strecken. Er holt tief Luft und nickt Tomas zu als Zeichen, dass er jetzt allein zurechtkommt. Tomas lässt ihn los.

Dennoch bleiben sie auf dem gleichen Fleck stehen. Keiner sagt etwas.

Was gibt es noch zu sagen?

Was gibt es noch zu tun?

Wohin sollen sie jetzt gehen?

Das Wasser im Kanal fließt dunkel und langsam dahin. Warum hat Rütter zwei Jahre gewartet? überlegt Leon. Er sieht Tomas von der Seite her an. Dieser hat einen Fuß auf das untere Eisengitter im Geländer gestellt … so steht er da, leicht vorgebeugt, und starrt auf den Kanal und die dunkle Häuserzeile auf der anderen Seite. Nicht ein einziges der stummen Fensterrechtecke ist erleuchtet. Was geht in Tomas Borgmanns Kopf in diesem Augenblick vor? Warum noch warten? denkt Leon. Hinter ihnen zieht eine Gruppe von Studenten vorbei. Einige von ihnen sind in Commedia-dell'arte-Kostüme gekleidet, man singt »O Gallia« und lässt eine Flasche kreisen.

Ja, er schaut Tomas von der Seite her an, und plötzlich weiß er, dass es ein vollkommen fremder Mensch ist, der dort steht. Ebenso fremd wie die Dunkelheit und die unebenen Trottoirsteine und die feuchte Luft. Jemand, den er niemals kannte und von dem er nicht das Geringste weiß.

Und so ist es mit allem, denkt er. Von jetzt an wird alles fremd sein. Nichts, was gewesen ist, wird er je wiedererkennen können. Es gibt keinen Zusammenhang mehr.

Er spürt, wie sich wieder das Zwerchfell zusammenzieht, aber da wendet Tomas sich ihm zu. Sein Gesicht ist weiß und verkniffen.

»Warum hast du mich damals geküsst?«, fragt Leon.

»Ich habe dich nie geküsst«, antwortet Tomas. »Komm, wir gehen zu mir nach Hause.«

*

Leon lässt sich in den Sessel fallen. Fragt sich erneut, ob das tatsächlich der gleiche Sessel ist wie vorher. Fragt sich, ob alle Dinge im Laufe dieses langen Tages zweimal ihre Gestalt geändert haben. Tomas verschwindet in der Küche und kommt mit einem Glas zurück.

»Hier! Trink einen Cognac, dann wird es dir besser gehen!«

Er selbst trinkt nichts. Er stellt sich ans Fenster und fummelt an Tabaksbeutel und Pfeife. Als er die Pfeife entzündet, kann Leon zunächst den Geruch nicht identifizieren, doch kurz darauf gelingt es ihm. Es interessiert ihn nicht. Tomas setzt sich ihm gegenüber und nimmt ein paar tiefe, langgezogene Züge.

»Willst du auch?«

Leon schüttelt den Kopf. Er nippt am Cognac. Tomas sagt eine ganze Weile nichts. Er sitzt nur zurückgelehnt im Sessel und raucht mit geschlossenen Augen. Leon zündet sich eine Zigarette an und wartet, er weiß nicht, worauf. Ein Krähenschwarm lärmt draußen auf dem Balkon. Die Uhr im Langen Pieter schlägt zehn. Er fragt sich, was jetzt kommt, etwas muss doch kommen.

»Ich habe einen Vorschlag.«

Tomas hat jetzt die Augen geöffnet, aber sie sind nichts als schmale Schlitze.

»Ja?«

»Bist du wieder in Ordnung?«

»Ja … ich denke schon.«

»Du kannst noch mehr Cognac haben, wenn du es brauchst. Es ist wichtig, dass wir jetzt im Vollbesitz unserer Kräfte sind.«

Leon zögert und bleibt sitzen, aber mehr ist von Tomas nicht zu erfahren. Er geht in die Küche und füllt sich einen Daumen breit aus der Flasche auf dem Spültisch ein. In seinem Körper macht sich langsam eine gewisse Wärme breit, das Zittern ist so gut wie verschwunden.

»Es ist jetzt fünf nach zehn«, sagt Tomas, als Leon sich wieder hingesetzt hat. »Was meinst du, was sollen wir tun?«

Leon zuckt verständnislos mit den Schultern. Was gibt es denn noch zu tun? Was spielt es für eine Rolle, wie spät es ist?

»Morgen früh ist alles verloren«, fährt Tomas fort. »Die Frage ist, ob es jetzt bereits verloren ist. Was meinst du? Rein hypothetisch, natürlich.«

»Wovon redest du?«

»Gibt es denn noch Handlungsmöglichkeiten?«

»Was? Nein …«

Für den Bruchteil einer Sekunde wird eine Tür in Leons Gewissen aufgeschlagen. Schnell schlägt er sie wieder zu. In einem Film oder einem Roman vielleicht, aber nicht …

»Was denkst du, was müsste passieren, damit wir gerettet werden?«

»Nichts.«

»Nichts? Das kannst du besser, Leon!«

»Wie meinst du das? Nun ja, Hockstein dürfte keinen Bericht abliefern.«

»Richtig. Und unter welchen Prämissen wird Hockstein keinen Bericht abliefern?«

Leon spürt, wie ihn eine Hitzewelle durchfährt. Hastig zieht er an seiner Zigarette, weicht dabei Tomas' Blick aus. Die Krähen schreien. Er gibt keine Antwort.

»Wie beurteilst du die Wahrscheinlichkeit, dass er seine Meinung ändert?«

»Nicht besonders groß.«

Tomas legt seine Pfeife hin. Er beugt sich über den Tisch vor.

»Das dauert zu lange, Leon! Wir wissen beide die Antwort, nicht wahr? Wenn Professor Hockstein morgen früh immer noch am Leben ist, dann ist es aus mit dir und mir.«

Leon schluckt. Versucht einige der Krähen draußen zu entdecken. Fühlt, dass er ihnen am liebsten seine Gedanken auf den Rücken schnallen würde, damit sie mit ihnen weit, weit wegfliegen – oder abstürzen würden.

»Meinst du, wir können darauf hoffen, dass er in der kommenden Nacht eines natürlichen Todes sterben wird?«

Pause. Leon kippt den Rest des Cognacs hinunter.

»Hörst du mir zu? Du musst mit Ja oder Nein antworten, es ist deine eigene Entscheidung! Ich will dich dabei nicht beeinflussen, aber wir müssen uns die Voraussetzungen klar vor Augen führen. Entscheide dich, Leon! Ich gebe dir zehn Minuten, wir haben nicht so viel Zeit.«

Worauf Tomas aufsteht und auf den Balkon hinausgeht. Die Krähen erheben sich mit Getöse. Er bleibt draußen stehen, die Beine breit auseinander, die Hände aufs Geländer gestützt. Plötzlich fällt Leon dieser Augustabend vor einer Million Jahren ein, an dem sie zum ersten Mal dort draußen saßen, ja, besonders lange sind sie natürlich nicht dort draußen sitzen geblieben …

Widerstandslos. Gegen alle Vernunft determiniert und programmiert. Jede Reminiszenz an Individualität und Selbstverwirklichung aufgebend, direkt hinein in diesen schicksalsschweren arterhaltenden Auftrag …

… und lange bleibt er, Tomas, auch diesmal nicht dort. Er kommt wieder herein, setzt sich an den Tisch, die Hände unterm Kinn gefaltet. Doch er sagt nichts, er drängt sich nicht auf. Lässt die vereinbarten Minuten verstreichen, eine nach der anderen, während er Leon mit diesen frenetischen, winzigen Pupillen beobachtet. Leon spürt ein gewaltiges Schweigen zwischen Tomas und sich, ein Schweigen, das er unter Tausenden von Schweigen wiedererkennen würde und in dem jedes Wort eine Tonne wiegen würde.

»Okay«, sagt Leon schließlich, als er es fast nicht mehr aushält. »Wir müssen ihn töten. Wie sollen wir es anfangen?«

Im gleichen Moment, in dem er diese Worte ausspricht, spürt er, wie etwas in seinem Kopf zu pochen beginnt. Als entstünde eine neue Ader, als hätte das Blut plötzlich eine neue Bahn gefunden. Es ist ein Gefühl, das keine Verwunderung bei ihm hervorruft, er stellt einfach fest, dass es so ist, wie es ist, und zwar weil es einfach hat passieren müssen, und dass Spinoza, wenn man alles in Betracht zieht,

Recht gehabt hat. Es ist fast komisch, dass Spinoza in diesem Zusammenhang auftaucht …

Tomas verzieht keine Miene. Es vergeht eine halbe Minute. Dann beginnt er zu reden.

»Das, was wir heute Abend tun müssen«, erklärt er so langsam und nachdrücklich, dass sich die Worte in Leon geradezu hineinbohren, »was wir in ein paar Stunden machen müssen, das ist das Wichtigste in unserem Leben. Die universalste Handlung.«

»Was?«

»Sie wird alles andere bestimmen. Was immer wir auch in Zukunft unternehmen werden. Begreifst du? Wir werden zu Blutsbrüdern. Begreifst du?«

Leon ist sich nicht ganz sicher, worauf Tomas hinaus will, aber vielleicht hat er ja Recht, vielleicht sind es nur die Formulierungen, die ihn verblüffen.

»Wir haben noch ein paar Stunden Zeit, nicht wahr?«, fragt Leon und redet sich gleichzeitig ein, dass das, was geschieht, ihn eigentlich gar nichts angeht, dass er nur die vorgegebenen Sätze aus dem Manuskript ablesen muss, das sich irgendwo in seinem Hinterkopf befindet. »Was hast du gesagt, wann sind sie aus Beuden zurück?«

Tomas macht eine ungenaue Handbewegung. »Um eins … vielleicht noch später. Meinst du, wir sollen ihn alle beide umbringen?«

Leon versteht die Frage nicht.

»Wollen wir gemeinsam hineinklettern und ihm jeder unsere Axt auf den Kopf schlagen, oder genügt es, wenn einer es tut?«

Ja, natürlich. Jetzt begreift Leon. Warum das Risiko eingehen, dass beide geschnappt werden? Wenn es nicht klappt oder wenn sie es zwar schaffen, den Professor zu töten, dann aber entlarvt werden, ja, dann wäre es natürlich besser, wenn einer von ihnen davonkäme … das ist einfachste Logik. Leon ist der gleichen Meinung. Er nickt und räuspert sich. Liest die nächste Replik aus dem Manuskript.

»Wie wollen wir vorgehen?«

Tomas antwortet nicht sofort. Sitzt stattdessen still da und beobachtet ihn wieder. Als ob … als ob es da etwas gäbe, worüber er sich noch nicht so recht im Klaren ist. Als zweifelte er … zweifelte er daran, dass der Kamerad es wirklich würde schaffen können, zweifelte daran, dass er dafür aus dem richtigen Holz geschnitzt ist. Wieder kann Leon seine Gedanken lesen … Nur ein Produkt aus Onkel Aris schlechtem Gewissen! denkt er für sich und beißt die Zähne zusammen.

»Vielleicht ist es das Beste, wenn ich es mache«, erklärt Tomas schließlich. »Ich denke schon …«

»Nein!«

Erneute Stille. Erneute wortlose Überlegungen. Leon fühlt sich inzwischen vollkommen ruhig.

»Bist du dir sicher?«

»Ja.«

»Du bist also bereit, das Los entscheiden zu lassen und die Verantwortung allein zu übernehmen, wenn es auf dich fällt?«

»Ja.«

»Na gut!« Tomas steht auf. »Es ist jetzt Viertel vor elf. Er ist inzwischen zurück. Wir gehen zusammen zum Rathausplatz! Dort losen wir, und dann geht einer von uns allein weiter!«

»Wie sollen … nun ja, ich meine …?«

»Wir es anstellen? Ja, was denkst du?«

Leon sucht vergebens im Manuskript. Tomas zieht sich die Jacke über, die er auf das niedrige Bücherregal im Flur geworfen hat. Dann wendet er sich wieder Leon zu und sieht ihn nachdenklich an. »Ich persönlich«, sagt er, »ich persönlich würde es vorziehen, ihn mit einem harten Gegenstand auf den Kopf zu schlagen. Das ist schnell und einfach.«

»Und womit?«

Tomas zuckt fast nonchalant mit den Schultern.

»Wir können unten über den Hinterhof gehen. Da liegt immer jede Menge Gerümpel herum.«

Tomas Borgmann weiß immer einen Rat.

*

Einige Zeit später stehen sie hinter dem Zeitschriftenkiosk auf dem Rathausplatz. Es regnet wieder, sie sind sich einig darin, dass das eigentlich ein Vorteil ist, die Leute bleiben eher in ihren Häusern. Der Marktplatz liegt einsam und verlassen, abgesehen von ein paar vereinzelten nächtlichen Tauben, die zwischen dem Müll herumpicken und die Reste aus dem Rinnstein lesen. Fett und urban. Leon hat sich eine Eisenstange in den Jackenärmel geschoben. Vermutlich handelt es sich um ein Stück ausgedienter Wasserleitung. In der Wohnung neben der von Tomas wurden den ganzen Frühling über Reparaturen ausgeführt. Das Rohr ist gut und gern einen halben Meter lang und ziemlich schwer. Es gibt keinen Zweifel, das kann sich ein gutes Stück in einen ungeschützten Professorenschädel bohren, wenn man es nur richtig anpackt.

Alles scheint klar zu sein. Die Uhr an der Rathausfassade zeigt ein paar Minuten nach halb zwölf. Es gibt keinen Grund, weiter zu warten. Tomas zieht die Taschenlampe hervor, die er immer noch in der Jackentasche hat. Er beleuchtet den gut einen Meter hohen blauen Holzkasten an der Wand, der jede Nacht in den frühen Morgenstunden von den Zeitungsboten benutzt wird.

»Es wird schon klappen«, sagt er. »Bist du bereit?«

Leon nickt.

»Dann lass uns losen!«

33

DAS TAGEBUCH

<u>Samstag</u>

Zufällig habe ich ein Telefongespräch mit angehört. Offensichtlich war es nicht so leicht, sie zu überreden, ich nehme an, dass sie eine ziemlich hohe Summe hat zahlen müssen.

Jedenfalls waren sie am Nachmittag da. Mit einem offenen, roten Lastwagen und den Kanistern auf der Ladefläche. Wir halfen beim Abladen und stellten alles an die Südwand. Ein jüngerer und ein älterer Mann waren es, beide im blauen Overall, mit karierten Flanellhemden. Vielleicht waren es Vater und Sohn, ich hatte jedenfalls den Eindruck. Sie sahen etwas besorgt aus, doch keiner von beiden stellte irgendwelche Fragen.

Warum sollten sie auch? Sie wurden ja gut bezahlt.

Ansonsten war der Tag genauso schön wie der gestrige. Während ich erzählte, saßen wir in den Liegestühlen unten am Strand. Marlene nur in Shorts und Bluse, ich selbst mit nacktem Oberkörper, und jetzt im Nachhinein spüre ich, dass ich mich ein wenig verbrannt habe. Die Haut spannt ziemlich, aber dem Krebs scheint das Sonnenlicht gut getan zu haben.

Bis fünf Uhr saßen wir draußen, und die ganze Zeit bemühte ich mich darum, nur das zu beschreiben, was tatsächlich geschehen ist. Was wir taten und welche Worte wir wechselten, soweit ich mich erinnere. Es hat mich überrascht, wie einfach ich mir alles wieder ins Gedächtnis rufen konnte, obwohl ich es so viele Jahre verdrängt hatte.

Bis ins kleinste Detail hinein kann ich mich erinnern, zumindest ab und zu. Ich erinnere mich beispielsweise daran, dass Tomas einen kurzen Moment lang zögerte, bevor wir losten. Er nahm meine Hände in seine und sagte:

»Was immer auch passiert, Leon, so haben wir beide das auf dem Gewissen. Für alle Zeiten.«

Genau das sagte er, mir erschien es für seine Verhältnisse ein wenig pathetisch, und gleichzeitig fuhr ein feuchter Windzug um die Kioskecke. Ich erinnere mich, dass ich am Kopf fror, während ich gleichzeitig die Wärme seiner Hände spürte, und dass ich mich darüber wunderte.

Sicher, die Mechanismen der Erinnerung sind rätselhaft, und vielleicht stimmt auch nicht alles im zeitlichen Ablauf. Im Verflossenen bewegt sich unsere Erinnerung ja frei in alle Richtungen, und ebenso verhält es sich wohl mit der Zukunft. Für alles, was nicht im Hier und Jetzt geschieht, was für eine Art von Ordnung schaffen wir eigentlich dafür?

Was sind das für Linien, die Marlene im Vergangenen sucht? Was gebe ich ihr? Ist es nicht so, dass wir letzten Endes doch nur im Trivialen enden? Der entscheidende Moment in unserem Leben ist immer bleich bis zur Peinlichkeit.

Während wir zusammensaßen, unterbrach sie mich ab und zu, nicht, um Fragen zu stellen oder Einwände anzubringen, sondern einfach nur, um eine Unterbrechung zu haben, wie es mir schien. Eine Pause in der Abfolge der Ereignisse. Ein paar Mal stand sie auch auf und lief auf dem Strand hin und her, und einmal stand sie lange da, mit dem Rücken zu mir, ganz nah am Wasser. Ich konnte ihren Schultern und ihrem Kopf ansehen, dass sie weinte.

Als sie jedoch zurückkam und sich wieder hinsetzte, war sie äußerst gefasst.

Ich fuhr trotz allem fort bis zu dem entscheidenden Zeitpunkt auf dem Rathausplatz, doch da bat sie mich plötzlich aufzuhören.

»Du brauchst nicht weiter zu erzählen«, sagte sie. »Ich weiß ja, wie es weiterging.«

»Marlene«, sagte ich, und es wurde mir selbst klar, dass es das erste Mal während der ganzen Woche war, dass ich ihren Namen aussprach, »ich werde alles bis zum letzten Blutstropfen berichten, und du wirst mir zuhören, und wenn ich dich auf einem Stuhl festbinden muss!«

Sie schaute mich verwundert an.

»Ach«, sagte sie. »Es gibt also noch mehr?«

»Ja«, antwortete ich. »Es gibt noch mehr.«

»Es ist noch schlimmer?«

»Ja.«

»Könnten wir bis heute Abend warten?«

Ich nickte.

»Ich habe ein paar Fragen«, fuhr sie fort.

»Ja, bitte.«

»Das Telefongespräch. Er hat dich während der letzten Monate angerufen, oder?«

»Ja. Dreimal.«

»Was wollte er?«

»Er hat nichts gesagt.«

»Aber du hast es dennoch verstanden?«

»Jetzt verstehe ich es. Damals habe ich es nicht verstanden.«

»Warum? Was glaubst du, warum hat er dir nicht gesagt, was er wollte?«

Ich zögerte. »Es gibt nicht für alles Worte«, sagte ich. »Wir nützen die Sprache ab, und plötzlich, wenn wir sie am dringendsten brauchen, ist sie nicht mehr zu gebrauchen. Aber wenn ich es richtig verstanden habe, hat er hier ja auch nicht besonders viel geredet.«

»Nein, das stimmt ...«

Wir schwiegen eine Weile.

»Die Beerdigung«, sagte sie dann. »Was ist da auf dem Friedhof passiert?«

»Ich weiß es nicht«, musste ich zugeben, und ich spürte, wie ich rot wurde. »Aber ich werde versuchen, es herauszubekommen.«

»Versprich mir, dass du das machen wirst.«

»Wenn ich es schaffe.«

Dann verließen wir den Strand. Marlene ging in die Küche, um unsere letzte Mahlzeit vorzubereiten. Ich tat wirklich mein Bestes und bot an, ihr zu helfen, doch sie schickte mich mit energischer Stimme in die Bibliothek.

»Heute ist der letzte Tag«, sagte sie. »Du musst deinen Auftrag erfüllen.«

Auch heute war ich nicht gerade in der Stimmung, dort zu hocken. Irgendwie erscheint es mir inzwischen, als wären auch alle diese Bücher so trügerisch, was natürlich ein vollkommen absurder Gedanke ist. Proust ist Proust, auch in den Händen eines Verräters, die Steine in der Laguna Monda behalten immer ihren gleichen Schimmer, egal, wer sie betrachtet – und wer war es eigentlich, wer hat dem Subjekt so viel Platz auf der Welt zugestanden? Auf jeden Fall rationalisierte ich, genau wie gestern, meine Bücherwahl. Ich führte ein paar einfache Operationen mit meiner eigenen Telefonnummer und der von Birthe durch, zählte die Regale und Bücherrücken ab und erhielt so schließlich zwei Bände.

Unglücklicherweise erwies sich der eine von ihnen als ein Foliant: Pearsons »Trinksitten am Dänischen Hofe 1876-1914 in Wort und Bild«. Ich muss es sicher in meine Reisetasche packen, aber da gibt es genügend Platz, deshalb ist es eigentlich kein Grund zur Sorge.

Der andere Band, auf den das Los fiel, war eine kleine Gedichtsammlung mit dem sonderbaren Titel »Zwölf Rezitative für traurige Ritter«. Der Autor heißt Michail Rodonowitsch Barin, und auf dem Vorsatzblatt gibt er an, mit dem Geschlecht Romanow verwandt zu sein. Das Buch war obendrein nicht aufgeschnitten, und als ich wahllos ein paar Seiten in der Mitte aufschnitt, stieß ich auf das Gedicht »Feuerbestattung im Herbst«:

Kämpfe, Rauch, alles zusammenzuhalten!
Denn alles soll einmal wieder sein.
Schließe dicht in die Reihe Deine Farben auf
und zolle nicht dem neuentfachten Feuer deinen Tribut, Kamerad!
Einmal werden die weißen Knochen für immer bestehen,
einmal wird wieder über Siege geschrieben werden.
Kämpfe, Rauch!

Es würde mich nicht wundern, wenn ich, abgesehen vom Verfasser und Verleger, der einzige Mensch gewesen wäre, der diese Zeilen je gelesen hat. Es wäre sicher interessant, dieser Frage nachzugehen. Dieser Gedanke beschäftigt mich eine Weile, doch dann sehe ich, dass das Erscheinungsjahr 1943 war, mitten im Krieg. In Anbetracht dessen und bei näherer Überlegung begnüge ich mich damit, Michail Rodonowitsch keinen weiteren Gedanken zu widmen.

Stattdessen nutze ich die Zeit, vor dem Essen zu duschen und meine Sachen zu packen. Es ist nicht schlecht, für eine kurzfristige Abreise bereit zu sein, ich bin mir keineswegs darüber im Klaren, was wohl am bevorstehenden Abend und in der folgenden Nacht passieren wird

34

Als er den Fuß auf den hervorstehenden Stein setzt und sich über die Mauerkrone schwingt, meint er, nie etwas anderes in seinem ganzen Leben gemacht zu haben.

> *Hier wird nicht reflektiert, einfach frisch ans Werk, ans triste, sinnlose, dieses ungebührlich aussichtslose Wagnis …*

Das Eisenrohr rutscht aus dem Ärmel und fällt auf den Rasen. Er ist gezwungen, eine Weile im Dunkeln danach zu suchen. Das Haus liegt still und dunkel da. Er überlegt, welches wohl das Schlafzimmer des Professors sein mag, es wundert ihn ein wenig, dass Tomas das nicht gewusst hat.

Er schiebt erneut die Terrassentür auf. Bleibt direkt hinter ihr stehen. Lauscht. Tastet nach dem Rohr. Das eine Ende ist grober, hat einen achtkantigen, hervorstehenden Falz. Er beschließt, es am anderen Ende festzuhalten, das rund ist und ein paar Zentimeter Schraubgewinde hat. Der Rost hat einiges zerfressen, scharfe kleine Flocken ragen hoch, das ergibt den perfekten Halt. Zur Probe schlägt er ein paar Mal in die Luft; stellt fest, dass er zumindest keine Angst davor haben muss, dass es ihm aus der Hand rutscht.

Er bleibt horchend stehen. Der Regen und der Wind sind leise aus dem Garten zu hören. Im Haus selbst kann er kein anderes Geräusch vernehmen als das einer Uhr, die die Sekunden in der Stille zertickt. Sie klingt ein wenig zögerlich, was sich wohl problemlos justieren ließe, aber er ist nicht gekommen, um Uhren zu reparieren.

> *eine Art von Bedeutung beinhaltet, die einem bisher verborgen blieb und einem für alle Zeiten in dem eigenen verarmten Winkel der Ewigkeit verborgen bleiben wird; eine Bedeutung, die sich dennoch für ein höheres Wesen finden lassen muss …*

Er durchquert das Zimmer und gelangt auf einen Flur. Eine Straßenlaterne, es handelt sich wohl um die vor der St. Maria, wirft einen blassen Schimmer durch ein Fenster und die seidendünnen Gardinen. Zeigt ihm den Treppenansatz hinauf zum ersten Stock.

Er nimmt an, dass der Professor irgendwo dort oben schläft. Hält seine Armbanduhr in das schwache Licht. Fünf vor zwölf. Tomas hat gesagt, dass der Professor immer kurz nach elf ins Bett geht. Wenn er einen einigermaßen gesunden Nachtschlaf hat, sollte er um diese Zeit schlafen … also geht es nur darum, das richtige Zimmer zu finden. Sich hineinzuschleichen und zuzuschlagen. Er hofft von ganzem Herzen, keinen wachen Professor vorzufinden: Jede Menge unnötiger Gewaltanwendung vor dem definitiven Todesschlag durchführen zu müssen, erscheint ihm nicht besonders attraktiv.

Er geht ins oberste Stockwerk. Die erste Tür steht einen Spalt offen. Er tritt näher und lauscht.

Ein schwaches, aber regelmäßiges Atmen ist zu hören.

Wie einfach, denkt er und schiebt die Tür auf. Die Scharniere knarren ein wenig, das ist wohl bei allen Türen hier im Haus so. Das Schnarchen hört auf. Eine Lampe wird eingeschaltet.

Wie dumm, denkt Leon. Aber wenigstens ist es das richtige Zimmer.

Der Professor stützt sich auf die Ellenbogen und kommt in halb sitzende Stellung. Er schaut Leon an. Der gleiche durchbohrende Blick wie immer. Ansonsten verzieht er keine Miene. Ein paar Sekunden verstreichen.

»Delmas?«, sagt er dann. »Ich hatte Borgmann erwartet.«

Deutlich ist seiner Stimme die Enttäuschung anzuhören. Er schließt die Augen und legt sich wieder hin. Löscht das Licht.

Leon ist gezwungen abzuwarten, bis er sich an die Dunkelheit gewöhnt hat, doch als sich die Konturen des großen Kopfes deutlich auf dem Kopfkissen abzeichnen, tritt er ans Bett. Die Atemzüge des Professors sind regelmäßig und ruhig.

Er zählt bis sechs, wie er es immer gemacht hat, als er bei den Onkeln im Sommer ins Wasser getaucht ist. Dann hebt er das Rohr und schlägt mit aller Kraft zu.

> *ein für alle Lebewesen gleichermaßen unbegreifliches Geschehen …*

Das Einzige, was zu hören ist: ein dumpfes, ganz leises Geräusch, ungefähr so, als ob jemand ein dickes Buch zusammenschlüge, beispielsweise Strunkes »Geschichte der Philosophie«. Leon weiß, dass er es nicht noch einmal machen muss.

*

In dem Moment, als er die Tür hinter sich schließt, hört er, wie unten ein Schlüssel ins Schloss geschoben wird, und ein paar Sekunden später ruft Marlene überrascht aus:

»Leon? Was für eine Überraschung!«

Er versteckt das Rohr unter seinem Mantel und sinkt auf

der obersten Treppenstufe zusammen. Dann lehnt er den Kopf gegen die Wand und kneift fest die Augen zu.

Er hält die Augen mehr als eine Stunde lang geschlossen, bis zwei Polizeibeamten auf der Wache an der Gruyder Allé ihm mit sanfter Gewalt die Augen öffnen.

35

Das Unwetter setzte um acht Uhr ein und hielt bis zur Morgendämmerung an. Ohne Unterbrechung wütete es, und anschließend konnte er sich nicht daran erinnern, jemals so eine Nacht erlebt zu haben.

Es begann mit ein paar kräftigen Windböen aus Nordwest, und innerhalb weniger Minuten sank die Temperatur um mehr als zehn Grad. Er stand in der Tür des Wintergartens und schaute zu. Eine schwarzlila Wolkenbank wuchs schnell über den Himmel und warf einen dunklen Schatten auf das Meer. Ein Schauer durchfuhr die Wasseroberfläche, eine bebende Vorahnung, und dann wurde der Horizont von zwei Blitzen, die rasch aufeinander folgten, gespalten. Weit dort draußen pflanzte sich ein dumpfes Grollen fort, tief unter dem Meeresboden, wie es ihm schien, eine Erschütterung, die die Glasscheiben vibrieren und die Prismen der Deckenlampe klirren ließ.

Dann kam der Regen. Er brach los, als wären alle Dämme in ein und dem selben Moment gebrochen, plötzlich waren Himmel und Meer nur noch ein einziges Element. Ein tosender, siedender Hexenkessel voll rasender Wassermassen. In diesen stürzte sich der Sturm. Er schleuderte Wasserkaskaden übers Land, peitschte das Meer und die Wellen bis in die Senkrechte, riss und zerrte an den Krüppelkiefern und raste heulend durch Rinnen und Dachziegel. Es schien, als hätten alle Kräfte nur auf diesen Augenblick gewartet. Als hätten sie sich für diese Nacht aufgespart, in der sie endlich zügellos wüten konnten, gesammelt und formiert.

Als ob alles, was sich vorbereitet hatte, jetzt entladen sollte, dachte er und zog die Tür zu. Marlene kam, stellte sich neben ihn und schaute aufs Meer.

»Eine Gewitternacht«, sagte sie. »Das wird sich nicht vor morgen früh beruhigen.«

Eine neue Entladung ließ den Lampenschein flackern, und er spürte, wie der Fußboden zitterte. Sie fasste ihn am Arm.

»Wir können jetzt essen«, sagte sie. »Ich denke, wir haben reichlich Zeit. Denn heute Abend wird wohl keiner von uns abreisen wollen, oder?«

Draußen in den Flur hatte sie ihre Reisetaschen gestellt, wie er sehen konnte. Groß und entschlossen standen sie dort, jeweils eine links und rechts von der Tür.

Sollte es ihm doch nicht gelingen, ihr nahe zu kommen, bevor alles vorbei war?

*

Erst später, nachdem sie den Tisch verlassen und sich vors Feuer gesetzt hatten, begannen sie zum letzten Mal an der Vergangenheit zu rühren.

»Hast du verstanden, worum es eigentlich ging?«, fragte sie.

»Vielleicht nicht«, antwortete er. »Ich weiß nicht so recht, was das bedeutet … etwas zu verstehen. Was meinen wir damit, wenn wir behaupten, wir würden begreifen? Dass uns etwas klar ist …«

»Ja, natürlich, so kann man es auch sehen.«

*

Doch sie wartet. Lässt ihn seine Schlüsse ziehen.

»Ich habe mir ein Bild gemacht«, sagt er. »Ein Bild, das ich anschließend zerstört habe. Zerstört und gleichzeitig fixiert. Was es tatsächlich darstellte, ob es etwas ähnlich sah, das lässt sich nicht sagen. Das Wichtige ist, sich überhaupt ein Bild zu machen, aber es gibt natürlich keine richtigen Bilder, nur solche, die wir gelten lassen ... solche, die wir mit der Zeit akzeptieren, weil es in unserer Natur liegt, zu akzeptieren und einzuordnen. Ebenso unmöglich ist es uns, mit dem Chaos oder dem Unmöglichen zu leben. Für mich spielt der tiefere Sinn keine so große Rolle, das Wichtige war, dass ich niemals betrogen habe, niemals jemanden im Stich gelassen habe ... immer unserer Vereinbarung treu geblieben bin.«

Das klingt merkwürdig, was er da sagt, das merkt er selbst. Es ist das erste Mal, dass er versucht, es für eine andere Person in Worte zu kleiden, außerdem ist er etwas beschwipst vom Wein, und es sind die absolut falschen Worte. Schlecht gewählt und unpassend, als hätte er von Anfang an die falschen Saiten angeschlagen ... ganz gewiss hat er das hier nicht sagen wollen.

»Ich verstehe.«

»Nicht um seinet- oder um unseretwillen, sondern nur um meiner selbst willen«, fährt er dennoch fort. »Es ist nicht zu leugnen, eine derartige Handlung ist nicht anders zu beurteilen, man muss sie in dem Licht sehen, das es damals gab. Es kann im Nachhinein nichts hinzugefügt oder abgezogen werden. Und dennoch habe ich vorausgesetzt ... ja, ich war mir so sicher, dass wir uns wirklich auf gleicher Basis befanden, und ich habe mir das auch anschließend eingebildet. Erst jetzt habe ich erfahren, dass dem nicht so war. Das Gespräch ... das Schweigen und ... das hier.«

Er legt die Würfel auf den Tisch.

»Was ist das?«

»Versuche es einmal! Bitte schön!«

Sie schaut ihn verständnislos an, nimmt sie aber dennoch in die Hand. Schüttelt sie ein paar Mal und lässt sie dann auf den Tisch rollen.

Eine Eins und eine Sechs.

»Ja, und?«

»Versuch es noch einmal!«

Sie lächelt unsicher und sieht ihn zweifelnd an. Als wäre sie einem Scherz oder einem Trick ausgesetzt, den sie nicht durchschauen kann und der sie ärgert.

»Noch einmal!«

Jetzt befiehlt er, und sie gehorcht. Sie würfelt.

Wieder eine Eins und eine Sechs. Die schwarze Sechs, die weiße Eins. Er nimmt die Würfel wieder an sich.

»Stell dir vor«, sagt er, und jetzt fallen die Worte genau, wie er es wünscht. »Stell dir vor, du stehst dort an diesem Abend vor dreißig Jahren! Es regnet, aber nicht so wie jetzt, es ist ein feiner Regen, der dich eher einhüllt als ausschließt. Der euch vereint. Und er wischt den blauen Holzdeckel mit dem Mantelärmel ab und sagt: ›Dann würfeln wir!‹ Und er gibt dir einen Würfel. ›Der niedrigste Wurf macht es!‹ Und du würfelst eine Eins und er würfelt eine Sechs, und du akzeptierst diese Entscheidung des Schicksals, und du denkst an das, was ihr in der letzten Stunde zusammen entschieden habt … nie wart ihr euch näher, nie hast du irgendeinem anderen Menschen näher gestanden, nie haben zwei Menschen auf einer schärferen Messerschneide gestanden; und ganz tief in all dem, in diesen schweren, selbstverständlichen Schlussfolgerungen: Nie ist etwas logischer gewesen. Wenn es zum Teufel geht, dann ist es besser, wenn einer übrig bleibt … besser, wenn Tomas Borgmann davonkommt. Oder Leon Delmas. Denn es könnte ebenso gut ich gewesen sein, und weil dem so ist, lebst du in einem unerklärlichen Sinne durch ihn weiter, genau wie er es durch dich getan hätte, wenn es umgekehrt gewesen wäre. Du glaubst, dass ihr tatsächlich euer Schicksal in die Hände des Zufalls gelegt habt, dass es genauso gut der eine wie der andere hätte sein können. Dass es ebenso gut er hätte sein können! Es ist das erste und einzige Mal, dass du auf dein eigenes jämmerliches Fliegenleben eine Art Philosophie anwendest, und das gibt dir Kraft. Kraft, all diese verfluchten Gefängnisjahre zu ertragen, diese verfluchte Sinnlosigkeit, Leere und Aushöhlung. Dieser Gedanke lässt dich niemals los, diese Vereinbarung, dreißig Jahre lang hältst du an ihr fest, und dann entdeckst du … das Triviale.«

Er würfelt.

»Sieh nur! Wieder eine Eins und eine Sechs! So herrlich ausgedacht! Dass es jedes Mal wieder funktioniert … welchen Nutzen könnte man nicht daraus ziehen, wenn man nur …«

»Schweig, Leon!«

Ihr Gesicht ist kreidebleich, obwohl sich sowohl das Feuer als auch der Wein darin spiegeln. Er sieht sie von der Seite an … sieht die fest zusammengepressten Kiefer, die sich hin und her bewegen. Ihren Brustkorb, der sich in immer hastigeren Stößen hebt und senkt. Ihre Hände umklammern die Armlehnen, bis die Knöchel weiß hervortreten, ja, ihr ganzer Körper scheint in eine Art Krampf verknotet zu sein … dann steht sie auf, fast spastisch hebt sie ihre rechte Hand, die das Glas hält, und schlägt es geradewegs auf die Herdplatte.

*

Und tatsächlich … tatsächlich verhalten sich die kleinen, unberechenbaren Scherben genau, wie sie es im Film in so einer Situation zu tun pflegen: eigensinnig und sonderbar, sie brechen den Rhythmus abrupt ab; in dem Moment, als sie von den Fesseln des Glases befreit sind, übernehmen sie das Kommando über die Zeit. Die Gewalt in der Bewegung, im sinnlosen Ausbruch, geht in ihre eigene Inversion über, und unendlich langsam schweben die Splitter im Raum umher; langsam, ganz langsam sinken diese spitzen Kristalle in unberechenbaren Ellipsen und Variationen zu Boden, und bevor sie sich noch zur Ruhe gelegt haben, scheint es, als ob der gesamte Handlungsablauf sich so abgespielt und wiederholt hat, dass man meint, es hätte länger gedauert als der Film selbst.

Und lange davor ist sie aus dem Haus. Draußen im tosenden Unwetter, nur im roten Kleid mit schwarzem Gürtel, und er folgt ihr nicht. Die Tür steht offen und klappert im Wind, aber das interessiert ihn nicht. Er sitzt da, starrt ins Feuer und zittert am ganzen Leib.

*

Als sie zurückkommt, ist sie triefend nass. Sie zittert vor Kälte und hockt sich vors Feuer.

»Verzeih mir«, bringt sie heraus. »Ich hatte ja keine Ahnung …«

Er gibt ihr ein Zeichen zu schweigen. Nicht noch mehr Worte darauf zu verschwenden. Sie streckt ihre Hände dem Feuer entgegen und versucht wieder Gefühl in sie zu reiben. Auf dem Boden um sie herum bilden sich große Pfützen. Er fegt die Scherben mit einer Zeitung zusammen und holt ein neues Glas aus der Küche. Wieder trinken sie. Sie trinkt Wärme aus dem Wein, doch ihre Zähne schlagen gegen den Glasrand … dann geht sie in ihr Zimmer, um sich umzuziehen. Nach einer Weile kehrt sie in einem blauen, flauschigen Morgenmantel zurück, der ihr bis zu den Knöcheln reicht. Und dann sitzen sie wieder dort. Ihm ist klar, dass sie darunter nackt ist. Das Feuer fällt in sich zusammen, bald wird es nur noch einen Gluthaufen geben, auf den man starren kann, doch sie machen keinerlei Anstalten, den Flammen wieder Leben einzuhauchen.

Es ist die Zeit an ihrem siebten Tag und während ihres letzten Gesprächs, an dem die Dunkelheit genau die richtigen Bedingungen stellt.

*

»Da gibt es etwas, was du vielleicht nicht weißt«, sagt sie später, als sie gerade noch das Gesicht des anderen erkennen können. »Er hatte Leukämie. Mein Vater, meine ich …«

Leukämie?, denkt er. Warum sagt sie das? Was hat das zu bedeuten?

»Er war zum Tode verurteilt, hatte nicht mehr als noch ein halbes Jahr zu leben, wie man es auch drehte und wendete. Ich wusste das nicht, aber meine Mutter hat es mir später erzählt … Vielleicht erklärt das einiges.«

Vielleicht erklärt das einiges?

Er weiß es nicht. Fühlt nur, wie ihn eine schwere Müdigkeit überfällt. Es ist die gleiche Müdigkeit, die er im Traum über die Ebene geschleppt hat, die gleiche Müdigkeit, die er immer mit sich tragen wird, Segen oder Fluch, er weiß es nicht, doch ein Wegbegleiter. Zweifellos ein Wegbegleiter.

»Wollen wir ein Weilchen schlafen?«, fragt er, und sie gehen zurück zum Sofa. Dieses Mal legt er nicht nur seinen Kopf zur Ruhe. Als wäre es die natürlichste Sache der Welt, ziehen beide sich aus, drängen sich auf dem Sofa unter den Decken aneinander und lieben sich heftig und lange.

Als keiner von beiden mehr kann, bleibt er dennoch so liegen, immer noch in ihr, und sie lässt ihn nicht los. Er liegt an ihrem Rücken, die Arme um ihren Leib geschlungen, das Gesicht in ihr noch nasses, salzig duftendes Haar gebohrt.

Und das Unwetter wütet.

36

Das Haus begann nicht zu brennen, es explodierte. Ihm wurde klar, dass sie die Kanister sehr sorgfältig eingesetzt hatte. Obwohl er in sicherer Entfernung stand, peitschte die intensive Hitze glühende Wogen über sein Gesicht. Die ersten Feuerschwaden schossen sicher zwanzig, dreißig Meter in den stummen, grauen Himmel der Morgendämmerung hinauf. Der Donner war ohrenbetäubend, die Luft zitterte. Die Möwen schrien natürlich, sie flogen im Kreis und versuchten sich dem Feuer zu nähern, wurden aber von der Hitze abgestoßen ... sie kehrten in schrägem Bogen zurück, kreisten in weiten Kreisen über dem Meer und setzten zu neuen Ausfällen an. Idiotische Vögel, dachte er.

Das Gewitter hatte in den frühen Morgenstunden aufgehört, aber die Strandvegetation war immer noch so durchnässt, dass die Flammen nirgends Nahrung fanden. Nur das Haus brannte. Wie eine gigantische Fackel stand es dort am Strand. Ein groteskes Irrlicht in der weichenden Dunkelheit. Nachdem der Wind sich gelegt hatte, bekam das Ganze einen fast klinischen Verlauf. Ein irreversibler, notwendiger Prozess. Innerhalb einer halben Stunde war alles vorbei, schließlich blieb nur noch ein schwelender, qualmender, glühender Haufen zurück ... sechstausend Bücher, dachte er, ein paar Millionen Seiten Schrift, die unwiderruflich und mit einer gewissen langsamen Würde verkohlten. Ein einsames, schwarzes Mauerskelett erhob sich aus der Verwüstung. Allein in einigen Langhölzern, die ein Stück zur Seite gefallen waren, spielten noch die Flammen.

Die Möwen flogen jetzt näher heran. Sie hackten, zerrten und untersuchten. Wonach suchten sie? Nach Essensresten? Verbrannten Menschen?

Wie einfach und effektiv ist doch die Zerstörung im Vergleich zum Bau, kam ihm in den Sinn. Welch brutale Schönheit liegt in der Vernichtung.

*

Während einiger Minuten, als das Feuer am heftigsten aufloderte, hatte er sie aus den Augen verloren, doch jetzt stand sie wieder da. Auf der anderen Seite, unten am Strand, die Taschen neben sich.

Vollkommen unbeweglich stand sie da und schaute das Zerstörte an. Wie eine späte Hestia, dachte er, die Göttin, die den Herd und das Feuer bewacht. Durch die in die Luft steigenden, vibrierenden Hitzewogen sah er sie, und für einen Moment hatte er das Gefühl, sie wäre gar nicht wirklich.

Dann ergriff sie die Tasche, drehte allem den Rücken zu und machte sich auf den Weg.

Richtung Süden, den Strand entlang. Weg vom Haus. Weg vom Kirschgarten. Von ihm und allem, was gewesen war. Die Taschen schienen äußerst schwer zu sein. Während er noch dastand und ihr nachschaute, war sie mehrere Male gezwungen, stehen zu bleiben und sie abzusetzen.

Aber sie schaute sich nicht um. Warf keinen Blick zurück, und als sie für seine Augen nur noch zu etwas Unwesentlichem geschrumpft war, ergriff er seine eigenen Taschen und machte sich auf den Weg Richtung Bahnhof.

3. Terra firma (et celesta)

37

Er betrachtet den kleinen, farblos lackierten Tisch vor seinen Knien.

Es hätte ein Glas darauf stehen können oder eine Tasse. Ein Apfel hätte dort liegen können oder eine Apfelsine. Aber nichts davon. Er macht keinen Sinn für ihn, dieser Tisch. Er versucht sich darüber zu freuen, dass es ihn hier gibt, doch das geht nicht.

Er betrachtet die Heidelandschaft, die vor dem Fenster vorbeizieht.

Auch sie macht keinen Sinn. Dabei hätte sie einen haben sollen.

Seine Mitreisenden. Eine kräftige Frau mittleren Alters in blauer Windjacke. Ihr kräftiger Sohn.

Die auch nicht, denkt er.

*

Er lehnt den Kopf gegen den gepolsterten Buckel, der seinen Platz von dem des Nachbarn trennt, wenn er denn einen Nachbarn gehabt hätte.

Wie heißt so ein Ding eigentlich?, fragt er sich. Hat das überhaupt einen Namen? Vielleicht ist es nur ein vollkommen namenloser Buckel.

Unter anderen Bedingungen hätte er ihr gegenüber eine tiefe, warme Herzlichkeit empfinden können … der Kopfstütze, das weiß er. Eine Art innerlicher, funktioneller Befriedigung darüber, wie sinnvoll doch trotz allem alles eingerichtet ist. Hier zu sitzen und seinen müden Kopf anlehnen zu können, genau wie es gedacht ist ... an diese ziemlich weiche Stütze auf diesem ziemlich bequemen Sitz in diesem ziemlich angenehmen Zug ... ausgerechnet für diesen Zeitabschnitt die Summe bilden, Sinn und Krönung des Werkes in einer unendlich langen Kette menschlicher Geschäftigkeit und menschlichen Strebens. Wie viele sind doch in diesen Buckel einbezogen!, denkt er. Ausschreibung und Design, Materialabwägungen und Anfertigung, Auftragseingang und Distribution ...

> *Diese Fläschlein in so vielen Farben, eingekapselte Wohlgerüche und unzählige Abwandlungen der Nagelschere: welche Summe von Genie lag doch schon in einem Friseurladen! Ein Handschuhgeschäft: welche Beziehungen und Erfindungen, ehe eine Ziegenhaut über eine Damenhand gezogen wird und das Tierfell vornehmer geworden ist als das eigene Fell! Er staunte die Selbstverständlichkeiten, die unzähligen niedlichen Habseligkeiten des Wohllebens an ...*

Musil? Ja, das musste Musil sein, der aufsteigt wie ein Dunst aus seinem alten Kellergewölbe. Warum? Macht das einen Sinn, und was geht da eigentlich vor? Er hat die Zügel losgelassen, lässt widerstandslos die verborgenen Türen und Siegel öffnen, nur damit er sich nicht aus dem Zug stürzen muss. So ist es nun einmal, genau so. Er klammert sich an Bildern fest, an den im Unterbewusstsein geformten Worten, an was auch immer, nur nicht dieser Ekel, dieser Widerwille.

Von vorn anfangen. Wieder den Tisch betrachten. Die Heideflächen. Die Windjacke ... die Augen schließen, die hartnäckige Flut erdrosseln und seine Gedanken wieder aufnehmen.

Das ist der Unterschied, sagen sie. Diese Befriedigung spüren zu können, dieses spröde, demütige Glück, oder es nicht spüren zu können. Vielleicht macht das nicht den Sinn oder die Antwort aus … aber zumindest den Unterschied.

Und eigentlich ist es ein Verbrechen. Dieser Ekel.

> *…was ist mir diese Quintessenz von Staube? Ich habe keine Lust am Manne – und am Weibe auch nicht …*

Marlene, denkt er. Oder?

Oh, wenn es möglich wäre, es aufzuhalten, bevor alles zu spät ist! Warum geschieht nichts? Warum berührt ihn nichts? Der Windjackensohn raschelt mit irgendetwas in der Tasche und atmet schwer. Zweifellos hat der Junge Polypen. Das hört man schon, wenn man nur die Augen schließt.

Er hält sich am Tisch fest. Jetzt ist alles still. Kein Rascheln mehr, kein schweres Atmen. Hat der Junge einen Polypen ins falsche Halsloch gekriegt?

Er öffnet nicht die Augen. Und nichts geschieht.

Die ganze Zeit fährt der Zug, und nichts geschieht.

Tu doch etwas, Gott!

*

Die Abteiltür wird aufgerissen. Auf der Schwelle steht eine uralte Frau. Grau, klein und verschrumpelt wie Schweinerippchen, die allzu lange im Ofen geblieben sind. Nur in den Augen scheint immer noch Leben zu sein.

Er erkennt sie ohne jeden Zweifel wieder, aber offenbar ist er nicht ganz bei Sinnen. Seinem Wahrnehmungssystem ist in diesem warmen Morgenlicht, das durch die schmutzigen Fenster wogt und den Staub weckt und tanzen lässt, nicht so recht zu trauen, sie sollte doch, sie muss doch schon seit vielen Jahren tot sein, warum ist dann niemand auf die Idee gekommen, sie zu begraben? Fräulein Messer-Hülpen. Seine alte Lehrerin. Verkohlte Schweinerippchen?

Er zählt nach. Er war sieben, acht Jahre alt. Sie muss damals in Gottes Namen so um die Fünfzig gewesen sein ... keiner von ihnen hatte einen Vater oder eine Mutter, die auch nur annähernd so alt waren wie die Messer-Hülpen, das steht auf jeden Fall fest. Nicht einmal Mogens Mott, dessen alkoholisierter Vater – mit der fleischigsten und meisterwähnten Nase des Wohnviertels – wahrlich kein junger Spund mehr war ... Und auch wenn er fünf Jahre dazu gibt oder besser gesagt abzieht, dann muss sie zu diesem Zeitpunkt, hier in der Türöffnung, in diesem ziemlich angenehmen Zug durch die Heidelandschaften zwischen B. und K. mindestens neunzig sein. Neunzig Jahre alt.

Nun ja, unmöglich ist das natürlich nicht.

Sie trägt einen Hund im Arm. Und eine Tasche. Eine graugelbe kleine Ulmer Dogge mit Unterbiss und eine braune Handtasche an einem Riemen um den Hals. Sie lässt sich neben ihm niedersinken. Das Tier glotzt ihn an. Ein dumpfer, vibrierender Laut ist zu hören. Vielleicht ist es ein Knurren. Vielleicht kommt es gar nicht von dem Graugelben, sondern von der Messer-Hülpen. Das ist schwer zu sagen. So langsam erinnert er sich an sie ...

Scharfe Nägel, die sich in die Kopfhaut bohrten, wenn sie einen wegen Flöhen kurzgeschorenen Schopf zur Ordnung zupfen wollte ... Das Metalllineal, das über blaugefrorene Notwinterfinger sauste, ihre Atemzüge voller Honig und Zigarillos. Und die Ohreninspektion. Der scharfe, sechseckige Bleistiftanspitzer, der ins Ohr geschoben wurde, dort herumgedreht und gedrückt wurde, *wie ein Holzbohrer, mit dem man in eine Schiffsplanke Löcher bohrt, bei dem der Riemen abwechselnd in die eine und in die andere Richtung gezogen wird, so dass er ständig rotiert, so hielten wir den*

Pfahl und wirbelten die glühende Spitze herum ... um es ganz ordentlich zu machen – und der oftmals Wunden schnitt und Blut und Schweiß hervorrief, so dass man eine Woche lang auf keinen Fall das Ohr waschen konnte, selbst wenn man es gewollt hätte. Er hasste sie. Alle hassten sie.

O Rache! Rache!

Doch wie?

Er denkt angestrengt nach. Vorbei ist alle Lethargie und Hoffnungslosigkeit. Vorbei ist der Gedankenbuckel. Vielleicht ist das heute doch ein Tag, an dem die Bahnen zusammentreffen? Die Stunde der Konjunktionen? Trotz allem gibt es Zeichen, die darauf hindeuten. Er schöpft schnell Mut, spürt plötzlich, wie die Lebensgeister in der Brust anschwellen, und als der Zug schließlich im Bahnhof von Linden hält, dem letzten Halt vor K., schiebt er das Fenster auf. Er lässt sich hinaushängen und hält auf dem Bahnsteig Ausschau. Entdeckt den Verkäufer mit dem Kasten vor dem Bauch und ruft ihn zu sich ... schafft es gerade noch, zwei dampfende Würstchen entgegenzunehmen, bevor man erneut weiterzuckelt.

Der Graugelbe wittert sofort und schnüffelt. Er spannt jeden Muskel in seinem rundlichen Körper an und beginnt zu sabbern. Große Speichelblasen drängen sich aus schwarzen Mundwinkeln hervor. Fräulein Messer-Hülpen registriert den Zustand und wickelt die Leine ein weiteres Mal um ihr dünnes Handgelenk. Fällt dann erneut in den Schlummer, das Kinn auf der Brust.

Diskret und unbemerkt hält er die Würstchen unter den farblos gestrichenen Tisch, bis er die ersten Häuser von K. erkennt. Gahns Möbelfabrik. Den Wasserturm. Das Stadion. Da steht er auf. Es gelingt ihm, mit nur einer Hand sowohl die Reisetasche als auch die Aktentasche auf den Gang hinauszumanövrieren ... dann lässt er die Würstchen fallen, direkt hinter der Tür.

Der Graugelbe reagiert blitzschnell. Er schießt wie ein abgeschossener Pfeil davon, wird zwar fast erwürgt, als die Leine sich spannt … schafft es aber dennoch bis zur Beute und packt sie. Die Messer-Hülpen fährt mit einem Krachen zu Boden.

»Oh!«, ruft der Windjackensohn mit den Polypen. »Ist sie jetzt tot, Mama?«

Aber die Messer-Hülpen rappelt sich auf und starrt Maertens mit schlecht verborgener Wut hinterher.

»Leon Delmas!«, schreit sie. »Ich erkenne dich wieder! Du hast dich überhaupt nicht verändert! Du warst schon immer ein übler Spaßvogel, das ist wohl wahr!«

Aber das hört er fast nicht mehr. Er ist bereits unten auf dem Bahnsteig und geht mit federnden Schritten davon.

Abrechnen, denkt er. Mit der Vergangenheit abrechnen. Es gibt so viele Möglichkeiten, so unendlich viele. Das Wichtige ist nur, es niemals zu unterlassen.

Niemals.

*

Die Mitteilung von Birthe liegt ganz oben auf dem Posthaufen, und das ist natürlich etwas merkwürdig. Es muss bedeuten, dass sie sie am Samstag zurückgelassen hat … dass sie noch einmal hergekommen ist und sie durch den Briefschlitz geschoben hat, obwohl sie bereits im Laufe der Woche hier gewesen ist.

Ist einzig und allein deshalb hergekommen. Hat sich offenbar erst hinterher entschieden, es zu schreiben.

Wenn das nicht etwas merkwürdig ist?

Wo bist du, Maertens?
Ich war Mittwoch hier. Habe die Blumen gegossen und die Fische gefüttert, es war wohl höchste Zeit.
Ich lasse deinen Schlüssel hier, ich denke, das ist das

Beste, du kannst deinen zurückgeben, wenn du Zeit hast.
Ich habe noch etwas getan, was mir ein bisschen peinlich ist, ich habe mir ein Buch von dir geliehen, ohne dich zu fragen. Ich hoffe, das ist nicht so schlimm.
Pass auf dich auf.
Birthe

P.S. Mache mir etwas Sorgen um dich. Wenn du planst, länger wegzubleiben, dann könntest du zumindest von dir hören lassen.

Ein Buch geliehen?, denkt er. Wieso das? Was für ein Buch?
Das PS ist typisch für Birthe. Plötzlich sehnt er sich nach ihr.

*

Er packt aus. Legt die Schmutzwäsche in den Wäschekorb, stopft ein paar saubere Strümpfe und Unterhosen zurück in die Schubladen. Stapelt die Bücher auf den Schreibtisch unten im Keller … sitzt eine Weile dort und betrachtet sie. Blättert in ihnen, sieht sich die Umschläge an, erinnert sich … schaut auch in sein Tagebuch, liest jedoch nichts.
Anschließend geht er hoch in die Küche. Er trinkt eine Tasse Kaffee und isst ein wenig Knäckebrot, etwas anderes ist nicht im Haus. Dann setzt er sich an den Küchentisch und raucht eine Zigarette. Schaut auf die Uhr.
Es ist zwanzig Minuten vor elf. Es ist Sonntag.
Sonntag, der achte April.
Er drückt die Zigarette aus. Leert den Aschenbecher und spült ihn im Waschbecken ab. Öffnet das Fenster einen Spalt, um den Rauch abziehen zu lassen.
Du bist ein wahrer Teufel, Maertens!

Ein paar Sekunden lang steht er vollkommen regungslos mitten in der Küche. Dann setzt er sich erneut an den Tisch.

Stützt den Kopf in die Hände.

Was willst du jetzt machen, Maertens?, denkt er.

Was zum Teufel willst du tun?

Die Stunde der Konjunktionen?

38

Den ganzen Tag wartet er und empfindet das Leben leicht wie eine Feder. In der Dämmerung macht er sich auf. Er geht hinaus, spazieren, und redet sich ein, dass er überhaupt kein Ziel hat. Er kommt an Freddy's vorbei, geht aber nicht hinein. Stattdessen sucht er mehrere andere Bars auf, die er normalerweise nie betritt und in denen er auf kein einziges bekanntes Gesicht stößt. So muss er kein Wort mit einem Menschen wechseln. Ein paar Minuten nach elf hat er genug. Er lässt ein halbes Glas Pernod auf dem Tisch stehen und zwängt sich hinaus. Der Abend ist warm und feucht, fast wie ein Frühsommerabend. Außerdem sind viele Menschen auf den Straßen unterwegs, schließlich ist es trotz allem nur ein Sonntag im April … aber vielleicht haben die Kinos gerade ihre Türen nach der letzten Vorstellung geöffnet. Er läuft eine Weile herum, versucht dem Rhythmus der Bürgersteige zu folgen, lässt sich von den Strömen mal hierhin, mal dorthin treiben. Und er redet sich erneut ein, dass er kein Ziel hat. Keine Richtung und keine Absichten.

*

Eine halbe Stunde später ist es leerer geworden. Er befindet sich nicht mehr im Zentrum, er ist über die Brücke des 17. September gegangen und ins Deijkstraaviertel gekommen. Er hat keinerlei Absichten.

Dann steht er plötzlich vor dem Mietsblock. Steht auf der anderen Straßenseite und schaut zu dem Fenster im vierten Stock hoch. Es ist Licht, aber nicht besonders hell ... Sie hat die Gardinen vorgezogen, hat nur im Flur und im Schlafzimmer Licht an, wie er annimmt.

Er bleibt eine Weile stehen. Wippt auf den Hacken und Spitzen hin und her, die Hände auf dem Rücken, ungefähr wie der alte Lauremaa, sein Religionslehrer, es zu tun pflegte, wenn er mal wieder auf eine Antwort wartete, von der er wusste, dass sie nie kommen würde ... Er musste inzwischen tot und begraben sein.

In der Toreinfahrt findet er ein Armierungseisen. Nicht besonders schwer oder lang. Es wiegt höchstens ein halbes Kilo. Fünfunddreißig Zentimeter Länge. Er durchquert das Gewölbe und tritt auf den Hof. Steigt über Blumenbeete auf den Rasen, der sich weich und feucht anfühlt, er versinkt ein wenig mit den Hacken darin. Es ist dunkler hier drinnen, die meisten Fenster sind dunkel, aber bei Birthe ist immer noch Licht ... im Schlafzimmer, genau wie er gedacht hat.

Die Feuerleiter beginnt oder besser gesagt endet eineinhalb Meter über dem Boden. Er hat gewisse Probleme, sich hochzuziehen, schafft es schließlich aber doch. Ihm fällt ein, dass er diesen Weg schon einmal genommen hat. Einmal ganz am Anfang; vor fünfzehn Jahren oder so, als Birthe die Schlüssel drinnen hatte stecken lassen und sie sich daran erinnerte, dass sie das Badezimmerfenster auf Kipp hatte stehen lassen.

Vorsichtig klettert er hoch. In jeder Etage gibt es einen Absatz, eine kleine Plattform aus Metallgitter. Nur einen Meter lang und ein paar Dezimeter breit, direkt vor dem Badezimmer gelegen. Offenbar ist das der geplante Fluchtweg bei Feuer oder anderer Gefahr.

Vierter Stock. Er sinkt auf dem Absatz nieder. Bleibt eine Weile sitzen und holt Luft, während die Beine in der Nacht baumeln.

Lauscht. Leise Stimmen sind von drinnen zu hören. Sie ist nicht allein. Sie ist mit Pastor Wilmer zusammen, denkt er. Gut. Er umklammert das Armierungseisen.

Ein paar Minuten bleibt er noch sitzen. Sammelt seine Gedanken und macht einen Plan. Ein schneller Schlag in die Scheibe, dann den Riegel hoch und durchs Fenster hinein, ungefähr so stellt er sich den Ablauf vor. Bevor sie richtig wissen, worum es eigentlich geht.

Und dann kurzer Prozess und weg.

Einfach und ohne viel Federlesens. Ein Strich unter die Sache.

Er kommt auf die Knie und versucht ins Badezimmer hineinzugucken. Der Plastikvorhang ist zur Seite gezogen, und er kann das Waschbecken, das Regal darüber und einen matten Reflex des Spiegels erkennen. Er holt tief Luft und hebt das Armierungseisen. Da wird plötzlich das Licht angemacht, und ein Kerl in Unterhemd und grauer, langer Hose kommt herein.

Ein bleicher Kerl mit rot gefleckter Haut ist das. Hängende Schultern und schafsartiger Gesichtsausdruck, findet Maertens. Das Haar ist schütter und leblos, die Augen wässrig blau und auseinanderstehend. Ein dünner Schnurrbart verbirgt notdürftig die kräftige Oberlippe.

Als hätte ihn seine Mama in seiner Kindheit zu lange gekocht. Total verwaschen! Mein Gott, das soll Pastor Wilmer sein? Maertens empfindet ein leichtes Schwindelgefühl und schließt die Augen ein paar Mal hintereinander. Er legt das Eisen ab, es scheppert leise, und der Kerl drinnen zuckt zusammen. Er hat sich gerade Wasser ins Waschbecken einlaufen lassen wollen, aber jetzt dreht er die Hähne zu und starrt erschrocken geradewegs ins Dunkel.

Maertens wirft sich zu Boden. Er liegt dicht an die Wand gedrückt, schaut an seinem Körper hinunter auf die lehmigen Schuhe und hält den Atem an. Fleht Gott an, dass Pastor Wilmer ihn nicht entdecken möge … betet übrigens zu mehreren Göttern, einer ganzen Menge höherer Wesen.

Vielleicht wird er ja auch erhört. Pastor Wilmers wässriges Blau bekommt ihn jedenfalls nicht zu Gesicht, wahrscheinlich sieht er sowieso nichts anderes als sein eigenes Spiegelbild, da er nicht einmal so schlau war, das Licht zu löschen.

Dann kann Maertens hören, dass er wieder Wasser laufen lässt. Er schluckt, schließt die Augen und schickt ein Dankgebet an die Unmengen höherer Wesen. Begibt sich vorsichtig zur Leiter zurück. Der Schwindel ist jetzt greifbar, die Kopfschmerzen liegen hinter den Schläfen auf der Lauer. Er greift zum Eisen, doch als er einige Stufen hinuntergeklettert ist, überlegt er, dass er es lieber loswerden sollte.

Er beäugt die Rasenfläche. Ein kleines Armierungseisen, das auf einen weichen Rasenboden fällt, sollte keine Geräusche verursachen.

Er wirft mit der Rückhand; ein linkischer Wurf mit der linken Hand, doch als er das Ergebnis hört, verliert er fast den Halt auf der Leiter. Zweifellos hat er etwas getroffen, und sobald er die Balance wiedergefunden hat, wird ihm klar, dass es der Fahrradstand gewesen sein muss. Zuerst wohl das Wellblechdach und dann wahrscheinlich der Ständer selbst, ein paar Räder und anderes … Innerhalb weniger Sekunden wird es hell im Hinterhof. Im Haus werden vereinzelt Lampen eingeschaltet, aus einigen Fenstern sind Stimmen zu hören, aber er drückt sich nur wieder fest an die Wand. Es interessiert ihn nicht, was sie sagen. Er schließt die Augen, macht sich unsichtbar und sehnt sich nach den Tropfen, die er in der letzten Bar hat stehen lassen.

Bei allen verdammten Konjunktionen, denkt er.

*

Eine Viertelstunde später ist er auf der anderen Seite des Flusses in Sicherheit, aber sein Herz schlägt immer noch angestrengt und wild. Es pumpt mit frenetischer Beharrlichkeit Blut zum Kopfschmerzherd hinauf, und irgendwo, irgendwo ganz in der Nähe seiner Seele befindet sich eine Stimme, die er bald nicht mehr zurückhalten kann. Sie klingt trocken und nüchtern wie eine alte Zitrone oder eine resignierte Muttersprachenlehrerin, und sie ruft nach Antwort und Rechenschaft.

Warte, denkt er nur. Warte wenigstens, bis ich zu Hause bin.

Mein Leben ist schwer wie ein Stein, aber ich bewege mich immer noch.

*

»Bernard, ich habe es mir anders überlegt. Du brauchst mich morgen nicht abzuholen.«

»Weißt du, wie spät es ist?«

»Ich bin krank und muss einiges erledigen, deshalb ...«

»Warum zum Teufel rufst du an und weckst mich um zwei Uhr nachts? Hast du den Verstand verloren, Maertens? Geht es darum?«

»Nein, ich ...«

»Sag Bescheid, wenn es so ist, mir ist nichts Menschliches fremd. Das könnte vielleicht eine neue Dimension unserer Freundschaft werden ... wenn du tatsächlich verrückt geworden bist!«

Maertens hat ihn gerade erst geweckt, und schon ist er in Fahrt. Das ist verrückt, denkt er. Er selbst braucht Stunden, um sich aus den Fängen des Schlafs zu befreien.

»Nein, mein Lieber«, sagt er. »Keine Sorge. Ich habe nicht

gemerkt, dass es so spät ist ... Ich habe einiges zu erledigen gehabt. Du brauchst mich morgen nicht abzuholen, das wollte ich dir nur sagen.«

»Wo hast du dich rumgetrieben?«

»Tut mir leid, dass ich dich geweckt habe. Ich werde mich für morgen krankmelden, dann ist es wieder in Ordnung.«

»Nicht nötig.«

Einen Moment Schweigen von beiden Seiten.

»Was meinst du damit?«

»Na, was ich sage, natürlich. Du brauchst nicht anzurufen und so zu tun, als wärst du krank ... Ich regle das schon. Sie liegt neben mir. Eine fantastische Frau, Maertens, wenn man sich vorstellt, dass du das in all den Jahren nicht bemerkt hast. Aber wenn du gestattest, dann warte ich damit, bis sie morgen früh aufwacht.«

»Ja ...«

Wieder ein Augenblick Schweigen.

»War sonst noch was, mein Guter? Spuck's gleich aus, dann musst du nicht wieder anrufen.«

Maertens antwortet nicht.

»Thy light alone – gives grace and truth to life's unquiet dream!«

»Was?«

»Shelley. Hymn to intellectual beauty. Gute Nacht, Maertens! Pass auf dich auf.«

*

Bevor er ins Bett geht, sucht er die Serviette mit Nadjas Telefonnummer. Er legt sie mitten auf den Küchentisch, so dass er sie nicht übersehen kann. Damit nicht noch mehr Zeit in diesem komplizierten Unternehmen verloren geht.

Anschließend schläft er ein, in einem Chaos sich ihm aufdrängender Bilder.

39

Seht ihr dort nichts?
Gar nichts; doch seh ich alles, was dort ist.

Sie verabreden sich um vier Uhr im Café, nach ihrer Arbeit. Es ist ein klarer Tag, und bereits um halb drei macht Maertens sich auf den Weg. Ihm ist eingefallen, dass er nicht sicher sagen kann, wo es eigentlich liegt. Das Café mit den Dämpfen.

Diese Vorsichtsmaßnahme ist zweifellos begründet. Mehr als eine Stunde irrt er in den nördlichen Stadtteilen herum, zwischen Katarina, Boyarhuus und Kreugerplein, bevor er es findet. Als er es endlich erblickt, sitzt sie bereits dort. Er steht draußen auf dem Bürgersteig und sieht sie durchs Fenster. Etwas verschwommen, aber er geht davon aus, dass sie es ist, da sie auf dem richtigen Platz sitzt.

Es war auch nicht einfach, sich ihr Aussehen ins Gedächtnis zu rufen, aber sobald sie sich begrüßt haben, weiß er natürlich, dass sie es ist. Er hängt die Jacke über die Stuhllehne, legt Feuerzeug und Zigaretten vor sich auf den Tisch und setzt sich hin. Fühlt sich plötzlich verlegen.

»Bin ich zu spät?«

»Nein, nein.«

»Ich hatte einige Mühe, es zu finden.«

»Ich hatte früher Schluss. Das kommt manchmal vor.«

Maertens schaut sich um. Das Lokal ist fast leer. Der Dunst scheint heute feiner zu sein, auf den Fenstern liegt nur eine dünne Haut beschlagenen Dampfes. Es zischt zwar hinter dem Tresen, aber nicht so wie beim letzten Mal. Nicht, wie er es in Erinnerung hat und es sich vorgestellt hat. Das Licht über dem Tisch ist klinisch weiß. Der Boden ist braungrau und schmutzig, unter dem Tisch liegen große, feuchte Wollmäuse.

Ich hätte einen Cognac trinken sollen, denkt er.

*

»Was arbeitest du?«

»Was mit Fotos … ich arbeite in einem Fotoladen.«

»Sicher ein guter Job für eine Betrachterin.«

»Auf jeden Fall. Zumindest stört er nicht.«

Die dunkelhäutige Kellnerin mit der roten Haarmähne taucht auf. Maertens zögert.

»Was möchtest du? Wieder Tee?«

»Danke, aber ich glaube, ich möchte etwas Stärkeres.«

Er bestellt zwei Glas Gündlerwein und bietet ihr eine Zigarette an.

»Ich wollte dich gern sehen, um mit dir über das zu reden, was auf dem Friedhof passiert ist.«

»Das war mir klar. Worüber sonst sollten wir reden?«

Natürlich. Er schluckt. Das Ganze gestaltet sich etwas schwierig. Es hat keinen Fluss, die Fäden in die Vergangenheit lassen sich nicht greifen, er kann absolut nicht sagen, ob sie aus freiem Willen gekommen ist oder sich dazu gezwungen gesehen hat.

Gezwungen wovon?, denkt er. Von den Umständen? Von ihm?

Wohl kaum. Oder vielleicht doch, das ist schwer zu entscheiden, wie schon gesagt. Auf jeden Fall scheint sie nicht besonders geneigt zu sein, ihm zu helfen. Das ist natürlich auch nicht anders zu erwarten, alles erscheint so unstrukturiert. Und schlaff. Wie ein Kleidungsstück, das in der Reinigung aus der Form gegangen ist oder so. Er schaut an ihr vorbei und nimmt auf jeden Fall Anlauf.

»Es sind einige Dinge geschehen, die dazu führen, dass ich Klarheit darüber haben muss, was passiert ist … Dinge, die alles in einem anderen Licht erscheinen lassen, wie man wohl sagen kann.«

»Ja, ich verstehe.«

Und es sieht tatsächlich so aus, als verstünde sie.

»Ich habe einer anderen Person versprochen, so viel wie möglich herauszufinden.«

»Seiner Ehefrau?«

»Woher kannst du das wissen?«

»Ich weiß es eben. Entschuldige.«

Sie senkt den Blick, als hätte sie etwas Unerhörtes gesagt. Maertens schweigt ebenfalls eine Weile. Die Getränke kommen, und vorsichtig nippen beide daran. Er versucht zu verstehen, wen er da vor sich hat.

Nadja. Nadja, die Betrachterin. Die Frau mit dem Strahlenglanz.

Doch jetzt scheint es, als ob die Zeit, diese armselige kleine Zeitspanne, alles aufgegessen hätte. Es gibt nur noch das Hier und Jetzt. Hässliche Wollmäuse, Feuchtigkeit und Schrammen, und einen Kerl, der irgendwo hinter seinem Rücken hockt und mit einer Beharrlichkeit Schleim hochhustet, als bekäme er dafür bezahlt.

Was hat er sich eigentlich erhofft?

»Kannst du es mir sagen?«, fragt er schließlich. »Was da auf dem Friedhof passiert ist?«

Sie dreht ihr Glas, sagt aber nichts.

»Was hast du dort gesehen?«

»Eine Gestalt.« Sie dreht weiter.

»Eine Gestalt?«

»Ja. Ich habe eine Gestalt gesehen, die übers Gras schwebte.«

Wieder verstummt sie. Maertens wartet erneut, zündet sich eine Zigarette an, bittet sie, doch fortzufahren. Sie schweigt noch eine Weile, dann seufzt sie und zuckt mit den Schultern.

»Wie du willst, aber ich bin es nicht gewohnt, so etwas weiterzugeben, das musst du dabei im Hinterkopf haben.«

Sie windet sich ein wenig, bevor sie fortfährt.

»Es war eine Gestalt, ein junger Mann, aber abgehärmt ... sehr abgehärmt. Er lag, oder besser, er kniete, und er wrang die Hände. Wrang sie auf eine so überdeutliche Art und Weise wie bei einer Scharade oder Allegorie. Mir fiel ein, dass ich ähnliche Figuren auf Kirchenmalereien gesehen habe, aus dem Mittelalter oder vielleicht auch später ... Altarbilder mit reuigen Sündern ... ja, etwas in der Art. Es war natürlich ein Zeichen, aber es ist nicht meine Sache, es zu deuten. Ich habe gewusst, dass du zurückkommen würdest, schließlich geht es ja um dich, nicht um mich. Es geht nie um mich.«

Sie hebt den Blick. Schaut ihn an, fast mitleidig.

»Ein junger Mann?«, fragt Maertens. »Du hast gesagt, es war ein junger Mann?«

Sie nickt. »Höchstens fünfundzwanzig.«

Maertens überlegt.

»Was soll ich tun?«

»Das weißt du.«

»Nein, ich fürchte, ich verstehe nicht ...«

Er verstummt. Was will er eigentlich von ihr? Er fühlt, dass die Worte bereits seit langem gestorben sind, bevor sie ihm über die Lippen kommen. Begreift plötzlich, dass es keine Abkürzung gibt, aber kann sie ihm wirklich nicht ein kleines Stück auf dem Weg helfen? Nur ein kurzes Stück? Ihm eine Art Flutwelle geben. Er streckt ihr seine Hände hin, ohne darüber nachzudenken, was er tut. Plötzlich liegen sie vor ihm auf dem Tisch, seine Hände. Das sieht fast ein wenig schockierend aus. Flehend und bebend, doch immer noch mit einem festen Griff um diese zermürbende Situation, so ein Gefühl hat er. Auf irgendeine merkwürdige Art und Weise.

Und er weiß, dass es vollkommen richtig ist. Jetzt weiß er, dass es genau so hat geschehen müssen. Er sieht, dass sie zögert, dass es ihr immer noch Mühe macht.

»Mit mir verhält es sich so«, erklärt er, »dass ich höchstens noch zwei Jahre zu leben habe, und ich bin bereit, diese Zeit zu warten. Ich denke, ich werde hier am Tisch sitzen und warten, dass du meine Hände nimmst, solange ich noch lebe.«

Du bist nicht ganz gescheit, Maertens, denkt er. Absolut nicht gescheit.

Jetzt betrachtet sie sie, seine Hände, hält aber weiterhin ihre unter dem Tisch versteckt.

»Das Café wird nachts schließen.«

»Nicht dieses, das weißt du so gut wie ich.«

Da gibt sie auf. Wölbt zunächst ihre Hände vor dem Mund und haucht ein paar Mal in sie hinein. Als wollte sie sie wärmen oder ihnen eine Art Atem einhauchen. Dann umfasst sie seine. Umschließt sie, so gut sie kann, das ist weichherzig wie das Blatt eines Endiviensalats, und sie sitzen ganz still da. Nach einer Weile spürt Maertens, wie ihre Wärme in ihn strömt, und bald ist die Welt und alles, was sie umgibt, unendlich weit entfernt. Sinnlos und vollkommen unwichtig. Eine Fliege läuft ihr Handgelenk hinauf und verschwindet im Pulloverärmel.

Endlich hat sie die Verantwortung übernommen, es scheint ihr nicht unbedingt zu widerstreben. Er schließt die Augen, und alle Eindrücke der Umgebung verebben. Es vergeht einige Zeit. Der hustende Kerl holt noch mehr Schleim aus sich heraus, aber die Zeit vergeht.

*

»Sieh mich an!«

Er öffnet die Augen.

»Du weißt, was du zu tun hast?«

»...«

»Du musst zurückgehen.«

»Wohin?«

»Das weißt du.«

»Warum?«

Sie schüttelt geduldig den Kopf. Er sieht, dass sie sekundenlang nach den richtigen Worten sucht.

»Wer bist du, dass du die Qual nicht linderst, obwohl du es kannst?«

Der Strahlenglanz erscheint ihm jetzt fast wie damals am Grab, doch Maertens schützt seine Augen nicht. Er lässt sich blenden. Muss sich gezwungenermaßen davon leiten lassen, muss jeden Schutz fahren lassen. Es gibt keine Möglichkeit zu widerstehen, warum sollte er es dann überhaupt versuchen? Sie sagen nichts. Sitzen da und halten einander bei den Händen, und langsam beginnt er eine große Erleichterung zu spüren. Eine Befreiung, die sich zögernd und umständlich nähert, wie eine Trauerbotschaft des Nachts, die sich aber bald in einer Kaskade nach der anderen ergießt, ein anwachsendes Gefühl im Körper, wie bei einer plötzlich auftretenden Übelkeit. Er fühlt sich wieder leicht wie eine Feder – und gleichzeitig schwer wie ein Stein. Er sinkt und zerfließt in Schwerelosigkeit. Was geht hier vor?, fragt er sich, genau wie beim letzten Mal, aber es ist keine Frage, die nach einer Antwort ruft. Über so etwas ist er jetzt erhaben, über alles, er ist auf der anderen Seite aller Grenzen, frei. Frei wie ein hoher Raum, frei wie Wellen in einem stürmischen Meer, frei wie das Feuer. Der hustende Kerl scharrt mit dem Stuhl und verlässt seinen Platz, er hat offensichtlich genug. Nadja schließt die Augen, fordert ihn auf, es ihr gleichzutun, und dann lockert sie vorsichtig den Griff um seine Hände.

Maertens macht die Augen zu und bleibt vollkommen reglos an dem schmutzigen Tisch sitzen. Wieder verstreicht einige Zeit, viel oder wenig, eine unbestimmte Menge an Wasser löst sich in Dunst auf, ein Gast oder einige Gäste kommen herein und nehmen an anderen Tischen Platz. Gewisse Dinge geschehen statt anderer Dinge, doch die meisten der Dinge bleiben an ihrem alten Platz. Draußen auf der Straße singt jemand ein paar Töne aus einer Arie, die ihm vertraut zu sein scheint, die er jedoch nicht identifizieren kann.

Haben wir uns geliebt?, fragt er sich. Ja, so muss es gewesen sein, beschließt er sofort, sie haben sich soeben geliebt, und jetzt lassen sie sich mit der Brandung an Land treiben. Es ist so verdammt merkwürdig und gleichzeitig überhaupt nicht merkwürdig. Er hat diese unbekannte Frau geliebt, indem er ihre Hände auf einem Tisch in einem beschlagenen Café gehalten hat. Nein, genauer gesagt hat er alle Frauen auf der ganzen Welt geliebt ... du bist nicht ganz gescheit, Maertens. Wieder einmal nicht ganz gescheit.

Er sieht sie an.

Sie atmet aus.

*

»Maertens, so hast du dich doch genannt, oder?«

»Ja.«

»Aber du hast noch einen anderen Namen, oder? Deinen richtigen Namen.«

»Leon.«

»Leon, ich kann nichts dafür. Ich kann nichts dafür, dass ich diese Kraft habe. Ich habe sie verflucht und verleugnet, aber es bringt nichts. Ich muss damit zurechtkommen, ich habe sie bekommen, und ich muss sie verwalten ... Wir haben alle unsere besonderen Gaben, vielleicht ist es ein Verbrechen, sie verstecken zu wollen.«

Er denkt nach.

»Aber die Gestalt?«, fragt er wieder. »Du hast tatsächlich eine Gestalt gesehen? Ich meine …«

Er hat keine Ahnung, was er eigentlich meint.

»Es war ein Zeichen, das habe ich dir doch schon erklärt.« Sie streckt die Hand aus. Zeichnet ein Dreieck auf die Fensterscheibe. »Ein Zeichen steht außerhalb seiner eigenen Existenz«, sagt sie. »Manchmal glaube ich, das Zeichen ist das Einzige, was es gibt … ein ganz einfaches Ding kann doch nichts bedeuten. Vielleicht ist es tragisch, ich weiß es nicht. Aber wenn wir einfach bereit sind, uns darauf einzulassen, es nicht einzuordnen, dann wird alles viel deutlicher. Schließlich ist es unser innerer Sinn, dem wir vertrauen können, nicht der äußere … Ich weiß nicht, ob du verstehst? Ich kann das einfach nicht in Worte fassen.«

»Ich glaube schon.«

Plötzlich fasst er Mut. Einen gewaltigen Mut.

»Ich wäre gern dein Geliebter.«

»Nein.«

»Auch nicht ein einziges Mal?«

»Nein. Es gibt eine andere Frau, um die es geht. Verzeih mir, dass ich auch das weiß.« Sie kann ein Lächeln nicht unterdrücken. Beide trinken aus ihren Gläsern.

»Darf ich dich dann wenigstens wiedersehen?«

»Ja, natürlich.«

*

Bevor sie aufbrechen, ergreift sie noch einmal seine Hände.

»Sei vorsichtig, Leon«, sagt sie. »Auf dem Friedhof musst du vorsichtig sein, und du darfst nicht schummeln.«

Nein, er denkt nicht daran, zu schummeln. Er nicht.

40

Das Ergebnis steht bereits am Tag nach der Untersuchung fest. Eine Krankenschwester ruft vom Krankenhaus an und bittet ihn, am gleichen Nachmittag vorbeizuschauen.

Vorbeischauen? Vielleicht hört er ja ihrer Wortwahl schon an, welchen Bescheid er bekommen wird.

Der Arzt ist ein buckliger alter Mann mit sanften Augen und einem ganz spitzen, kahlen Schädel. Irgendetwas stimmt mit einem seiner Augen nicht, nur ein schmaler Spalt lässt die Welt hinein. Er bittet Maertens, sich auf die andere Seite des Schreibtisches zu setzen, und lässt ihn nur wenige Sekunden im Ungewissen.

Krebs. *Verrucae Silbermann.* Im ziemlich fortgeschrittenem Stadium, er hätte früher kommen sollen. Eine Bestrahlung hilft meistens, zumindest bremst sie den Verlauf. Was abhängig ist von dem Grad der Metastasierung. Er braucht sich nicht einweisen zu lassen, es genügt, wenn er anfangs einmal die Woche kommt. Seiner Arbeit kann er nach wie vor nachgehen, vielleicht um ein Viertel reduzieren … Es wäre möglich, am nächsten Donnerstag mit der Behandlung zu beginnen.

»Nein, danke«, sagt Maertens.

Der Arzt schaut ihn forschend an. Sowohl mit seinem gesunden als auch mit seinem kranken Auge.

»Haben Sie sich das auch gut überlegt?«

»Ja«, antwortet er. »Ich habe mich dazu entschlossen.«

»Nun ja, dann muss ich Ihre Entscheidung natürlich respektieren. Darf ich Ihnen wenigstens eine Zigarre anbieten?«

Maertens lehnt ab. Der Arzt nickt und steht auf. Sie geben sich die Hand, und Maertens verlässt ihn. In der Tür bleibt er stehen und stellt eine Frage.

»Lehnen eigentlich viele die Behandlung ab?«

Der Arzt zündet sich seine Zigarre an und stößt eine Rauchwolke aus, bevor er antwortet.

»Jedes Jahr werden es mehr. Immer mehr … können Sie das verstehen?«

Er selbst scheint nicht besonders verwundert darüber zu sein.

»Lassen Sie von sich hören, wenn Sie Ihre Meinung ändern sollten«, sagt er dann, gerade als Maertens die Tür hinter sich zuzieht.

*

Er schreibt. Abends und in der Nacht schreibt er jetzt endlich den Schluss. Er weiß, was er nicht hinterlassen kann, was er zu Ende führen muss, und das alte Drama ist eines der ersten Dinge.

Ihr, die erblasst und bebt bei diesem Fall,
Und seid nur stumme Hörer dieser Handlung
Hätt ich nur Zeit – der grause Scherge Tod
Verhaftet schleunig – o ich könnt euch sagen!
Doch sei es drum. – Horatio, ich bin hin;
Du lebst; erkläre mich und meine Sache
Den Unbefriedigten.

Doch die Norweger und die englischen Gesandten will er nicht vorlassen, dazu hat er sich schon vorher entschieden.

Er wusste es von Anfang an, denn der Meister hat einen Missgriff getan, als er das Geschehen weiterlaufen lässt nach dem

Schweigen!

*

Das Aquarium ist die zweite Sache. In diesem Punkt ist er bedeutend unsicherer. Er erwägt mehrere denkbare, alternative Lösungen, doch zum Schluss spült er es durch die Toilette. Hofft, dass die kleinen Leben sich durch die Drainage zu einer Art neuem Leben fern von Abflussrohr und Klärwerk durchschlagen können. Zumindest geht Maertens davon aus.

*

Das Dritte ist der Friedhof. Tage und Nächte schiebt er es hinaus, obwohl alles sonst vorbereitet ist. Obwohl er bereits zweimal auf dem Weg gewesen ist.

Er weiß nicht, woher dieses Zögern kommt. Er spürt weder Unruhe noch Furcht, doch er weiß, dass er nicht schummeln darf. Er darf sich nicht zum falschen Zeitpunkt oder unter schlechten Bedingungen zum Grab begeben. Er wird es nur ein einziges Mal tun ... des Nachts, das ist ihm klar, seit er mit Nadja gesprochen hat. Vielleicht will er ja nur auf eine milde, versöhnliche Nacht warten. Ein paar Tage lang war das Wetter windig und rau. Vielleicht ist das allein der Grund.

*

An das Vierte hat er gar nicht gedacht. Was natürlich merkwürdig ist. Birthe.

Gerade als der milde Abend kommt, als er endlich weiß, dass die rechte Zeit gekommen ist, genau gegen zehn Uhr abends, als er soeben im Begriff steht loszugehen ... als er sicherheitshalber einen Extrapullover übergezogen hat, da ruft sie an. Er steht bereits mit der Hand auf der Türklinke da, und ebenso gut hätte er gar nicht drangehen müssen.

»Du musst das herausgeben!«, sagt sie.

»Wie bitte? Wovon redest du?«

»Von dem Buch, das ich mir ausgeliehen habe. Schuld und Sühne. Du musst das drucken lassen. Es ist wahnsinnig gut!«

Es ist ihm vollkommen entfallen, und einen Moment lang läuft er Gefahr, die Fassung zu verlieren. »Nie im Leben!«, ist das Einzige, was er herausbringt.

»Bitte, Maertens! Warum musst du so stur sein, das ist doch albern. Das Buch ist fantastisch. Wilmer hat es auch gelesen, und er ist Feuer und Flamme. Er meint, es wäre dir gelungen, wie hat er das gesagt ... sowohl den Zeitgeist als auch die moralische Situation der Menschen einzufangen, ich glaube, so ähnlich war das!«

»Liebe Birthe, das kommt überhaupt nicht in Frage!«

Eine Weile bleibt sie stumm, dann kommt es.

»Maertens, wir haben eine Idee. Ich wusste ja, dass du so reagieren würdest. Wilmer kauft dir das Manuskript ab und gibt es unter seinem eigenen Namen heraus. Die Gemeinde hat einen kleinen Verlag, du wirst überhaupt nicht hineingezogen. Sag ja, bitte, Maertens, es ist doch nicht richtig, den Menschen solche guten Bücher vorzuenthalten!«

Zuerst sagt er gar nichts. Steht nur da und spürt, wie sich etwas in ihm rührt. Eine Art Wirbel.

Schuld und Sühne, denkt er. Von Pastor Wilmer Hingsen. Der Verlag des Reinen Lebens. Warum nicht?

»All right«, sagt er.

»Du bist ein Schatz, Maertens!«

»Aber mein Name darf in keinerlei Verbindung mit dem

Buch erscheinen. In keiner Form … und ich will das Geld in bar!«

»Was? Ja, das lässt sich sicher machen …«

»Adieu, Birthe! Ich habe noch eine Verabredung.«

»Adieu … und danke, Maertens!«

41

Der gleiche Ort, und doch nicht der gleiche Ort.

Das Licht hat die Bedingungen geändert. Nicht nur das Licht der Nacht im Kontrast zu dem des Tages, da ist noch etwas anderes. Etwas darüber hinaus. Das Gelände selbst, wie es ihm scheint. Das Gelände des Friedhofs.

Was einmal ein offenes Feld war – er erinnert sich noch gut an den Wind, wie dieser darüber hinwegfegte, und den Himmel, der bis ans Grab reichte –, ist jetzt eingeschlossen. Die großen düsteren Ulmen sind ausgeschlagen, das Laub hat ein Dach gebildet. Ein dunkles Dach, das nur eine dünne Lage Transparenz übrig lässt, bevor die Dunkelheit der Erde erneut alle Konturen schluckt.

Es ist merkwürdig, dieses Segment grauen Lichts zwischen zwei Dunkelheiten. Was sich ein Stück oberhalb der Erde befindet, kann er ganz deutlich unterscheiden: Steine, Kreuze, Obelisken. Doch den Himmel sieht er nicht und auch nicht den Boden … Er sieht seine eigenen Füße nicht, die er mit größter Sorgfalt und Vorsicht vorantreibt. Dennoch stößt er gegen eine Steineinfassung, die er unmöglich hat bemerken können, es fällt ihm schwer, auf den engen, geharkten Kieswegen zwischen den Gräbern zu bleiben … Schließlich fällt er sogar kopfüber über eine Eisenkette, schlägt sich das Schienbein an einer Pforte, die jemand hat offen stehen lassen, stolpert über eine Kante.

Aber dennoch kommt er voran. Lässt sich nicht zurückhalten.

Hier und da stehen Lichter auf den Gräbern, aber diese kleinen Wegweiser scheinen eher die Dunkelheit in sich aufzusaugen als einen Lichtschein zu werfen. Als er sein eigenes Licht einschaltet, sieht er zwar seine Hand, die es hält, ganz klar, aber alles andere scheint sich zurückgezogen zu haben.

Ich bin blind, denkt er. Ich muss den Weg zu Tomas Borgmanns Grab mit Hilfe meiner Hände finden. Meines Gefühls und meiner anderen Sinne.

Welcher? Welcher Sinne?

Ein leises Sausen in den Baumkronen kann er vernehmen. Das dumpfe Gurren schlafender Tauben auch. Das Knacken, das seine dicken Schuhe verursachen, wenn er sie auf dem Kies aufsetzt. Ein Auto, das draußen auf der Straße vorbeifährt, weit entfernt in einer anderen Welt.

Er saugt die milde Nachtluft mit seinen Nasenflügeln ein. Es duftet nach Dunkelheit. Nach nichts anderem.

*

Hier irgendwo, meint er sich zu erinnern.

Er zündet seine Kerze wieder an und hält sie dicht an den Stein. Es stimmt. Hier ruht Tomas Borgmann. Nicht sein Vater, der einstmals so mächtige Bischof von Würgau. Auch nicht seine Mutter, bereits in jungen Jahren verschieden. Es ist kein Familiengrab. Allein Tomas Borgmann ist derjenige, der hier ruht. Warum hat er sich in K. beerdigen lassen?, wundert Maertens sich.

Er bläst die Flamme aus.

*

Mehr als eine Stunde lang steht Maertens am Stein. Nichts geschieht, außer dass sein Empfindungsvermögen langsam einschläft. Sein Körper entzieht sich, wie es scheint. Er spürt es nur wie ein stückweises Verschwinden. Gleichzeitig erfährt er die ganze Zeit eine große Befriedigung darüber, hier zu stehen. Er fühlt den rauen Stein unter seiner rechten Hand, sieht die unveränderlichen Silhouetten zwischen den beiden Dunkelheiten, und er wundert sich, dass er das noch nie zuvor gemacht hat. Warum machen Menschen so etwas nicht?, denkt er. Wir alle haben doch die Möglichkeit, einmal eine Nacht auf dem Friedhof zu verbringen. Warum tun wir das nie?

Und auch andere Dinge. Warum liegen wir nie draußen im Regen? Warum schlafen wir nie zwischen Tieren?

Warum vermeiden wir so sorgfältig all diese selbstverständlichen Möglichkeiten, uns eine vielseitigere Auffassung unserer Wirklichkeit zu verschaffen? Warum?

Vieles geht ihm durch den Kopf, während er dort steht, doch nichts, was er festhalten will. Er will eigentlich nichts anderes als warten. Warten, um zu erfahren.

Doch es strömt ihm kein Schweigen entgegen. Keine Seelenqual quillt aus dem Grab empor. Keine Gestalt schwebt vor seinen Augen. Nichts.

Nicht das geringste Zeichen.

Dann denkt er endlich den Gedanken. Er kommt zu ihm, ohne dass er danach gesucht hat, und er hält ihn so lange fest, bis er weiß, es ist der richtige.

Ja, ich verzeihe dir, denkt er.

Er sagt es auch, mit lauter, ein wenig brüchiger Stimme direkt über die Gräber hinweg.

»Ich verzeihe dir, Tomas.«

Nichts geschieht. Vielleicht war das auch nicht zu erwarten, er weiß es nicht.

Er legt sich hin. Er hat beschlossen, es zu tun, und sofort spürt er, wie die Müdigkeit über ihn hereinbricht. Hier schlafen?, denkt er. Vielleicht bekomme ich im Traum ein Zeichen?

Es ist nur ein leichter Stups. So leicht, dass er ihn kaum bemerkt. An der Wange trifft er ihn, er liegt auf der Seite, mit angezogenen Knien, die Hände unter dem Kopf, fast in Fötusstellung, und er ist noch nicht so richtig in den Schlaf gefallen.

Er kommt nicht dazu, darüber nachzudenken, was es gewesen sein mag, bevor es wieder passiert. Etwas unbegreiflich Leichtes, Weiches, das zurückkehrt und die Wärme seines Halses sucht. Oder wie soll man es deuten? Direkt unter seinem Ohr bleibt es liegen, er sieht es nicht, kann natürlich in dieser Dunkelheit nichts sehen, fühlt nur die Nähe wie ein …

…wie einen unerhört leichten Druck zitternder Wärme.

Ein Vogel.

Lange bleibt er vollkommen still liegen, wagt es nicht, sich zu bewegen. Worte und Bilder, Erinnerungen und ein ganzer Schwall Unterbewusstes flimmern durch sein Gehirn, doch nichts betrifft ihn wirklich. Alles hat so eine sonderbare Blässe, eine Blässe, die es auf Abstand hält … im Vergleich zu diesem kleinen Vogel erweist sich die Welt insgesamt so abgelegen.

Weit entfernt und ihn nicht betreffend.

Er zieht seinen rechten Arm heraus. Wölbt vorsichtig seine Hand über dem kleinen Vogelkörper. Er spürt, wie dessen Kopf sich dreht, der scharfe Schnabel zupft ein paar Mal an seiner Haut. Die Füße zucken einen Moment lang unruhig, doch dann ist da nur noch dieser unfassbar leichte Ball weicher Wärme.

Ein Sperling. Ja, es muss wohl ein Sperling sein, denkt er, und da es ihm offenbar gefällt, mit dem Tier zu sprechen, beginnt er leise zu flüstern. Sehr leise und sehr vorsichtig, um es nicht zu erschrecken.

»Hab keine Angst«, sagt er. *»Es waltet eine besondere Vorsehung über den Fall eines Sperlings. Geschieht es jetzt,* *so geschieht es nicht in Zukunft; geschieht es nicht in Zukunft, so geschieht es jetzt; geschieht es jetzt nicht, so geschieht es doch einmal in Zukunft. In Bereitschaft sein ist alles. Da kein Mensch weiß, was er verlässt, was kommt darauf an, frühzeitig zu verlassen? Mag's sein.«*

*

Die ganze Nacht über bleibt er so liegen, und er fällt nicht ein einziges Mal in den Schlaf. Er liegt in der gleichen Haltung ruhig da, ohne irgendeine Form von Müdigkeit oder Anstrengung im Körper zu spüren.

Er liegt dort in der Dunkelheit auf Tomas Borgmanns Grab, mit dem kleinen Spatzen an seinem Hals. Als das erste graue Tageslicht über dem Friedhof aufsteigt und die Dunkelheit verdrängen will, macht sich der Vogel auf und davon. Nur ein kleiner Hüpfer, und schon ist er fort. Lässt nichts außer einem warmen Fleck zurück, einem schnell verwelkenden Gefühl der Nähe, das dennoch auf irgendeine sonderbare Weise mit jeder Sekunde, die verstreicht, stärker zu werden scheint.

Für einen Moment bleibt er noch liegen und spürt die Nähe des Vogels. Dann steht er auf, bürstet sich die Erde ab und streckt ein paar Mal die Arme über den Kopf. Eine gewisse Steife ist trotz allem im Körper zu spüren. Ein frischer Wind ist aufgekommen, das Rauschen in den Baumkronen ist lauter geworden. Er tritt auf den Kiesweg. Schiebt die Hände in die Jackentaschen und geht.

42

Es ist ein Abend Anfang Mai.

Wieder ein warmer Abend. Tagsüber hat Freddy Tische und Stühle auf dem Bürgersteig stehen gehabt, doch in der Abenddämmerung hat er sie hereingeholt. Vor dem Fünfzehnten ist es nicht angeraten, abends draußen zu sitzen, und ein guter Wirt denkt an die Gesundheit seiner Gäste.

Und Gäste hat er reichlich. Es ist an diesem Abend in der Stammkneipe in Pampas so eng, dass man den kleinen Erinnerungstisch mit der Urne, der Silberurne, zur Seite schieben muss.

D.O.M.
R.I.P.

Duchess of Malfi. Requiescat in pace. Natürlich hat man ihn nicht weggestellt. Nur ein Stück weiter in die Ecke, so dass die lange Tafel Platz hat.

Die lange Tafel mit der weißen Leinentischdecke. Die Kandelaber und zwei große Obstkörbe. Portwein und Nüsse, Brotstückchen und kandierte Mandeln sind bereits aufgetischt, als die Gäste eintreffen. Maertens ist in den Details sehr genau gewesen.

Nachdem er alles inspiziert hat und das Programm mit Freddy durchgegangen ist, geht er nach Hause und macht sich bereit. Er duscht und zieht sich um. Taucht erst wieder auf, als alle bereits sitzen: Istvan und der Chinese und die Schwester des Chinesen … Ingrid, Istvans Frau, und Nadja natürlich … Bernard und Marie-Louise Kemp. Man kann bereits sehen, wie sich der Portwein in ihren Augen spiegelt. Maertens weiß, dass sie Freddy schon aufgefallen ist … Eine schöne Frau, denkt dieser sicher. Warum hat sie uns bisher nie besucht? Zweifellos beschließt er, sie ganz besonders gut zu bewirten, ihr nur das Beste zu geben … und Birthe und Wilmer Hingsen … Er sieht immer noch ein wenig unbeholfen aus, der gute Prediger, doch Grete schenkt ihm reichlich Wein ein und legt ihm jedes Mal, wenn sie vorbeikommt, ihre mütterlich festen Hände auf die hochgezogenen Schultern, so dass es wohl gut gehen wird …. und Doktor Soerensen und Leon Markovic, und oben am Tischende zwei leere Plätze, so dass Freddy und Grete sich auch wirklich ab und zu hinsetzen können, insbesondere wenn Maertens seine Rede hält, dieser Punkt war ihm besonders wichtig, und da er ja nun wirklich ein Stammgast in diesem Refugium für ruhelose Seelen ist, so sind sie ihm auch in diesem Punkt entgegengekommen, Freddy und seine liebe Ehefrau, auch wenn es nicht so einfach gewesen ist, an einem Abend wie diesem freie Stühle zu finden. Wahrlich nicht einfach.

*

Aber seine Rede hält er erst, nachdem einige Stunden vergangen sind. Nachdem alle reichlich und gut gegessen und getrunken haben. Tintenfisch und Fausses Grives mit gebackenen Pilzen und Gretes raffinierten Sabayon Noir. Leichten, luftigen Elsässer Wein, dunkles Bettelheimer Bier und einen schweren, gehaltvollen Bourgogne … nachdem man sich nach rechts und links ausgiebig vorgestellt und präsentiert hat, sich rotwangig geplaudert hat, unbeschwert und schlagfertig über Dinge zwischen Himmel und Erde, über Straßenbahnschienen, die wieder einmal verlegt werden sollen, über die Kunst, eine Nebenhöhlenentzündung zu heilen, indem man Salz in der Bratpfanne erhitzt, über Cézannes Ehefrau, die ein ungemein geduldiges Exemplar einer Frau gewesen sein muss, über Fußball, diese schönste aller Künste, über den lichtscheuen Werner Klimke und sein vermeintliches Verhältnis mit der Ballettprimadonna Elina Gawenska ... Man hat zu Istvans Klavierbegleitung Volkslieder gesungen, sogar ein paar Runden zwischen den Tischen gedreht, natürlich nicht alle, aber doch der eine oder die andere ... Ja, erst als alle diese behagliche Schwere im Körper spüren, diesen warmen Glanz in den Augen haben, diese ätherische Leichtigkeit der Seele, diese entspannte Stirn, da ... ja, da schlägt Maertens an sein Glas, und er muss es wiederholte Male tun, bevor die allgemeine Konzentration und Ruhe sich einstellt ... und bittet darum, ein paar Worte sagen zu dürfen, von denen er hofft, dass sie sie sich zu Herzen nehmen werden.

»Meine lieben Freunde!«, sagt er. »Wenn ich mich nicht vollkommen irre, dann ist es heute das letzte Mal, dass wir uns sehen, und deshalb habe ich euch hier zusammengerufen. Ich hoffe, ihr habt einen schönen Abend.«

Aus dem Augenwinkel heraus kann er sehen, dass Bernard bereits sein Glas erhoben hat, um zu protestieren, doch Marie-Louise Kemp legt ihm die Hand auf den Arm, und er schweigt.

»Morgen werde ich von hier aufbrechen«, fährt Maertens fort. »Ich weiß nicht, ob meine Reise lang oder kurz sein wird, ich weiß nicht, ob ich eines Tages zurückkehren werde oder nicht, aber so sind nun einmal die Bedingungen. Fünfzehn Jahre lang habe ich in dieser Stadt gelebt, seit ich zurückgekommen bin, ihr, die ihr hier sitzt, ihr seid die einzigen Menschen, die ich kenne. Übrigens einen Teil von euch nicht so besonders gut. Ich will nicht verschwinden wie eine Fußspur im Wasser oder wie ein Dieb in der Nacht, das ist der Grund dafür, dass es mir wichtig war, euch heute Abend hier zu haben. Das Leben ist das, was wir daraus machen, unabhängig davon, wo wir geboren werden, und unabhängig davon, wie wir es verlassen, und unser Trachten dabei verdient mit dem allergrößten Respekt behandelt zu werden … doch ein Sturm ist ein Sturm, und ein sonnengewärmtes Stück Baumrinde enthält mehr Antworten als all die Fragen, die wir uns träumen können, gestellt zu haben. Fragt mich nicht, was das bedeutet, und fragt auch Bernard nicht, denn er wird nur antworten, dass alles im Auge des Kamels zu lesen steht. Ich will euch mit diesen Worten nur für alles danken, was gewesen ist, und wünsche euch alles Gute für die Zukunft. Von jetzt an werde ich wieder meinen richtigen Namen annehmen, der, wie einige wissen, Leon Delmas lautet. Einen ganz besonderen Dank an Grete und Freddy. Möge der Brunnen eurer Gastfreundschaft nie versiegen! Und Bernard, darf ich dich darum bitten, diesen Brief entgegenzunehmen?«

Er legt ihn vor sich auf den Obstkorb.

»Und zum Schluss, liebe Freunde … Prost! Und versucht nicht, mich aufzuspüren!«

Und bevor sie sich noch recht besinnen, bevor der Chinese überhaupt einen weiteren Toast ausbringen kann, bevor Bernard sich von seinem Platz erheben kann, um ihn aufzuhalten, ist er bereits aus der Tür. Ist er draußen auf der Straßen und eilt mit schnellem Schritt davon.

Fast wie Hockstein, kommt ihm in den Sinn.

*

Und als er später mit einem Bier und einer Zigarette am Küchentisch sitzt und das Telefon klingeln lässt, weiß er, dass genau hundert Tage vergangen sind, seit es damals im Januar klingelte.

Hundert Tage.

Es ist wie immer.

Die Zeit hat kaum eine Bedeutung.

43

Ein heißer Tag. Sicher, sie hat einen Vorsprung, doch das kümmert ihn nicht.

Er wird sie finden, vielleicht bereits heute.

Vielleicht ist er bei ihr, wenn die Abenddämmerung einsetzt. Vielleicht wird es Tage dauern. Monate oder Jahre. Es hat keine Bedeutung.

Ohne Hast wandert er, seine Schritte sind leicht. Ein heißer Tag, wie gesagt, nur eine leichte Brise kommt vom Meer, der Strand liegt unendlich still und leer. Die Möwen schweben weit draußen hoch über dem Wasser, in einer Sphäre so fern, dass er sie fast nicht sehen kann. Nur ihre geheimnisvollen Rufe hört er.

Die Sonne steht genau im Süden.

*

Der schwarze Mauerrest ragt immer noch aus der Asche hervor, die Behörden haben eine kleine Absperrung errichtet. Sie haben rundherum einen Kreis aus Eisenstäben eingeschlagen und ein rotweißes Plastikband dazwischengebunden, es flattert in dem leichten Wind.

Er legt seine Aktentasche hin und bleibt eine Weile stehen. Steht da und betrachtet die Zerstörung ein paar Minuten lang, doch sie weckt keine Gedanken in ihm.

Er zieht sich den Pullover aus, hängt ihn sich über die

Schulter und geht zum Strand hinüber. Bald befreit er sich auch von Strümpfen und Schuhen und geht barfuß im Sand, hinunter zur Wasserlinie.

Dort geht er weiter und schaut über das unveränderliche Meer, die Aktentasche wiegt fast nichts in seiner Hand.

Anderes Gepäck führt er nicht mit sich. Nur eine Aktentasche mit ein paar Büchern, zwei Flaschen und einer unhandlichen Menge an Scheinen. Wieviel genau, das weiß er nicht, und das wissen auch Birthe oder Pastor Wilmer nicht, denn es handelt sich um eine nicht gezählte Kollekte. Keine Münzen glücklicherweise, nur dünne, abgegriffene, zerknitterte Scheine, die von den Schäfchen des Reinen Lebens in den Klingelbeutel versenkt und von ihrem Hirten dort wieder herausgeholt worden waren.

Ob sie wohl wissen, wohin ihr Gotteslohn gelangt ist?, überlegt er.

Vermutlich nicht, aber das soll ihm auch gleich sein.

*

Bei Punkt 212 bleibt er plötzlich stehen. Da ist etwas. Er schaut sich um. Schaut aufs Meer hinaus, über das Land. Wittert in der Luft.

Dann biegt er ab. Klettert über den vorspringenden Strandabhang, durchquert den schmalen Waldgürtel mit verkrüppelten Kiefern und kommt auf die Heide.

Ja, das ist der richtige Weg, denkt er.

Vielleicht zögert er anfangs noch etwas, doch sobald er die Steinmarkierung am Ende des langgezogenen Abhangs erreicht, ist er sich sicher. Ihr Weg erscheint ihm ebenso klar, als sähe er sie vor sich. Als befände sie sich nur ein paar hundert Meter entfernt weiter oben am Steinhügel, und es erscheint ihm überhaupt nicht merkwürdig.

Als er oben ist, ist er ziemlich außer Atem, und er setzt sich auf den Boden, den Rücken an die sonnenwarmen Steine gelehnt. Er schaut zu der kleinen Baumgruppe auf der anderen Seite hinüber, und da stehen sie wieder. Dieses Mal nur zwei. Eine Stute und ein Fohlen. Struppig und langbeinig und vollkommen reglos.

Unter dem Baum stehen die Pferde, träumend.

Aus seiner Aktentasche holt er ein Bier heraus. So ganz ohne Proviant hat er sich doch nicht auf den Weg gemacht. Die kleine Gedichtsammlung von Barin hat er auch dabei. Zufällig schlägt er eine Seite gegen Ende des Buches auf. Er trinkt ein paar Schluck, zwinkert einige Male in die Sonne, während ihm das Bier Tränen in die Augen drückt, und dann liest er das Gedicht »Appell«. Wie beim letzten Mal bekommt er den intensiven Eindruck, der erste Leser überhaupt zu sein.

Wie schlecht spiegeln sich doch die Sterne
in geronnenem Blut.
Opfert euer Leben am Morgen, die ihr sowieso
sterben sollt,
Damit unser Reinigungstrupp ausschwärmen kann
Und das Feld vor der Nacht säubert!
Versprecht uns das, wir sind Ästheten, wisst ihr.
Sagt, es spielt doch überhaupt keine Rolle,
Wenn ihr sowieso sterben werdet.
Wie schlecht spiegeln sich doch die Sterne
in geronnenem Blut.

Er schaut auf die Uhr. Gerade erst ein Uhr. Die Sonne wärmt. Er packt das Buch wieder ein. Lehnt den Kopf gegen die Steine und spürt, wie sich im Körper eine angenehme Müdigkeit ausbreitet. Noch hat er Zeit, sich eine Weile auszuruhen. Noch stehen die Pferde ja dort unten.

Er erkennt den alten Russen bereits von weitem. Noch während er sich am Fuße des Abhangs befindet, sich mühsam zwischen den Steinen und Mulden hocharbeitet, ist es ihm klar, wer das ist … der lange Bart, das schüttere Haar über dem kahlen Schädel, das asketische Gesicht mit den prophetisch tiefen Augen. Es ist genau wie auf allen Portraits und Bildern. Ein weißes langes Hemd trägt er, das ihm teilweise aus der Hose hängt. Wie die Hosenträger, die fast über den Boden schleifen … und Filzpantoffel! Es sieht aus, als hätte er sich soeben von seinem Mittagsschlaf auf dem Sofa am Sennája erhoben.

Als er endlich angekommen ist, setzt er sich nicht. Er lehnt sich nur schwer gegen die Steine, stützt sich mit einer Hand ab und bohrt seinen Blick in den von Maertens.

»Royalty!«, sagt er.

Maertens gräbt in seiner Aktentasche und holt eine Hand voll Scheine hervor.

»A rublei, niet?«

»Niet …«

»Zhali.«

Er nickt und nimmt zwei Bündel entgegen. Stopft sie sich in die Taschen und macht sich wieder auf den Weg den Abhang hinunter. Richtung Westen. Aufs Meer zu.

Sicher will er noch vor dem Abend über der Grenze sein, denkt Maertens sich. Das Roulette im Kurhotel natürlich. Was sonst wäre zu erwarten?

Er folgt ihm mit dem Blick und entdeckt plötzlich eine andere vertraute Gestalt, die sich aus der anderen Richtung nähert. In der kleinen Senke auf halbem Weg begegnen sie sich. Sie schütteln sich die Hände, wie er sieht, bleiben dort stehen und reden miteinander.

Dann gehen sie auseinander, der Russe weiter dem Meer entgegen, der andere nähert sich.

Langobrini, daran besteht kein Zweifel! Der kleine Italiener geht mit federndem Schritt und pafft an einer Papiyrossi, doch jetzt stört Maertens etwas im Gesicht.

Etwas kitzelt ihn an der Nase. Ein paar Mal wedelt er es fort, doch es kehrt unerschütterlich immer wieder zurück. Noch nicht ganz aus den Fängen des Schlafes befreit, schlägt er kräftig zu.

Er wacht sofort davon auf und stellt fest, dass er sich die Nase blutig geschlagen hat. Dicke dunkelrote Tropfen fallen auf sein Hemd. Er lehnt den Kopf zurück, kann dennoch nicht umhin, die Fliege wahrzunehmen, die auf seinem angezogenen Knie sitzt.

Sie reibt sich das Hinterbein.

Er drückt die Nasenflügel mit Daumen und Zeigefinger zu, beugt den Kopf vor und betrachtet sie.

Sie lacht.

Dann fliegt sie davon.

*

Der Blutfluss will nicht versiegen. Eine Weile sucht er nach etwas, um es in die Nasenlöcher zu stopfen, findet jedoch nichts. Schließlich öffnet er seine Aktentasche und holt einen zerknitterten Schein heraus. Den reißt er durch und zerknüllt ihn in zwei kleine Kügelchen.

Sie passen haargenau.

Dann geht er weiter.

Mit dem Wind schräg im Rücken und zehn Mark in der Nase setzt er seine Wanderung fort. Als er an den Pferden vorbeikommt, wiehern sie ihm zu und heben die Köpfe. Maertens hebt den Kopf zum Gruß, tritt aber nicht an ihr Gehölz heran.

Aus der Entfernung sieht er bereits die glänzenden Dächer, die Türme und Zinnen der Stadt Gimsen.

Warte nur, denkt er. Ich komme.